Bernd Stelter, Jahrgang 1961, ist einer der bekanntesten deutschen Kabarettisten. Zehn Jahre lang war er Teil der *7 Köpfe* auf RTL, ebenso lang moderierte er die beliebte *WDR*-Spielshow *NRW-Duell*. Außerdem tourt er mit seinen Kabarettprogrammen durch Deutschland und moderiert verschiedene Fernsehsendungen. Für Bastei Lübbe schrieb er mehrere Sachbücher und Romane, u. a. seine Camping-Krimis *Der Tod hat eine Anhängerkupplung* und *Der Killer kommt auf leisen Klompen*. Bernd Stelter lebt mit seiner Frau und seinen beiden Kindern in der Nähe von Köln, ist aber so oft wie möglich in Holland und liebt Camping.

www.bernd-stelter.de

Weitere Titel des Autors:

Nie wieder Ferienhaus
Wer abnimmt, hat mehr Platz im Leben
Der Killer kommt auf leisen Klompen
Mieses Spiel um schwarze Muscheln

Titel auch als Hörbuch erhältlich

*Mit Illustrationen von Uli Stommel*

Bernd Stelter

# *Der Tod hat eine Anhängerkupplung*

Ein Camping-Krimi

Lübbe

NACHHALTIG PRODUZIERT

Die Bastei Lübbe AG verfolgt eine nachhaltige Buchproduktion. Wir verwenden Papiere aus nachhaltiger Forstwirtschaft und verzichten darauf, Bücher einzeln in Folie zu verpacken. Wir stellen unsere Bücher in Deutschland und Europa (EU) her und arbeiten mit den Druckereien kontinuierlich an einer positiven Ökobilanz.

FSC www.fsc.org MIX Papier | Fördert gute Waldnutzung FSC® C014496

Vollständige Taschenbuchausgabe
der bei Lübbe Hardcover erschienenen Hardcoverausgabe

Bastei Lübbe Taschenbuch und Lübbe Hardcover
in der Bastei Lübbe AG



Illustrationen: Uli Stommel
Titelillustration: © Manfred Eßer, Bergisch Gladbach
Autorenfoto: Manfred Eßer
Satz: Urban SatzKonzept, Düsseldorf
Gesetzt aus der ITC Giovanni
Druck und Verarbeitung: GGP Media GmbH, Pößneck
Printed in Germany
ISBN 978-3-404-16434-9

13 15 16 14

Sie finden uns im Internet unter luebbe.de
Bitte beachten Sie auch: lesejury.de

## *Don't Skip Intro*

Auf dieser Buchseite steht ja sehr häufig, dass die Geschichte frei erfunden ist, dass lebende oder jüngst ins Jenseits entschwundene Personen hoffentlich keinerlei Ähnlichkeiten mit den Romanfiguren aufweisen, und sollte dem dummerweise doch so sein, dann sei das reiner Zufall und auf keinen Fall beabsichtigt.

Diesen Absatz überspringt der Leser geflissentlich. Das ist nichts Neues, das hat mit der eigentlichen Handlung nichts zu tun, also kann man auch direkt eine Seite weiter blättern und mit Kapitel eins beginnen. Der Internet-Freak kennt dieses Phänomen unter dem Fachbegriff *Skip Intro*. Ein Doppelklick auf die entsprechende Schaltfläche, und wochenlange Programmierarbeit für bunte Bildchen, lustige Explosionen und nervige Musik geht dem User am geneigten Arsch vorbei.

Ich möchte Sie inständig bitten, diese Seite nicht zu überlesen. Es ist mir sehr wichtig, dass Sie wissen, die Geschichte ist wirklich frei erfunden, und lebende Personen, Tote fallen mir in diesem Zusammenhang sowieso nicht ein, haben nichts, aber auch gar nichts mit dem hier beschriebenen Fall zu tun.

Möglicherweise haben Sie mich schon mal auf einem Campingplatz gesehen, oder ein Nachbar oder der Mann von der Waschstraße hat Ihnen erzählt, dass der Stelter regelmäßig auf einem bestimmten Campingplatz in Holland Urlaub macht.

Das stimmt, aber es hat mit der Geschichte nichts zu tun. Die Schilderungen des Camperalltags und die Beschreibungen der Halbinsel Walcheren entsprechen größtenteils den Tatsachen, aber seien Sie versichert: Auf meinem Campingplatz fühle ich mich pudelwohl und ausgesprochen sicher.

Das kapitalste Delikt, das jemals an unserem Urlaubsdomizil vorgekommen ist, war vor drei Jahren der Diebstahl von zwei Fahrradtachometern an einem Tag.

Dennoch gibt es einen guten Grund, warum diese Geschichte auf einem Campingplatz spielt. Was macht man denn, wenn das Frühstück verputzt und das Geschirr gespült ist? Man setzt sich mit einem Buch vor das Vorzelt, denn es gibt im Urlaub nichts Schöneres, als im Campingstuhl sitzend, den frischen Kaffee dampfend vor sich auf dem Tisch, ein paar Mörder zu jagen.

Also dann, bleibt mir nur noch eine Frage: Kennen Sie *Inspecteur* Piet van Houvenkamp? Nein? Ooh! Dann muss ich Ihnen den dringend vorstellen.

# *Samstag*

# 1

*»Die Passagiere gingen an Land. Dann wurden die Leichen von Louise Bourget und Mrs. Otterbourne von Bord der ›Karnak‹ geschafft. Zuletzt schiffte man Linnets Leichnam aus, und über die ganze Welt hin begannen die Drähte zu summen. Sie berichteten der Öffentlichkeit, dass Linnet Doyle, vordem Linnet Ridgeway, die berühmte, die schöne, die reiche Linnet Doyle, nicht mehr am Leben sei.«*

Und wieder klappte Piet das abgegriffene kleine Buch zu. Er wusste selbst nicht, zum wievielten Male er das tat, zum wievielten Male er diese letzten Sätze von *Tod auf dem Nil* gelesen hatte.

Ja, es war brillant, wie Hercule Poirot diesen Fall gelöst hatte, so brillant, dass Piet schon damals, als er ein kleiner holländischer Junge war, ganz genau wusste, er würde auch Detektiv werden. Ein Detektiv wie Hercule Poirot, nein, ein noch besserer Detektiv, denn Hercule war ja Belgier.

Früher hatte er immer hinter der Mauer an der Gracht gelegen, und der kleine Vorsprung hinter der Mauer war gerade mal groß genug, dass der kleine, schmächtige Piet mit seinem Agatha-Christie-Roman darauf Platz fand. Seine Mutter hatte ihn nie gefunden. Sie hatte ihn oft genug gesucht, oft genug laut nach ihm gerufen, aber Piet hatte auf sein Versteck vertraut, und er verriet es ihr auch später nicht, denn ein Geheimnis, das ist etwas Besonderes. Ein Detektiv, der ein Geheimnis nicht für sich behalten kann, ist kein Detektiv.

Piet war inzwischen tatsächlich Detektiv geworden, ein guter Detektiv, er war *Inspecteur* am *politiebureau* in Middelburg. Wahrscheinlich wäre er niemals *Inspecteur* geworden, wenn er nicht als Elfjähriger auf dem kleinen Mauervorsprung an der Gracht *Tod auf dem Nil* gelesen hätte. Aber er hatte es damals gelesen, und seitdem noch unzählige Male.

Natürlich war es brillant, wie Hercule Poirot diesen Fall gelöst hatte, aber heute, mit den Augen eines Polizisten, sah er den Fall kritischer. Da wurde eine reiche junge Frau während der Flitterwochen auf einem Nildampfer umgebracht, hinterher sprangen noch zwei Tatzeugen über die Klinge. Zwar waren da jede Menge nette Menschen am Werk, die allesamt über ungeahnte kriminelle Energien verfügten, aber letztendlich war ihre Anzahl doch begrenzt. Denn auch der Tatort war begrenzt. Es handelte sich um einen Nildampfer, und jeder Verdächtige, der fliehen wollte, würde unweigerlich von den Rettungsbooten von Lacoste zerfleischt werden.

Zehn oder acht oder vierzehn Verdächtige, von denen alle ein Motiv, aber keiner ein Alibi hatte, versammelten sich auf fünfundzwanzig Quadratmetern. Dann betrat der Detektiv den Raum, und mithilfe seiner unnachahmlichen Logik, seiner Intuition und seines Einfühlungsvermögens löste er den Fall, wie Piet morgens in der Kantine die drei Sudokus in der Tageszeitung löste.

Natürlich gab es in Middelburg solche Tatorte. Wenn beispielsweise ein alter Skipper auf einem Hausboot umgenietet werden würde, dann wäre der Raum recht klein. Alle Verdächtigen aufs Hausboot, zwei *Agenten* auf die Kaimauer, die niemanden rauslassen, und Piet würde ihnen schon zeigen, dass Hercule Poirot doch nur ein Belgier war. So einfach wär's, aber in den letzten einunddreißig Jahren, und so lange war Piet nun schon bei der Polizei, war noch nie jemand auf einem Hausboot ermordet worden. Wenn überhaupt mal jemand in Middelburg ermordet wurde, dann lag der einfach tot in der Gracht. Und die Verdächtigen waren auch nicht alle in einem Raum versammelt, meist gab es gar keine Verdächtigen.

Piet hatte trotz dieser widrigen Umstände schon viele Fälle aufgeklärt, er hatte eine Menge Betrüger und Strauchdiebe hinter Schloss und Riegel gebracht. Er hatte dafür gesorgt, dass es immer noch Touristen gab, die glaubten, in Middelburg gäbe es gar kein Rotlichtviertel. Vielleicht hatte er einfach mitgeholfen, dass man in der kleinen Stadt dieses Gefühl von Sicherheit hatte.

Aber für diese Eleganz in der Ermittlung, für ein eloquentes Plädoyer, an dessen Ende ein Verdächtiger einfach in Tränen ausbrechen musste, auf die Knie sank und dann sagte: »Ja, *Inspecteur* van Houvenkamp, ich war es, ich wollte es nie zugeben, aber Sie haben mich so in die Enge getrieben, dass ich keinen Ausweg mehr sehe!«, dafür hatte sich nie eine Chance geboten.

Noch nicht, aber Piet würde nicht aufgeben, noch nicht. Er war jetzt dreiundfünfzig, und wenn er sich nachmittags im Spiegel betrachtete, dann war er eigentlich ziemlich zufrieden mit dem, was er sah, morgens nicht, aber nachmittags schon. Gut, das Hemd spannte ein bisschen über dem Bauch, und er trug die Laufschuhe nur, damit alle zumindest noch glaubten, er könne einem Verbrecher mühelos zwei, drei Straßenzüge weit hinterhersetzen. Das konnte er nicht, er wusste es, aber dafür waren die Schuhe auch ziemlich bequem.

Piet legte das Buch auf den Wohnzimmertisch und ging pinkeln. Er schaute in den Spiegel. Seine Haare waren ein bisschen länger, als man sie im Moment trug, aber das war okay! Er hasste diese kurz geschorenen Bodybuildertypen, die sich mittlerweile auch in seiner Wache breitgemacht hatten. Er war zehn Jahre älter als die, und er wollte auch zehn Jahre älter sein. Damals hatten sie noch viel längere Haare gehabt, sie hatten noch Träume, Ziele. Sie hatten sie nicht erreicht, aber das war kein Grund, sich die Haare raspelkurz rasieren zu lassen.

Er ging in die Küche und nahm sich ein *Grolsch* aus dem Kühlschrank. Er ploppte die Flasche auf. Sieben Jahre noch, sieben Jahre bis zur Pensionierung, sieben Jahre, das war gar nicht so eine lange Zeit. Sein Fall würde nicht mehr kommen. Solche Fälle gab es nicht mehr. Aber warum sollte er sich darüber Gedanken machen? Er war geachtet, die Kollegen wussten, was sie an ihm hatten, die kleinen Gangster hatten eine gehörige Portion Respekt vor ihm, alles war okay. Es fehlte nur dieser eine Fall.

Das *Grolsch* füllte kühl und schaumig seinen Mundraum, die Flüssigkeit benetzte seine Stimmbänder, die er in den letzten vier Stunden nicht mehr benutzt hatte. Vielleicht lag es daran, dass sich seine Stimme so kratzig und unfreundlich anhörte, als er in den Hörer sprach. Das Telefon hatte genau in dem Moment geklingelt, als er die Flasche neben das Buch auf den Tisch stellte.

»Van Houvenkamp«, meldete er sich, »was um alles in der Welt ist los?«

»Ich bin's, Annemieke. Ich weiß, es ist Samstag, und wahrscheinlich spielen gerade irgendwelche Männer im Fernsehen Fußball. Aber wir haben einen Toten!«

»Einen Toten? Lass mich raten.« Pause! Annemieke ahnte, dass er sarkastisch grinste, als er fortfuhr: »Auf einem Hausboot. Es gibt zehn Verdächtige, ihr habt den Tatort abgeriegelt. Und jetzt soll ich kommen, um den Kutter aus dem Dreck zu ziehen.«

»Nein, *Mijnheer* Poirot, auf *Camping de Grevelinge*, es gibt tausendneunhundertvierundzwanzig Verdächtige, von denen die Hälfte am nächsten Samstag wieder abreist. Und jetzt schwing deinen durchtrainierten Hintern ins Auto und komm her!«

Zwei Dinge fielen ihm auf. Erstens: *Brigadier* Annemieke Breukink hatte seinen Hintern zur Kenntnis genommen. Zweitens: Sieben Jahre, das war eine verdammt lange Zeit!

# 2

Endlich wieder auf Barrys Terrasse. Ich hatte vergessen, wie hier die Luft riecht. Sie riecht nach Salz und See und Sand. Unser Urlaub hatte begonnen. Endlich wieder Wohnwagen, endlich wieder Windmühlen, Grachten und den Hintern aufs Fahrrad! Vor ein paar Stunden hatte ich nicht geglaubt, dass wir es heute noch schaffen würden. Der erste Urlaubstag von Familie Lehnen läuft immer gleich ab.

Wir müssen früh aufbrechen, denn es dauert ein paar Stunden, bis wir es uns richtig gemütlich gemacht haben. Erst muss die Kaffeemaschine aufgebaut, Strom und Wasser müssen angeschlossen werden. Dann werden Nachbarn begrüßt, der Tisch wird nach draußen gestellt und Stühle drum rum. Und wenn das alles erledigt ist, fehlt noch etwas Entscheidendes: Wir müssen früh genug auf dem Campingplatz sein, damit wir noch im Hellen an den Strand können! Also nehmen wir uns stets vor, spätestens um zehn loszufahren.

Dann jedoch fehlte Tristans Angelausrüstung. Gegen elf musste Anne noch eben kurz überprüfen, ob Waschmaschine und Trockner aus waren, und als endlich alle im Auto saßen, hatte Edda die Adressen der Freundinnen nicht dabei. Die sind im Computer, aber der Drucker ist kaputt. »Papa, ich schreib die ganz schnell ab!« Gegen zwölf waren die Kaninchen noch nicht gefüttert. Und um halb eins kriegte ich Hunger.

Es war schon elf Minuten nach zwei, als wir dieses Mal endlich im Auto saßen. Anne lächelte mich von der Seite an und sagte: »Weißt du noch, vor sieben, acht Jahren, da hatten wir noch die Benjamin-Blümchen-Kassette in der Stereoanlage. Die haben wir in einem einzigen Urlaub hundertneununddreißig Mal gehört.«

Ich seufzte wehmütig. »Ja, vor sieben, acht Jahren, da hatten wir noch einen Kassettenspieler im Auto. Heute wissen Edda und Tristan nicht mal mehr, wie Kassetten aussehen.«

Tristan saß hinter mir, Edda hinter Anne. Beide konnten unser Gespräch nicht mithören, weil sie die kleinen weißen Ohrstecker ihrer MP3-Player in den Ohren hatten. Sie hören nicht mehr Benjamin Blümchen. Tristan hört am liebsten Rap: Eminem, Bushido oder Snoop Dogg. Edda steht auf Tokio Hotel.

Ich habe mir den Sänger der Band, diesen Bill, den mit den langen schwarzen Haaren und mit den schwarz geschminkten Augen, ganz genau angeschaut. Ich muss über ihn Bescheid wissen, weil es immerhin sein kann, dass er mein Schwiegersohn wird. Er weiß es noch nicht, aber Edda ist sich sehr sicher!

Ich habe mittlerweile Konzerte von Tokio Hotel, Bushido, und 50 Cent hinter mir. Falls Sie irgendwann auf die Idee kommen sollten, ein 50-Cent-Konzert besuchen zu wollen, kann ich Ihnen nur davon abraten. Der Mann steht fünfzig Minuten auf der Bühne, dann schmeißt er seine Schuhe ins Publikum und haut ab. Und er kommt nicht wieder, keine Zugabe, nix! Außerdem heißt er zwar

50 Cent, kostet aber 50 Euro. Bei Tokio Hotel ist schon mehr los. Ich weiß nicht, ob Sie wissen, dass ein startender Jumbo in hundert Metern Entfernung einen Krach von hundertdreißig Dezibel verursacht. Beim Tokio-Hotel-Konzert im Palladium in Köln wurden hundertsiebenunddreißig Dezibel gemessen, noch bevor die Jungs auf der Bühne waren, nur durch das Gekreische der viertausend aufgebretzelten Weihnachtsbäume im Publikum.

Jetzt denken Sie wahrscheinlich: Na, wenn die Kinder die Musik im Auto über Kopfhörer gehört haben, dann war es ja kein Problem. Es wäre auch keins gewesen, wenn sie nur zugehört hätten. Aber beide sangen mit!

Etwas anderes hatte sich ganz eindeutig zum Positiven gewendet: Auf dem Campingplatz *de Grevelinge* in Walcheren wartete unser Dethleffs 560 TK auf einem Stellplatz mit sanitair privé, einem kleinen Waschhaus ganz für uns alleine, mit Dusche, mit Waschbecken, mit Toilette, einem kleinen Nasszellenbereich, den Anne mit viel Liebe und mit vielen blauweißen Accessoires in einen maritimen Wellnessbereich auf zweieinhalb Quadratmetern verwandelt hatte. Deswegen waren wir heute ohne Wohnanhänger auf den belgischen und niederländischen Autobahnen unterwegs. So mussten wir uns nicht an die Höchstgeschwindigkeit von achtzig Stundenkilometern halten, die für Fahrzeuge mit Anhänger vorgesehen waren. Die allgemeine Höchstgeschwindigkeit von hundertzwanzig sollte man dennoch nicht überschreiten, wenn einem sein Urlaubsgeld lieb ist. Im Urlaub wird ja bekanntlich viel fotografiert, und die Autobahnpolizei fängt gerne damit an.

Auf der A 58 zwischen Bergen op Zoom und Vlissingen hieß die anvisierte Abfahrt 39 Middelburg, Domburg, Terneuzen. Es war wieder nicht zwölf Uhr mittags wie geplant, es war schon sechs Uhr nachmittags, als ich endlich den Blinker nach rechts setzte.

»Lasst uns gleich mit dem Wagen an den Strand fahren, sonst schaffen wir es heute gar nicht mehr«, schlug Anne vor. Edda und Tristan stimmten zu. Sie hatten tatsächlich die Kopfhörer aus den Ohren genommen, als wir über die Zugbrücke in Middelburg gefahren waren.

Der Strandparkplatz von Noordkapelle liegt fünfhundert Meter vom Deich entfernt. Ein Fußweg führt durch das Naturschutzgebiet in den Dünen bis zum Deich. Es gibt ein paar Bäume, denen man ansieht, dass hier der Wind oft von der See her weht. Die Eichen sind nicht größer als Büsche. Die Strandaster sorgt dafür, dass die Düne da bleibt, wo sie ist. Eine Fasanenfamilie hat sich anscheinend an Fußgänger gewöhnt.

Der Deich ist nicht hoch, aber er verwehrte mir trotzdem die Sicht auf die Nordsee. Ich konnte das Meer noch nicht sehen, aber ich konnte es riechen. Meine Schritte wurden langsamer, obwohl ich mir jetzt nichts sehnlicher wünschte, als das Meer zu sehen! Oben auf dem Deich blieb ich stehen und schaute auf die Wellen. Ich spürte einen Anflug von Demut. Wenn man das Meer sieht, dann merkt man endlich wieder, wie klein man selber ist, wie klein die kleinen Alltagssorgen sind. Wenn ich am Meer bin, kann die Seele baumeln.

Hier, an dieser Stelle, direkt hinter dem Deich, gehen die Deutschen noch genau sieben Meter, bis sie Sand unter ihren Füßen spüren. Dann lassen sie sich fallen. Einfach so. Deshalb sieht es hier direkt hinter dem Deich auch immer ein bisschen so aus wie in Rimini. Die Leute liegen da wie die Ölsardinen.

Wir gingen hundert Meter weiter, was der normale Deutsche ungern tut, und schon sank die Strandbevölkerungsdichte pro hundert Kubikmeter Sand um mehr als fünfzig Prozent, und noch mal hundert Meter weiter war niemand mehr da. Genau da ragt plötzlich einsam aus dem traumhaften Sandstrand ein Schild, das in etwa folgenden Inhalt transportiert: »Von diesem Schild an ostwärts darf man sich nackend ausziehen. Wenn man das nicht macht, ist es aber auch okay.« Der genaue Wortlaut ist natürlich anders. Direkt hinter diesem Schild lagen noch mal zweihundert Deutsche, diesmal nackt. Die waren halt nicht direkt hinter dem Deich umgefallen, sondern direkt hinter dem Schild, weil sie sich sonst nicht hätten nackend ausziehen dürfen, das wollten sie aber.

Sollten sie ruhig tun. Wir setzten unseren Weg fort, den Strandweg aus Holzbohlen entlang, vorbei an den

kleinen Strandbuden, die man kaufen oder mieten kann, um alles darin unterzubringen, was man nicht jeden Tag an den Strand schleppen will: Grill, Windschutz, Liegestuhl.

Wir gingen vielleicht einen halben Kilometer. Unser Ziel war der *Strandpaviljoen* von Barry, ein Bau auf hohen Pfählen. Ja, der kann einige Winterstürme überstehen, das schafft der. Der Pavillon, meine ich. Barry selbst ist im Winter in der Schweiz und bedient Skifahrer. Qualität setzt sich halt europaweit durch.

Wir setzten uns auf die Terrasse, die manchmal gelb, manchmal blau, manchmal gar nicht gestrichen ist, je nachdem, wann Barry wieder das Geld ausgegangen ist. Nach zehn Jahren Noordkapelle weiß ich immerhin eins: Es gibt viele tolle Plätze hier, aber der tollste, das ist der weiße Plastikstuhl hinter dieser Glasscheibe, die dafür sorgt, dass mir der Wind nicht allzu viele Tränen in die Augen treibt. Dieser weiße Plastikstuhl, die Schuhe ausziehen und unter den Tisch stellen – Herz, was willst du mehr? Anne stand an der Treppe aus stabilen Holzbohlen und schaute auf den Strand. Edda und Tristan waren ans Wasser gelaufen.

Vielleicht sah ich gerade ein bisschen zu gedankenverloren aufs Meer, als Barry kam. Er stellte mir ein Bier auf den Tisch und fragte: »Was hast du?«

Ich sagte: »Urlaub.«

# 3

Piet bog in die Einfahrt von *Camping de Grevelinge* ein, vorsichtig, zuerst die Trommelbremse hinten ziehen, dann die Felgenbremse vorne, und auf das Schlagloch dazwischen achten.

Er kannte sich aus. Nicht dass er jemals auf die Idee gekommen wäre, zwölf Kilometer von zu Hause auf einem Campingplatz zu übernachten. Es hieß zwar, man müsse ein bisschen verrückt sein, um Polizist werden zu wollen, aber so bekloppt war er nun auch wieder nicht. Dass er den Campingplatz kannte, hatte einen anderen Grund: Er war mit Wim Verheijden zur Schule gegangen. Piet war Polizist geworden, und Wim hatte den Campingplatz seiner Eltern übernommen. Sie hatten sich nie aus den Augen verloren. Wenn sie sich nicht im *Zeerover* verabredeten, trafen sie sich manchmal hier auf dem Platz, um noch ein Glas Bier zu trinken.

Mist, dachte Piet, ich hätte Annemieke fragen sollen, wo der Tote gefunden worden ist. Aber als er das alte Fahrrad um das Rezeptionshäuschen lenkte, sah er nur wenige Meter vor sich das Blaulicht auf einem orange-weiß-blauen Einsatzwagen der Polizei. Na, Wim würde begeistert sein: nicht nur ein Toter auf seinem Campingplatz, sondern auch noch ein Polizist, der zu dämlich war, das Blaulicht abzuschalten. Neben der Blaulicht-

Leuchte stand ein weiterer Streifenwagen, daneben Annemiekes Dienst-Peugeot und daneben wiederum ein Rettungswagen. Piet runzelte die Stirn. Wenn er seine Assistentin, *Brigadier* Annemieke Breukink, richtig verstanden hatte, dann gab es hier nicht mehr viel zu retten.

Grelle Scheinwerfer beleuchteten den Tatort. Es war nicht einfach taghell, wenn diese Leuchten zum Einsatz kamen. Es war noch heller. In Nächten wie diesen durfte nichts in irgendeinem Schatten verborgen bleiben. Im weißen Licht huschten helle Gestalten umher, Männer und Frauen von der Spurensicherung in ihren weißen Overalls. Der Polizeifotograf benutzte ein Blitzlicht. Warum eigentlich? Noch heller ging doch gar nicht.

Einige Streifenpolizisten, natürlich Annemieke, Hunderte von Campern, Wim, der Campingplatzinhaber, Johnny, der Chef vom Supermarkt, der Tennistrainer, der Bademeister und jede Menge andere wichtige Menschen, die Piet in den nächsten Tagen ganz sicher noch kennenlernen würde, standen um den Tatort herum. Piet stellte seine *Gazelle* ab.

»Das ist jetzt nicht dein Ernst, oder?« Annemieke stand kopfschüttelnd vor ihm. »Wo bleibst du denn, Mensch?! Ich habe dich vor über einer halben Stunde angerufen!«

»Ich habe das *fiets* genommen. Ich hatte schon drei *Grolsch*.«

»Hey, wir haben es hier mit einem Toten zu tun!«

»Und der wäre auch nicht wieder lebendig geworden, wenn ich das Auto genommen hätte«, verteidigte sich Piet. »Und wahrscheinlich hätte mir dieser Kollege da …«, er deutete auf das Blaulicht, »… den Führerschein abgenommen. Fahrrad fahren ist außerdem gesund.«

»Du hättest ein Taxi nehmen können! Na ja, du wirst froh sein, dass du genug frische Luft getankt hast, wenn du das hier gesehen hast.«

Piet folgte Annemieke um den flachen Klinkerbau herum. Darin waren die Waschräume untergebracht. Zehn Waschbecken, acht Duschen. Links für Frauen, rechts für Männer. Dazu in einem abgetrennten Raum zehn Toiletten, bei den Männern nur sechs, dafür noch ein paar Pissoirs.

In die Rückseite des Waschhauses war eine Stahltür eingelassen. Davor stand ein Unifomierter, der Haltung annahm, als er Piet sah. Ach herrje, wo hatte der das denn gelernt? Piet schob ihn zur Seite, öffnete die Tür, und ein unbeschreiblich mieser Geruch vernebelte ihm die Sinne. Als Junggeselle hatte er so manches halbe Hähnchen in der Mikrowelle zur Pelzmütze verkommen lassen, aber solch einen Gestank ... Piet war in Middelburg aufgewachsen, schon vor einiger Zeit, und damals hatte man noch nicht so genau darauf geachtet, was in die Gracht gekippt wurde. Ja, er hatte schon eine Menge Zeug gerochen, aber das hier verschlug ihm den Atem. »Wo sind wir hier?«, fragte er.

Annemieke hielt sich ein Taschentuch vor den Mund. »Das ist die *Porta-Potti*-Entsorgungsstation. Hier werden die Chemieklos entleert.« Sie nickte hinüber zu einer weißen Wand, die den Raum dahinter abschirmte, sodass er von der Eingangstür nicht einsehbar war. »Dahinter ...«

Wahrscheinlich war der Sichtschutz nie so wichtig gewesen wie an diesem Tag. Piet glaubte zu wissen, was ihn erwartete. Er trat hinter die Wand und erstarrte.

Ein verrenkter Körper ragte aus einer fast quadratischen Edelstahlwanne. Das linke Bein war mit einem weißen Seil an einem Haken festgeknotet, der sich in gut zwei Metern Höhe an der Decke befand. Vermutlich war es der Haken, an dem normalerweise die Lampe befestigt war, deren Scherben auf dem Fußboden unter Piets Sohlen knirschten. Das rechte Bein des Toten hing in einem merkwürdigen Winkel herunter. Der Kopf lag irgendwie abgeknickt in der Edelstahlwanne. In den Haaren und am Hemdkragen klebten noch Reste der ekelhaften Brühe. Jemand musste den Inhalt abgelassen haben.

Piet unterdrückte ein Würgen. Es war nicht nur dieser widerwärtige Geruch. Dieses abscheuliche Bild, das er in diesem grell erleuchteten Raum sehen musste, war zum Kotzen. Piet kramte in den Taschen seiner Cordjacke nach einem Taschentuch. Er fand keins.

Er hatte genug gesehen. Er musste hier raus! Die Spurensicherung war da, der Fotograf war da. Er hatte den Toten gesehen. Was war passiert? Das konnte nur Arie klären.

In der Schule war Arie immer der Einserkandidat gewesen. Und er war immer hinter Isabelle her gewesen. Ha, den Streber hätte Isabelle nie im Leben genommen! Sie hatte halt nur Augen für einen, für Coen. Es war immer klar gewesen, dass die beiden irgendwann heiraten würden. Auch Piet hatte das gewusst. Natürlich hatte auch er irgendwann mal ein Auge auf Isabelle geworfen. Sie war… Ihm fiel das richtige Wort nicht ein. … nicht »schön«, nicht »hübsch«, vielleicht war sie einfach nur unglaublich lebendig! Er hätte sie gerne zur Freundin gehabt, aber sie wollte immer nur Coen.

Und dieser Coen war umgebracht worden.

Wobei »umgebracht« nicht der richtige Ausdruck war. Coen war bestialisch ermordet worden. Jemand hatte sein Leben auf eine Art und Weise beendet, die zwar nicht in der Genfer Konvention geächtet wurde, die aber trotzdem zum Verabscheuungswürdigsten zählte, was die europäische Kriminalhistorie zu bieten hatte. Coen

Rimmel hing kopfüber in der Porta-Potti-Entsorgungsstation!

War sein Genick gebrochen, oder war er ertrunken? Ertrunken *worden*!, korrigierte sich Piet im Stillen. Denn niemand würde einen solchen Tod freiwillig wählen. Es war Mord!

»Wer hat ihn gefunden?«, fragte er.

Annemieke gab ihm ein Papiertaschentuch: »Ein Herr Klembach aus Krefeld in Deutschland. Er wollte gegen zweiundzwanzig Uhr sein Chemieklo entsorgen.«

»Ist das nicht ein bisschen spät?«

»Voll ist voll«, sagte Annemieke trocken.

Piet musste ihr recht geben.

»Willst du ihn sprechen?«, fragte sie.

»Ich will hier weg!«

Mord! Das stand schon mal fest, ansonsten gab es eine Menge Fragen, aber im Moment wollte Piet nicht eine einzige Antwort darauf suchen. Er wollte nur raus hier, er wollte dieses Bild nicht mehr sehen, wollte diesem entsetzlichen Gestank entfliehen. Sollte er Annemieke noch mit irgendeiner bösen oder gemeinen Bemerkung bedenken? Sie hätte ihn wenigstens warnen können. Das Aas!

Piet wollte gerade gehen, als ihn einer der weißen Overalls ansprach: »*Hoi*, Piet!« Er schaute in ein bekanntes Gesicht: »*Hoi*, Bernadien! Irgendwas Besonderes entdeckt?«

Bernadien d'Hondt war die Leiterin der Spurensicherung. Sie hatte eine Sprühflasche in ihrer weiß behandschuhten Hand: »Wenig bis nichts. Vor allem gibt es kein Blut – jedenfalls habe ich bis jetzt keins gefunden. Ich werde Luminol auf dem Fußboden versprühen, dann können wir unter Schwarzlicht selbst kleinste Blutpartikel sichtbar machen.« Annemieke blickte interessiert, für Bernadien d'Hondt Grund genug, um fortzufahren: »Wir nennen diesen Leuchteffekt Chemilumineszenz. Es handelt sich um eine Oxidation. Sauerstoff aus dem Wasserstoffperoxid greift das Luminol an. Das Eisen im Hämoglobin des Blutes ist der Aktivator, der die Reaktion in Gang setzt, die …«

»Stimmt«, sagte Annemieke. »Genauso haben wir es auf der Polizeischule gelernt.«

Bernadien wandte sich demonstrativ an Piet. »Unter Schwarzlicht müsste man eine fluoreszierende Wirkung erkennen, falls die …«

»Ja, das ist prima, mach das«, warf Piet ein, »und dann bringst du mir gleich morgen den Bericht. Wir sind wirklich sehr gespannt. Danke, Bernadien!«

Als er und Annemieke die Ausgangstür erreichten, atmeten sie auf.

»Wird man irgendwann gegen Gestank immun? Was meinst du?«, fragte sie.

Piet überlegte. Seine Lungenflügel applaudierten leise, als seine Atemwege endlich wieder ganz normale salzige Luft hineinpumpten. »Ich war noch nie immun gegen Gestank. Ich habe mal für meine Schwester den Babysitter gemacht. Nur ein paar Stunden sollte ich auf das Kind aufpassen und im Notfall ein paar neue Windeln anlegen.«

»Ja und?«

Piet schmunzelte. »Der Notfall trat ein. Ich habe auf den Wickeltisch gekotzt.«

»Du bist lebensuntüchtig, Piet van Houvenkamp.«

»Wahrscheinlich.«

Vor ihnen standen ein paar Hundert Leute hinter rotweißem Trassierband, dahinter erblickte Piet sieben hohe Pappeln, die in tiefdunkles Oliv getaucht waren, bis plötzlich ein blaues Licht von unten den Stamm hochkroch und über den Baumwipfeln wieder im Dunkel der Nacht entschwand. Und wieder erschien das Blau unten am Stamm … »Hat dieser Idiot das Blaulicht immer noch an?« Der Uniformierte mit der perfekten Haltung rannte zu seinem Auto.

»He, Sie!«

Der Uniformierte beugte sich in seinen Streifenwagen und schaltete das Blaulicht aus. Dann nahm er wieder Haltung an. Piet ging auf ihn zu. »Ich habe Sie hier noch nie gesehen. Wie heißen Sie?«

»Mein Name ist *Agent* Munniks, Inspecteur!«

»Aha, *Agent*, schöner Vorname«, meinte Piet bissig. »Sie nehmen jetzt die Personalien von allen Leuten auf, die hier rumstehen.«

Der Agent starrte ihn fassungslos an. »Von allen?«

»Na los!«

*Agent* Munniks beugte sich wieder in den Wagen, nahm ein Klemmbrett vom Rücksitz und machte sich an die Arbeit.

»Warum soll er das tun?«, fragte Annemieke, während sie beobachteten, wie *Agent* Munniks die Angaben der Anwesenden aufnahm. »Glaubst du, der Mörder ist hiergeblieben, um zu beobachten, was wir für Fortschritte machen?«

»Nein, aber er wird seinen Ärger jetzt an den Leuten

auslassen, und das haben diese Gaffer verdient. Und wenn er die Namen aufschreibt, steht er mir nicht im Weg rum. Wo kommt der Mann eigentlich her?«

»Aus Utrecht. Er hat super Zeugnisse.«

Sie gingen ein paar Schritte, raus aus der übernatürlichen Helligkeit.

Annemieke räusperte sich. »Piet? Ähm, sorry, dass ich dir am Telefon nichts über den Tatort gesagt habe. Ich habe ehrlich gedacht, es wird nicht besser, wenn du dich schon vorher ekelst.« Sie zögerte. »Kanntest du ihn?«

Piet steckte beide Hände in die Hosentaschen. Er kickte einen Kieselstein immer drei Meter nach vorne und ging hinterher. Als er ihr schließlich antwortete, wunderte sich Annemieke, dass er ihr überhaupt zugehört hatte.

»Klar, das ist Coen.« Er verbesserte sich. »Das *war* Coen. Er war der Kantinenwirt hier.«

# 4

Anne fuhr den schwer beladenen A6 vom Strandparkplatz zu *Camping de Grevelinge*. Es war eine prima Idee gewesen, direkt zum Strand zu fahren. Wenn wir erst noch ausgeladen hätten, die Sitzgruppe nach draußen gestellt, Kaffee gekocht, die Nachbarn begrüßt, dann wären wir an diesem Tag sicher nicht mehr ans Meer gekommen.

Und wenn wir doch noch erst ausgepackt und dann an den Strand gefahren wären, hätten wir es bestimmt nicht geschafft, zurückzukehren, bevor der große Zeiger die Elf erreicht. Das ist aber eine Uhrzeit, die jedem *de Grevelinge*-Camper in Fleisch und Blut übergegangen ist. Nach elf Uhr abends kann man den Campingplatz zwar noch be*treten*, aber nicht mehr be*fahren*. Dann ist die Schranke zu! Und wer will schon die frische Bettwäsche, die neuen Kopfkissen, den Aufschnitt, den Kaffee, die Flasche Wein und all die anderen Dinge, die man noch an diesem Abend im Wohnwagen brauchen würde, unter dem Arm zum Stellplatz tragen!

Durch die spontane Idee, gleich als Erstes an den Strand zu gehen, hatten wir gut drei Stunden Zeit gutgemacht. Diese drei Stunden hatte ich genutzt, mit dem Ergebnis, dass Anne nun den Wagen fuhr.

Punkt 22:48 Uhr waren wir an der Schranke. Immer-

CAMPING

hin! Schon eine Viertelstunde später hätten wir den Wagen draußen abstellen müssen.

Gleich würden wir frische Bettwäsche aufziehen, die Kopfkissen drapieren, den Kühlschrank anschließen, den Aufschnitt darin lagern, die Flasche Wein öffnen und den Urlaub ein zweites Mal beginnen.

Anne schob die Karte mit dem Strichcode in den Kartenleser und die Schranke öffnete sich. Normalerweise fliegen jetzt im Fond zwei Türen auf, und die Kinder sind verschwunden. Die kommen nur noch zum Essen nach Hause. Okay, es sind meine Kinder. Sie kommen oft.

Heute blieben die Türen geschlossen. Es war eben ein harter Tag gewesen.

Fünf Stundenkilometer sind die Höchstgeschwindigkeit auf *de Grevelinge*, und wenn man schon mal gedankenverloren mit der halsbrecherischen Geschwindigkeit von acht Stundenkilometern vor einem dreiradfahrenden Vierjährigen eine Vollbremsung vollführen musste, dann weiß man, dass fünf Stundenkilometer völlig okay sind.

»Was ist denn da los?«, fragte Edda plötzlich und ließ das Fenster herunter. »Da ist Blaulicht! Da ist irgendwas passiert!«

»Cool! Halt mal an!«, rief Tristan.

Anne hielt an. »Wahrscheinlich ist das irgendein Notarztwagen. Wir fangen jetzt nicht an zu gaffen!«, mahnte sie.

»Das ist kein Notarztwagen, das ist ein Polizeiauto!« Tristan öffnete die Tür, und Edda folgte seinem Beispiel.

Ich schaute zu Anne hinüber: »Kannst du schlafen, wenn du nicht weißt, was hier los ist?«

»Wohl nicht«, gab sie zu.

Auf *de Grevelinge* darf man seinen Wagen nicht direkt neben dem Stellplatz parken, und das ist auch gut so. Wenn der Himmel im Frühjahr oder im Herbst seine Schleusen öffnet, kommt es durchaus vor, dass die Drainage überfordert ist. Die Reifenspuren würde man aus den Stellplätzen nie wieder rausbekommen. Die Autos stehen daher auf extra dafür vorgesehenen Parkplätzen, die mit Muschelkalk bestreut sind.

Anne lenkte den Wagen auf einen solchen Parkplatz und drehte den Zündschlüssel nach links. In diesem Moment ging auch das Blaulicht aus. Wir stiegen aus und blickten auf die riesige Menschenmenge, die dicht gedrängt stand wie beim Kölner Rosenmontagszug.

»Was ist denn hier los?«, fragte ich.

»Da ist einer umgebracht worden«, ertönte hinter mir eine bekannte Stimme.

»So ein Blödsinn!« Ich drehte mich um.

Lothar streckte mir die Hand entgegen. »Na?«, fragte er. »Endlich Urlaub? Fängt ja gut an.«

Lothar ist seit fünf Jahren unser Nachbar. Er ist ein drahtiger Mann mit grau meliertem Bart. Sein Äußeres bringt einen nicht direkt auf die Idee, dass er ein sympathischer Typ sein könnte. Doch das ist er. Ein verdammt sympathischer Typ. Lothar läuft gern, und auch das sieht man ihm nicht wirklich an. Aber wenn man ihn laufen sieht, verliert man das Vertrauen in althergebrachte Athletenmuster. Beim Volleyballspielen letztes Jahr hatten wir ihn »Killerplauze« genannt, er schob nämlich einen beträchtlichen Kugelbauch vor sich her, aber er tat das in einer enormen Geschwindigkeit.

»Einer ist umgebracht worden? Wer?«

»Erste Antwort: Ja, es gibt einen Toten. Das hat sich wie ein Lauffeuer über den Campingplatz verbreitet. Zweite Antwort: Keine Ahnung. Was meinst du, warum wir hier stehen!« Er wandte sich zum Gehen. »Gehen wir lieber ein Bier trinken?«

»Aber nur eins«, erwiderte ich. «Anne ist bestimmt schon zu Hause.«

Wir gingen zur Kantine, aber die war geschlossen. Davor saßen zwei Jungs auf ihren Mountainbikes und rauchten Zigaretten. Ich konnte mir nur mit viel Mühe verkneifen, sie vor den Gesundheitsgefahren des Zigarettenrauchens zu warnen. »Wieso ist die Kantine denn zu?«

»Wie soll die denn aufmachen – ohne Coen!«

»Wieso ohne Coen?«

»Haben Sie das denn nicht mitgekriegt? Den hat man doch umgebracht!«

»Coen?! Aber … wer tut denn so was?«

Lothar behielt die Fassung. »Sicher kein Camper«, meinte er. »Wenn Coen tot ist, dann gibt es hier kein Bier mehr.«

# 5

Plötzlich stand Wim vor uns, das Handy am Ohr. »Moment, ich mach auf.«. Ein Lächeln gelang ihm nicht. »Geht gleich los.« Er sagte etwas auf Holländisch in sein kleines silbernes Klapp-telefon, und er sagte es so, wie ein Chef redet, wenn der Baum brennt. Als er fertig war, klappte er das Handy sofort zu. Er musste keine Antwort abwarten, denn er hätte sowieso keinen Widerspruch geduldet.

Wim knipste das gedämpfte Saallicht an, dann die Thekenbeleuchtung. Mit geübten Handgriffen nahm er die Kaffeemaschine in Betrieb und zapfte drei *Grimbergen* an. Als Platzchef kennt er seine Pappenheimer. Er kam noch einmal um den Tresen herum, um in der Ecke die Spielautomaten anzuschalten. Dann kehrte er zurück, setzte noch eine kleine Schaumkrone auf die Gläser mit dem dunklen Trappistenbier, gab uns jeweils eins rüber, nahm das dritte Glas hoch und sagte: »Auf diese ganze verdammte Scheiße hier!«

Zwei Männer und zwei Frauen betraten die Kantine, bestellten Bier, Wasser und Wurfpfeile und gingen zum Dart-Automaten in der Ecke.

Mit eiligen Schritten kam Johnny durch die Tür, die zur Terrasse führt. Er blickte Wim entschuldigend an und sagte etwas auf Holländisch.

Ich hätte wetten können, dass Johnny erklärte, er hätte sich total beeilt, schneller wäre es nicht gegangen. Ich spreche zwar gerade genug Holländisch, um im Restaurant einigermaßen fehlerfrei aus der Speisekarte zu zitieren, aber ich verstehe dafür eine ganze Menge. Das macht die Übung. Schließlich lebt man als Camper in einer existenziellen Abhängigkeit von Wettervorhersagen und Verkehrsmeldungen im Radio. Die versucht man zu verstehen, und irgendwann klappt es auch ganz gut. Man versteht zwar immer noch nicht alles, aber man scheitert nicht mehr ganz so kläglich. Ich habe mir schon oft vorgenommen, an der Volkshochschule einen Holländisch-Kurs zu besuchen. So etwas wird dort wirklich angeboten, aber dann scheitert es immer an der fehlenden Zeit oder besser gesagt an mangelndem Interesse, wenn die Ferien zu Ende sind.

Lothar hatte den gleichen Schluss gezogen wie ich. »Na, der hatte es aber eilig. Jetzt wissen wir auch, mit wem Wim gerade eben telefoniert hat.« Er sah mich über sein Bierglas hinweg mit hochgezogenen Augenbrauen an. »Für den möchte ich auch nicht arbeiten!«

Ich nickte. »Na ja, im Moment möchte ich aber auch nicht in Wims Haut stecken.«

Lothar stellte sein Glas neben den Bierdeckel. »Bei Wim liegt der Plan B doch immer schon in der Schublade.«

»Jetzt hör aber auf! Auf so was kann man nicht vorbereitet sein!«

»Das meine ich auch nicht.« Lothar hob sein Glas an und wischte mit dem Bierdeckel den Abdruck vom Tresen. »Ich meine doch nur, wenn aus irgendeinem Grund der Kantinenwirt ausfällt oder der Chef vom Supermarkt oder der Bademeister, dann hat Wim einen Plan B, damit bei seinen Campern der Urlaub weitergehen kann.«

»Ja und? Das muss er doch auch.«

»Natürlich muss er das. Aber wenn die Polizei noch gar nicht richtig vom Platz weg ist, und die Lösung für den Kantinendienst steht schon, dann ist das für mich ein bisschen ...«

»Na?«

»... dann ist das für mich ein bisschen verdächtig.«

Ich schüttelte den Kopf. »Quatsch. Aber mit einem hast du recht!«

»Womit?«, fragte Lothar.

»Die Polizei ist noch auf dem Platz.« Ich nickte in Richtung Tür, durch die gerade zwei Leute den schummrigen Saal betraten: Der eine war ein Mann um die fünfzig mit etwas zu langen Haaren. Er war angezogen, als hätte er heute eigentlich nicht mehr rausgewollt: Cordjacke und Jeanshose, die in einem Altkleidersack das Durchschnittsalter der Klamotten bestimmt nicht gesenkt hätte, grau meliertes T-Shirt und Laufschuhe ohne Socken. Er war das genaue Gegenteil der Frau. Sie war jünger als er, vielleicht fünfunddreißig. Die dunkelblonden Haare waren kurz, und man sah, dass der letzte Friseurbesuch noch nicht lange zurücklag. Sie trug, von unten nach oben, hohe braune Stiefel, eine ausgesprochen verwaschene Jeans mit einer durchgescheuerten Stelle über dem linken Knie und ein Tweedsakko mit passender Weste über einer Bluse mit – ja tatsächlich –, mit Krawatte!

»Derrick und Harry«, sagte Lothar.

»Ja, das glaube ich auch.«

Lothar leerte sein Glas und wandte sich an den Campingplatzchef hinterm Tresen: »Was bin ich dir schuldig?«

»Geht heute auf mich«, sagte Wim und fügte mit einem Augenzwinkern hinzu: »Aber glaubt bloß nicht, dass das zur Gewohnheit wird.«

Ich bedankte mich. »Ich muss los. Anne ist schon am Auspacken, wir sind gerade erst angekommen.«

Wim setzte eine bedauernde Miene auf. »Und dann als Erstes so was … Macht's gut!«

Die Kantine war früher mal eine alte Scheune, mit Reetdach und vor allem mit so einem richtig schönen alten holländischen Scheunentor. Durch dieses schwarz gestrichene Tor traten wir nun ins Freie. Wir hatten zunehmenden Mond. Eine fast schon volle Scheibe beleuchtete ein paar versprengte Wolkenfetzen. Noch drei, vier Tage, und wir würden Vollmond haben. Ich sah den Großen Wagen und knapp darunter ein großes Flugzeug. Es musste ein Flugzeug sein. Sterne blinken nicht.

In Zeeland gibt es wunderbar sonnige Tage, einer davon lag hinter uns. Als ich draußen an der frischen Luft stand und in den Himmel schaute, spürte ich dieses hinlänglich bekannte Gefühl, wenn sich die Haut auf der Stirn spannt. Ich hatte mir tatsächlich noch nach sechs Uhr am Strand einen kleinen Sonnenbrand geholt.

Jetzt war es eine halbe Stunde vor Mitternacht. Es war zwar nicht empfindlich kalt, aber es lag diese typische Feuchtigkeit in der Luft. Diese Feuchtigkeit, die draußen auf den Campingtischen eine Wasserschicht auf die Plastikdecken zaubert, diese Feuchtigkeit, die mich immer so an Zeeland, an Urlaub, an *de Grevelinge* erinnert, diese Feuchte, die mich an diesem Abend an Moor denken ließ.

# 6

Piet ging zum Tresen. Er nickte Wim zu, drehte sich um und lehnte sich mit dem Rücken gegen die gescheuerte Holzplatte. Er schaltete seine Augen auf Weitwinkel und registrierte jede Bewegung in seinem Blickfeld. Im *politiebureau* hielt man ihn für einen harten alten Knochen, wobei es von seiner Laune, seiner Tagesform und vom Wetter abhängig war, ob das »hart« oder das »alt« zutraf.

Meistens hatte er mit seinem Alter keine großen Probleme. Er arbeitete anders als die Kollegen. Er war immer der Ansicht, dass man Fälle nicht lösen konnte, indem man seinen Hintern vor einem Computermonitor platt saß, deswegen konnte er mit diesem grauen Kasten auch nicht so umgehen wie Vermeer oder die anderen. Er war älter als Meinert Waatering, der *hoofdInspecteur*, nicht viel älter, aber immerhin. Er respektierte seinen Chef, aber er rutschte nicht auf Knien über den Flur, wenn er ihn sah. Er konnte noch mit allen mithalten, und er hatte nur noch sieben Jahre.

Es war Piet durchaus recht, dass man ihn für hart hielt. Manchmal gab er sich sogar Mühe, dieses Image zu nähren. Es gab Situationen im Polizeidienst, in denen ein solcher Ruf hilfreich sein konnte. Am Anfang hatte er sich immer amüsiert, wenn das Wort »Macho« fiel, sobald er ins *bureau* kam. Macho, darunter verstand man doch landläufig ein männliches Arschloch, das keinen besonderen Wert auf Deo legte. Piet hatte den Begriff sogar einmal im Lexikon nachgeschlagen und unter dem Stichwort »Machismo« nachgelesen. Bei ihm vermutete man also »starke Überlegenheitsgefühle und Herrschaftsansprüche gegenüber der Frau«. Es hätte ihn nicht gestört, wenn dies gestimmt hätte. Es stimmte aber ganz und gar nicht …

Annemieke Breukink war gekleidet wie ein Mitglied des englischen Hochadels, unmittelbar vor oder nach einer Fuchsjagd. Er war der *Inspecteur*, sie trug den Dienstgrad eines *brigadier*. Er war also ihr direkter Vorgesetzter. Dennoch hatte sie früher von dem Fall erfahren als er, und sie hatte sich vorab entschieden, ihn nicht vor der Beschaffenheit des Tatortes zu warnen. Außerdem war sie mehr als dreißig Minuten vor ihm am Tatort gewesen. Und da sollte er sich überlegen fühlen? Blödsinn! Im Gegenteil: Er musste aufpassen, dass sie nicht mitbekam, wie unterlegen er sich manchmal fühlte.

So etwas Ähnliches wie ein Mitglied des Hochadels war Annemieke Breukink schließlich auch, nicht adelig im Sinne von »von« oder »van«, aber es gab ja auch Geldadel. Annemiekes Vater, Geert Breukink hatte in Rotterdam durch IT-Handel mit Lagerplätzen ein Vermögen verdient. Das war eigentlich nichts Ungewöhnliches, ungewöhnlich war nur, das er sein Vermögen behalten hatte, obwohl eine Menge Analysten nur wenige Monate zuvor ihr Haus darauf verwettet hätte, dass *BSE* einen Hammer-Konkurs hinlegen würden. *BSE, Breukink Storing and Engineering*, hatte die große Internet-Blase überlebt, mit ein paar Schrammen, aber immerhin.

Geert Breukink war ebenso steinreich wie vernarrt in seine Tochter, und er war überhaupt nicht begeistert gewesen von Annemiekes Idee, zur Polizei zu gehen. Andererseits war sie seine Tochter, und so wusste er, dass es wenig Sinn hatte, mit ihr darüber zu diskutieren. Wenn sich eine Breukink etwas in den Kopf gesetzt hatte, dann war jeder Versuch, ihr das wieder auszureden, vergeblich. Als würde man versuchen, Schießpulver aus einem Gewehrlauf zu kratzen. Mit jedem Versuch wurde das Pulver nur fester zusammengepresst, und je länger man versuchte, den Schuss zu verhindern, desto lauter wurde der Knall.

Annemieke Breukink saß neben Piet am Tresen. Sie hatte sich so auf einen Barhocker gesetzt, dass sie ihn ansehen konnte, dabei hatte sie aber fast den gesamten Gastraum im Auge, vor allem den Teil, den Piet nicht einsehen konnte. Die beiden waren ein eingespieltes Team.

Annemieke räusperte sich fast unhörbar: »Ich wusste nicht, dass du ihn kennst. Glaub mir, sonst hätte ich dir am Telefon mehr gesagt. Ich wollte doch nur …«

Er blickte sie kurz an und sagte dann ruhig: »Schon gut. Dann lass uns mal zusammenfassen, was wir wissen.«

»Wir haben einen Toten. Wir haben dessen Identität, und wir wissen, dass es kein natürlicher Tod und kein Selbstmord war. In der Nähe des Tatortes befanden sich zur Tatzeit knapp unter zweitausend Menschen. Eine Tatwaffe fehlt nicht, denn es gab keine. Das ist alles.«

»Das ist nichts«, stellte Piet fest.

Wim kam hinter dem Tresen vor und gesellte sich zu den beiden. Er wandte sich an Annemieke: »Darf ich mich kurz vorstellen? Mein Name ist Wim Verheijden, ich bin hier der Chef von *Camping de Grevelinge.*« Dann wandte er den Kopf. »*Hoi*, Piet!«

Piet hatte Mühe, ein Grinsen zu unterdrücken. Annemieke schaffte es anscheinend, nur durch ihre Aufmachung, ihre ganze adelige Attitüde, eine solche Distanz zwischen sich und den Leuten zu erzeugen, dass sich alle benahmen wie in der Sonntagsschule. »Willst du uns vielleicht was zu trinken verkaufen?«, fragte er.

»Gerne. Ein Bier, oder seid ihr im Dienst?«

»Sowohl als auch.«

Wim spülte zwei Gläser aus, zapfte zwei kleine *Grolsch* und stellte sie auf den Tresen.

Annemieke schaute ihren Chef halb belustigt, halb entsetzt an.

»Was guckst du so? Ich finde, ein Bier ist im Dienst okay«, sagte Piet.

»Ein Bier? Du hast mir gerade noch erzählt, du hättest schon drei *Grolsch* gehabt.«

»Das war vor deinem Anruf. Da war ich nicht im Dienst.«

Annemieke wandte sich zum Tresen um und sah Wim interessiert an. »Wer war er? Ich meine, ich weiß: Er war Coen Rimmel, Wirt hier in der Kantine, klar, aber wer war er wirklich?«

Als Piet Annemiekes Frage hörte, beschloss er, gedankenverloren in sein Bier zu starren. Er kannte Wim seit der Schulzeit, und – kaum zu glauben – Wim ging es mit ihm genauso! Er hätte beim Pokern keine Chance gegen Wim. Und Wim hätte beim Pokern keine Chance gegen ihn. Wenn sie beide zusammen mit einem Dritten gespielt hätten, dann hätte der ihnen sein Monatsgehalt genauso gut vorab überweisen können.

Wim betrachtete die Reste seines Biers und sagte: »Coen war sehr beliebt. Bei seiner Familie genauso wie bei den Campinggästen. Wissen Sie, wenn Johnny oder ich mal abends die Theke übernahmen, weil Coen krank war oder Urlaub machte, dann hatten wir prompt weniger Umsatz. Die Leute gingen früher nach Hause, und sie waren nicht so zufrieden wie bei Coen. Es gibt ein Sprichwort in Zeeland: *Wenn die Kneipe laufen soll, gehört der Wirt hinter den Tresen!* Der Wirt gehört also hinter den Tresen und weder zu Hause aufs Sofa noch auf Mallorca an den Pool. Aber das ist nur der eine wichtige Teil des Satzes. *Der Wirt* gehört hinter den Tresen, wohlgemerkt, *der Wirt*. Nicht Johnny und nicht ich. Der Wirt, das ist Coen.«

»*War* Coen …«, berichtigte Annemieke.

»Nein, *ist* Coen. Vielleicht gibt es hier irgendwann mal einen anderen Wirt, aber dann ist das hier auch eine andere Kneipe.«

Piet beobachtete, wie klitzekleine weiße Bläschen im Schaum seines Biers zerplatzten und gleichzeitig neue entstanden.

»Jeder auch noch so angesehene und beliebte Mensch hat Feinde«, zweifelte Annemieke.

»Ja, alle außer Coen. Ich weiß, das klingt blöd, aber Coen hatte keine Feinde. Jeder, der ihn kannte, kam zu ihm in die Kantine, und jeder, der diese Kantine wieder verließ, war Coens Freund. Coen hatte für jeden ein paar Minuten Zeit, und nach der letzten Runde gab es immer noch eine allerletzte Runde. Es tut mir leid für euch …« Wim nahm sein Glas, trank es aus, wischte sich den

Schaum von den Lippen und eine Träne von der rechten Wange: »Es tut mir leid für euch, aber Coen hatte keine Feinde.« Er stellte das Glas auf die Spüle, nahm seinen Block und einen Stift und ging, um neue Gäste zu fragen, was sie trinken wollten.

Annemieke steckte ihr schwarzes Notizheft wieder in die Handtasche. »Fassen wir zusammen. Der Mann war also beliebt, im Familienkreis genauso wie bei seinen Gästen. Er hatte nur Freunde, und wenn da mal einer auftauchte, mit dem er sich nicht so grün war, dann verließ auch der die Kantine irgendwann als sein Freund. Dazu hatte der gute Herr Rimmel auch noch ein Gesicht, mit dem er mühelos von jeder Fernsehzeitung hätte lächeln können. Liege ich so weit richtig?«

»So weit schon.«

»Wieso war Coen dann hier Wirt und nicht in Den Haag Premierminister?«

»Vielleicht weil er einfach ein netter Kerl war«, sagte Piet. »Ich glaube, wenn du ein netter Kerl bist, dann bringst du es als Premierminister nicht weit.«

Annemieke seufzte. »Okay, dann machen wir uns auf die Suche nach dem Freund von Coen, der ihn umgebracht hat.«

»Nein, nein, der Feind existiert natürlich, aber nicht einmal Wim kennt ihn. Wenn er ihn kennen würde, hätte ich es gemerkt.«

Piet trank sein Glas leer und hob es hoch. »Und den Feind, den suchen wir morgen. Für heute habe ich Dienstschluss.« Sein Blick irrte durch den Gastraum und fand, was er suchte: »Wim? Machst du uns noch zwei Bier?«

# 7

Wenn ich nach langer Zeit zum ersten Mal wieder unser Vorzelt betrete, dann hat das etwas Erhabenes. Ich fühle mich dann immer ein bisschen wie ein Filmstar. Ich fühle mich wie James Stewart in »*Mr. Hobbs macht Ferien*«!

Das ist einer meiner Lieblingsfilme gewesen, als ich noch mit Schwester, Mama und Papa sonntagnachmittags auf dem Sofa Frankfurter Kranz gegessen habe. Seitdem wurde der Film alle zwei Jahre wiederholt, und wenn ich zappend vorm Fernseher saß und plötzlich die verzweifelte Gestalt von James Stewart erblickte, dann musste ich den Film schon wieder gucken, obwohl es ein bisschen problematisch ist, bei »*Mr. Hobbs macht Ferien*« in der Mitte des Films einzusteigen. Der Drehbuchautor hatte nämlich die unglaublich witzige Idee, die Geschichte mit dem Ende anzufangen, wahrscheinlich weil damals noch nicht abzusehen war, dass man vierzig Jahre später »zappen« konnte!

Der Film beginnt damit, dass James Stewart, also Mr. Hobbs, seiner Sekretärin einen Brief diktiert, den seine Frau erst nach seinem Tod erhalten soll. In diesem Brief erklärt er ihr, warum sie nie wieder gemeinsam in Urlaub gefahren sind. Das ist eine billige Retourkutsche, weil Mr. Hobbs nach Europa fahren wollte und seine Frau Peggy, also Maureen O'Hara, ihrerseits ein kleines

Haus an der amerikanischen Küste gemietet hatte. Dieses Haus ist das Musterbeispiel einer schauerlichen Bruchbude: kein fließendes Wasser, eine Pumpe, die nicht funktioniert, eine Katastrophe!

Auch wenn es nicht so scheinen mag, es gibt etliche Gemeinsamkeiten zwischen dem Film und meinem ersten Betreten des Vorzelts bei jedem Campingurlaub. Erstens fährt Mr. Hobbs wie ich auch einen Kombi, obwohl meiner keine Türen aus Holz hat. Die zweite Gemeinsamkeit ist der Gesichtsausdruck. James Stewart und mir steht die Freude auf den Urlaub, aber auch die Skepsis hinsichtlich der Immobilie ins Gesicht geschrieben. Und drittens würde auch ich in wenigen Minuten das Wasser anschließen, und es würde einfach nicht bereit sein, aus dem Hahn zu laufen. Woher ich das jetzt schon weiß? Na ja, Erfahrung!

Zum Glück gibt es auch Unterschiede: Wir haben nur zwei Kinder dabei. Enkel, die ihren Opa »Brummpa« nennen, wie die Kindeskinder von Mr. Hobbs, sind hoffentlich noch in weiter Ferne. Aber der Hauptunterschied ist, dass Mr. Hobbs der Urlaub in Europa verwehrt wird. Wir hingegen sind in Europa, genau genommen in einer der schönsten Ecken von Europa. In der Nähe von Noordkapelle in den Niederlanden, auf *Camping de Grevelinge*!

Ich holte tief Luft, schaute kurz dankend nach oben und betrat das Vorzelt.

»Könntest du eben das Wasser anschließen?«, fragte Anne.

Ja, das konnte ich. Das Anschließen ist im Grunde überhaupt kein Problem. Man öffnet mittels des Wohnwagenschlüssels das Gasflaschenstaufach im Bug des

Wohnwagens und holt das sorgfältig eingerollte und beinahe wasserdicht in einer Plastiktüte aufbewahrte Ende des Schlauchs aus dem besagten Gasflaschenstaufach und danach aus der Plastiktüte. Dann schraubt man die Gardena-Kupplung auf den Wasserhahn und steckt den Schlauch mit dem Gegenstück zu ebenjener Gardena-Kupplung auf das soeben aufgeschraubte Verbindungsstück. Man dreht den Wasserhahn am Waschhäuschen noch nicht auf, weil man vorher an der Spüle im Vorzelt den Hahn öffnen muss. Dann endlich heißt es »Wasser marsch!«.

Auch dieses Mal ging ich Schritt für Schritt vor. Der Wasserhahn oberhalb der Gardena-Kupplung war aufgedreht, die Leitung hatte ihren Schließmuskel entsperrt, und das Wasser marschierte ... nicht! Dafür gab es keine physikalischen Gründe. Das ist Camping oder Urlaub, oder es ist halt ein ganz persönliches Problem von James Stewart und mir. Schon drei Jahre zuvor hatte ich beschlossen, dieses Phänomen nicht weiter zu erforschen. Ich wartete einfach ab.

Anne hatte es sich unterdessen im Vorzelt gemütlich gemacht. Das Windlicht auf dem Tisch und die drei Kerzen auf dem Sideboard verbreiteten ein warmes Licht, aber es war schon ziemlich kühl geworden. Sie hatte sich das Plaid über die Beine gelegt und das Strickzeug genommen. Ich kramte mir einen warmen Pullover aus dem Wäschekorb mit der Kleidungserstausstattung. Der große Rest lag noch im Auto.

Ich berichtete über den Fortschritt meiner Inbetriebnahme-Aktivitäten nur knapp: »Das Wasser ist angeschlossen!« Dann wartete ich wieder.

Als Anne fragte: »Kannst du mir Teewasser heiß machen?«, öffnete ich wortlos die Tür, ging erneut um das Vorzelt herum zum Gasflaschenstaufach im Bug des Wohnwagens und ärgerte mich nur ganz kurz darüber, dass ich die Gasflasche vor ein paar Minuten nicht gleich mit angeschlossen hatte. Danach betrat ich erneut den Wohnwagen, öffnete das Sicherheitsabsperrventil und drückte den Piezo-Zünder, um die Gaszentralheizung in Betrieb zu nehmen. Ich legte mich flach auf den Boden, um das Aufleuchten der Kontrollflamme in der Heizung zu überprüfen. Als ich das kleine Flämmchen sah, dachte ich: Aha! Gas funktioniert. Also nahm ich die Teekanne, ging zum Waschhäuschen und füllte sie mit Wasser.

Zurück im Wohnwagen nahm ich den kleinen Kochtopf aus dem Hängeschrank und goss das Wasser aus der Teekanne in den Topf. Mit dem extra langen Gaskocherfeuerzeug entzündete ich den Gaskocher und stellte den Topf auf die Flamme.

Natürlich schaute mich Anne verwundert an. Natürlich erwartete sie eine Erklärung für mein umständliches Vorgehen. Warum hatte ich nicht einfach den Wasserhahn im Vorzelt aufgedreht? Ich konnte ihr keine Erklärung geben, zumindest keine vernünftige. Also sagte ich gar nichts. Irgendwann würde das Wasser laufen, das wusste ich mittlerweile. Ich hätte natürlich zu Prüfungszwecken in den Wasserhahn schauen können, aber dann würden die Wassermassen sicher just in dem Moment aus der Leitung sprudeln, wenn beide Kinder gerade das Vorzelt betraten. In einem solchen Fall wäre es unmöglich, den Respekt der Kinder aufrecht zu erhalten. Ich konnte nicht beeinflussen, wann die Kinder das Vorzelt betraten, also schaute ich lieber gar nicht erst nach.

Ich setzte mich zu Anne. Wir sprachen nicht über die Polizei und nicht über das, was wir an diesem Abend erlebt hatten. Wir wollten beide so tun, als hätte wie jedes Jahr einfach ein Urlaub begonnen. »Wo sind die Kids?«

»Nebenan bei Schulenkämpers kniffeln. Ich habe gesagt, Punkt zwölf ist Schluss. Sie sind ja auf dem Platz, da kann nichts passieren.« Das kleine Lächeln erstarb auf ihren Lippen. Die Ereignisse des Abends hatten uns schon wieder eingeholt.

»Ja«, sagte ich. »Letztes Jahr galt das noch: Sie sind ja auf dem Platz, da kann nichts passieren. Aber dieses Jahr hat jemand Coen umgebracht. Und dieser Jemand läuft noch frei herum. Ich weiß nicht, ob er hier auf dem Campingplatz ist, aber zumindest war er hier.«

Anne sah mich mit weit aufgerissenen Augen an. »Coen?«

»Ja sicher, hast du das noch nicht gehört? Lothar hat schon gesagt, das ist sicher keiner vom Campingplatz gewesen. Denn wenn Coen tot ist, dann …« Ich wurde von Annes plötzlichem Schluchzen unterbrochen. »Du weinst ja?«

»Du sagst … du sagst, jemand hat Coen umgebracht?« Ihr Schluchzen wurde lauter. Es war nicht hysterisch, aber es fehlte nicht viel.

»Aber Anne, wir kannten ihn doch kaum. Gut, wir haben ein paar Mal ein Bier bei ihm getrunken, und ich finde es auch sehr traurig, aber …«

»Na und?« Sie wandte ihren Blick ab. »Ich habe ja auch geweint, als sie im Fernsehen übertragen haben, wie Menachem Begin beerdigt wurde, und von dem habe ich eigentlich nichts gehalten, und bei der Beerdigung von Lady Di … Ich bin halt so! … Und Coen war wirklich ein netter Kerl.«

»Klar, das war er …« Ich suchte ihren Blick, aber sie schaute ins Nichts. Anne saß zwar mir gegenüber am Tisch, aber sie war ganz woanders. Ich wusste, dass ich ihr in diesem Moment nicht helfen konnte. Sie brauchte Zeit. »Wenn du willst, geh ruhig schlafen. Ich warte hier auf Tristan und Edda«, bot ich ihr etwas hilflos an.

»Dann gehe ich jetzt. Danke.« Sie stand auf, küsste mich auf die Wange, ging in den Wohnwagen und schloss die Tür hinter sich. Sechzehn Jahre waren wir verheiratet. Ich kannte sie so genau und verstand sie doch nicht.

Die Taschenlampe lag in der obersten Schublade des Sideboards im Vorzelt. Ich knipste sie an. Pures Glück! Wenn man am ersten Urlaubstag die Taschenlampe raussucht, dann sind normalerweise die Batterien leer, aber dieses Mal warf die Taschenlampe einen mächtigen Lichtkegel gegen die blau-weiß gestreifte Vorzelt-Wand. Ich beleuchtete den Weg um das Vorzelt herum und fand meinen »Weinkeller« unter dem Wohnwagen. Vorne unter dem Caravan lagen zwei Plastikstapelregale nebeneinander. Sie fassten zwölf Flaschen Wein, und diese zwölf Flaschen lagen in einem perfekten Mikroklima: konstante Feuchtigkeit bei durchschnittlich vierzehn Grad im Sommer. Besser geht es nicht! Ich beleuchtete die Regale, und tatsächlich, da lag noch eine Flasche Rotwein ganz rechts im zweiten Regal. Ich hatte in den Osterferien offenbar eine übersehen.

Tristan und Edda kamen von Schulenkämpers zurück. Ich hätte jetzt noch auf Zähne putzen bestehen müssen, aber ich akzeptierte einfach die flüchtigen Gutenachtküsschen und hoffte, dass sie wirklich gut schlafen konnten.

Ich zog den Reißverschluss zu, fand in meinem Aktenkoffer die Lesebrille, und nun genoss ich Annes kleine Kerzen-Armada umso mehr. Die Lesebrille erlaubte mir, das Etikett zu entziffern. Ich hatte einen Chianti Classico gefunden, Casanuova di Nittardi, Jahrgang 2000, ein sortenreiner Sangiovese. Die Lagerung unter dem Wohnwagen hatte ihm entweder nicht geschadet, oder sie hatte ihm sogar gutgetan. Ich hielt meine Nase in das

Glas, vernahm einen vollen Duft von Kirschen, Vanille und Toscana … und ein Geräusch, das ein Glas Chianti nicht verursachen kann. Es war das Ratschen des Reißverschlusses.

»Komm rein, Lothar. Ein Glas Wein?«

»Ja, das kann ich jetzt gebrauchen.«

Lothar nahm sich ein Rotweinglas aus dem Sideboard. Camping ist zwar die Urlaubsform des improvisierenden Abenteurers, aber auf gute Weingläser muss man bei uns trotzdem nicht verzichten. Es gibt sechs schöne große, dünnwandige Rotweingläser, sechs etwas kleinere elegante Weißweingläser und vier sehr schlanke Sektgläser, allesamt mundgeblasen, aber das ist nichts Besonderes. Fußgeblasen, das wäre etwas Besonderes.

Lothar hatte den Wein sofort als Rotwein identifiziert und daher die ganz linke Sideboard-Tür geöffnet, um sich ein Rotweinglas herauszunehmen. Nach Jahren der Nachbarschaft kennt er sich in unserem Mobiliar bestens aus.

Zwei Minuten später saß er mit gefülltem Rotweinglas vor mir und sagte: »Ich versteh da was nicht.«

»Was denn?«

Er stellte sein Glas wieder ab, lehnte sich in dem blau-weiß gestreiften Campingstuhl zurück und sagte: »Gaby hat plötzlich losgeheult.«

»Wie, losgeheult?«, fragte ich verblüfft.

»Na, als ich erwähnt habe, dass Coen umgebracht worden ist, da hat die losgeheult! Was guckst du denn jetzt so blöd?«

»Anne hat auch geweint.«

Lothar trank einen Schluck aus seinem Weinglas, kontrollierte noch kurz die Farbe des edlen Tropfens, dann stellte er das Glas nachdenklich auf den Tisch, schaute mir in die Augen und fragte: »Was war da eigentlich an Pfingsten los?«

# *Sonntag*

# 8

Der Morgen war grau, das Haus war grau, und der Name war ebenfalls grau! In Zeeland wollen Menschen ein Zuhause haben, deshalb haben Häuser in Zeeland Namen. Das Haus, in dem Piet die erste Etage und das Dachgeschoss bewohnte, hieß *De grise dolfijn*, und es lag, oder besser es stand, am Turfkaai. Die Straße, an der das Stadtzentrum von Middelburg an den Binnenhaven grenzte, war in die verschiedensten *kaaien* unterteilt: Turfkaai, Houtkaai, Londensekaai und so weiter. Der Turfkaai lag zwischen Vismarkt und Herenstraat. Wenn sich ein Haus in Middelburg einen Bauplatz hätte auswählen können, hätte es wahrscheinlich den Turfkaai gewählt. Das Haus war tatsächlich grau, aber das bezog sich nur auf die Farbe der Fassade. Piet hätte sich eine solche Wohnung niemals leisten können, aber die alte Dame, der es gehörte, hatte den bärbeißigen Polizisten ins Herz geschlossen. Juliana Joosses hatte ihre Namenspatronin, die Königinmutter, überlebt, aber sie war auch sieben Jahre später geboren worden, am 30. April 1916. Juliana Louise Emma Marie Wilhelmina, Prinzessin von Oranien-Nassau, Herzogin zu Mecklenburg, war von 1948 bis 1980 Königin der Niederlande gewesen, und sie war am 20. März 2004 in Soestdijk gestorben.

Juliana Joosses war jetzt jugendliche neunzig Jahre

alt, und Piet van Houvenkamp war ihr Beschützer. Das glaubte er.

Vor fünfzig Jahren wäre er wahrscheinlich ihr Liebhaber gewesen, das glaubte sie! Und er war … ihr Vorleser, ihr Einkäufer, ihre Kur gegen die Demenz. Er zahlte genau siebenhundert Euro Miete für einhundertvierzehn Quadratmeter auf zwei Etagen. Das war nicht nur in Middelburg untypisch, das war europaweit ein Schnäppchen, und das mit einem unbeschreiblichen Blick auf den Binnenhaven und nicht einmal drei Minuten Fußweg zum Markt, zum Rathausturm und zu den tollsten Kneipen, die man sich nur vorstellen konnte.

In der Mitte von Piets Wohnzimmer stand ein großes Bett, sein Lieblingsort. In diesem Bett lag er gerade und wippte mit dem rechten Bein, weil sein Traum ihn zwang, schnellen Schrittes irgendwelche Verbrecher zu verfolgen. Wahrscheinlich hatte er im Traum wieder seine Laufschuhe angezogen, und nun hastete er über das Deck der Karnak, um herauszufinden, wer da einen Revolver in den Nil geworfen hatte. Er blickte gerade über die Reling, als ihn ein Klingeln aufschreckte. Das konnte nicht sein. 1937 gab es noch kein Handy …

Es dauerte drei Klingeltöne, bis Piet in die Wirklichkeit zurückgefunden hatte, und noch einmal zwei, bis er das Handy unter dem Bett herausgefischt hatte. »Hallo …?« Er lauschte dem Freizeichen. Es klingelte wieder. Er warf das Handy in den Sessel, stolperte verschlafen zur Tür, nahm den Hörer aus dem weißen Monstrum von Gegensprechanlage und sagte noch einmal: »Hallo?« Annemiekes Gesicht tauchte auf dem Schwarz-Weiß-Monitor auf.

Ihre Stimme eilte den Bewegungen ihrer Lippen auf dem Monitor ein wenig voraus. »Ein schöner Tag, die Vöglein singen, und wir sollten jetzt auch ein paar Vöglein zum Singen bringen. Bist du fertig?«

»Ich habe gerade geduscht. Jetzt werde ich mich rasieren und in Ruhe anziehen. Dann treffen wir uns im *St. John* auf einen Milchkaffee.«

Das *St. John* lag gegenüber dem Vismarkt in der Sint Janstraat. Annemieke blieb einen Moment vor dem Haus stehen. Eigentlich waren es sogar zwei Häuser, in denen das Café untergebracht war. Das eine hieß *De Wildeman*, und das andere trug den verheißungsvollen Namen *t'oude Bierhuys*. Zusammen bildeten sie Piets Lieblingscafé. Annemieke schaute durch das Fenster in das Lokal. Neun Uhr morgens, und es war schon allerhand los für diese

Uhrzeit. Sie musste lächeln, als sie unten rechts im Fenster einen Aufkleber sah, auf dem ein durchgestrichenes Cannabisblatt abgebildet war. Ja, in Middelburg musste man vorsichtig sein, wenn man einen *Coffie-Shop* betrieb.

Annemieke betrat das Café mit einer gemütlichen alten Einrichtung aus viel dunklem Holz. Die Wandfarbe war in den letzten Jahrzehnten fleckig geworden von den vielen dunklen Zigaretten, die hier geraucht worden waren. Sie setzte sich an den einzigen freien Tisch und schaute in die Karte, obwohl sie sowieso einen Milchkaffee nehmen würde.

Es dauerte nur ein paar Minuten, bis Piet im Türrahmen erschien.

»Na, da bist du ja endlich.« Annemieke musterte ihren Chef und versuchte, jede Missbilligung zu unterdrücken. Sein Haar war noch feucht. Er trug dieselben Sachen wie am Tag zuvor, dieselbe alte Jeans, dieselbe Cordjacke, nur das T-Shirt war heute dunkelgrün. Piet setzte sich und schaute beinahe schuldbewusst an sich herunter. Annemieke rührte ungerührt in ihrem Kaffee. »Punkt eins«, sagte sie. »Wir müssen zu Arie. Ich wüsste nicht, wie wir ohne ihn weiterkommen sollten. Punkt zwei: Wenn ich mich so sorgfältig rasieren würde wie du, würde ich nie mehr einen Bikini anziehen!«

Piet fand mit dem linken Daumen die Stellen an seinem Kinn, wo sich noch einige Bartstoppeln munter emporreckten. Jetzt hatten die Dinger schon fünf Klingen, und sie rasierten immer noch nicht ordentlich. »Ja«, sagte er nur. »Da gibt es wohl ein paar Fragen, die Arie uns beantworten kann. Zumindest wird er uns sagen können, wann der Tod eingetreten ist. Vielleicht kann er uns auch erklären, wieso Coen kopfüber am Haken hing.«

»Na, damit er in dem Becken ertrinken musste …« Sie zögerte. »Ach so, du meinst, wie kriegt man so einen kräftigen Mann in diese Position?«

»Mir ist gestern aufgefallen, dass der Kopf eigentümlich schräg lag. Vielleicht war sein Genick gebrochen. Es kann doch sein, dass er schon tot war, als er für das Publikum so unnachahmlich drapiert wurde.«

»Das müsste Arie uns erklären können. Wollen wir gleich los, oder trinkst du noch einen Kaffee?«, fragte Annemieke.

»Erst den Kaffee.«

»Warum frage ich überhaupt?«

Piet bestellte einen *Zeeuwse Koffie*, einen Bauernkaffee mit Kandiszucker und einem *Bolus*, einem Hefeteilchen mit Nussfüllung, auf den Butter gestrichen wurde, und gleich noch eine Tasse Kaffee extra.

»Der *Bolus* gehört zum Kaffee dazu, der kostet nichts extra«, erklärte er. »Zwei Kaffee, und du brauchst dir um das Frühstück keine Gedanken mehr zu machen. Und weißt du, warum ich diesen *Coffie-Shop* morgens so liebe?«

»Du wirst es mir bestimmt gleich sagen.« Annemieke seufzte.

»Da steht zwar ein Klavier in der Ecke, aber es gibt keine Musik!«

Vom Vismarkt, an dem das *St. John* lag, waren es nur fünf Minuten Fußweg bis zur Vlissingsestraat, wo die Pathologie in einem unansehnlichen Gebäude untergebracht war, das so gar nicht zu den amerikanischen Serien passen wollte, in denen junge, bildhübsche Medizinerinnen anhand einer einzigen Gewebezelle des völlig verkohlten Leichnams bestimmten, welches Eau de Toilette das Opfer am Todestag benutzt hatte.

Das Haus war alt, und nachdem Piet und Annemieke die Pförtnerloge passiert hatten, vermischte sich der Geruch des alten Gebäudes mit dem von Lysol, Carbol und von Kaninchen, die schon ein paar Tage tot waren.

Arie Tromp war seit Menschengedenken der *patholoog-anatoom*, der Gerichtsmediziner in Middelburg. Er wurde immer dann hinzugezogen, wenn die *Afdeling Bloed, Zweet en Tranen* an der Arbeit war. Manchmal kürzte er diese auch ab als *Zwacri* für *Zware Criminaliteit*. Tromp war nicht nur ein Ass in der Schule gewesen, auch beim Medizinstudium in Amsterdam war er einer der Jahrgangsbesten. Ihm hatten damals auch andere Türen offen gestanden als die zu dem alten Haus in der Vlissingsestraat, aber er war mit Haut und Haaren der Haut und den Haaren von Toten verfallen. Diesen und all den anderen ehemals lebensnotwendigen Bestandteilen, die bei ihm auf dem Tisch landeten.

Wenn Arie in Amsterdam oder Den Haag vor Gericht als Sachverständiger zu den kompliziertesten Fällen aussagte, dann wurde er von den Staatsanwälten oder Verteidigern manchmal unterschätzt. Meistens unterlief den Advokaten dieser Fehler aber nur einmal. Nein, man sah Arie nicht an, dass er eine Koryphäe war. Er sah weder wie ein Chefarzt aus noch wie ein vergeistigter Wissenschaftler. Er wirkte eher wie ein Bäckermeister, der morgens immer so früh aufstehen muss, dass er nachmittags

zu müde ist, um seine Haut noch der Sonnenbestrahlung auszusetzen. Sein Teint wirkte ein bisschen mehlig, und seine Augen waren zu gut. Jemand von Tromps Kaliber hätte eine Brille tragen müssen, aber er brauchte keine. Genau wie er sich nach dem Studium geweigert hatte, durch eine gut gehende Praxis oder einen Chefarztposten ein reicher Mann zu werden, so hatte er es auch immer abgelehnt, seinen Lebensmittelpunkt in eine der pulsierenden Metropolen zu verlegen. Arie blieb seinem alten Seziertisch als forensischer *onderzoeker* in Middelburg treu. Und Piet war sich über eines völlig im Klaren: Das war ein verdammter Glücksfall für ihn und für das ganze *politiebureau*.

Als sie eintraten, hatte Arie sein Tête-à-Tête mit dem Toten gerade beendet. Coens Leichnam lag noch auf dem Marmortisch. Kein anderer Gerichtsmediziner der Niederlande, wahrscheinlich nicht einmal in ganz Europa, arbeitete noch an einem alten Marmortisch. Man benutzte mittlerweile Edelstahltische. Arie hatte einigen Einsatz darauf verwenden müssen, den Tisch überhaupt behalten zu dürfen. Laut einem Gutachten, das in irgendeinem Aktenschrank bei der EU in Brüssel vor sich hinschimmelte, litt Arie unter einer rätselhaften Edelstahlallergie. Eines wusste Piet: Arie war nicht verheiratet, aber er hielt in Treue fest zu seinem Tisch.

Der Gerichtsmediziner pellte sich die Gummihandschuhe von den Händen und bedeckte Coens leblosen Körper mit einer schwarzen Kunststofffolie. Es hatte den Anschein, als hätte Arie die ganze Nacht gearbeitet. Sein ohnehin schon mehliger Teint war noch eine Spur heller geworden. Hätte er sich für ein kleines Nickerchen neben Coen gelegt, ein Unbeteiligter hätte schwerlich sagen können, wer von beiden die Leiche war. Arie wusch sich die Hände, trocknete sie und sein Gesicht, dessen Durchblutung jedoch dieser Massage widerstand.

»Ich weiß, es ist noch sehr früh«, ergriff Annemieke das Wort, »aber können Sie uns zu diesem Zeitpunkt schon etwas Genaueres sagen?«

»Ich glaube, ich kann euch alles sagen, was es zu wissen gibt«, sagte Arie. »Der gute Herr Rimmel ist zwischen zwanzig Uhr dreißig und dreiundzwanzig Uhr dreißig verschieden. Genau genommen ist er ertrunken, allerdings nicht unbedingt in sauberem Wasser. Ich habe die Brühe aus der Entsorgungsstation in seiner Speiseröhre, in der Luftröhre, im Magen und in der Lunge gefunden.«

Piet runzelte die Stirn. »Arie, wie kriegt man einen Brocken wie Coen in eine solche Position?«

»Coen war zum Zeitpunkt seines Ablebens einen Meter sechsundachtzig groß und wog einundneunzig Kilo. Man hätte ihn also gar nicht in diese Situation bringen können, es sei denn, er hatte nichts dagegen. Dazu hätte man ihn allerdings vorher durch einen Schlag mit einem schweren Gegenstand auf den Hinterkopf außer Gefecht setzen müssen.«

»Und? Hat man?«

»Man hat, in der Tat. Der Schädel weist an der Hinterseite eine Fraktur auf, und es ist schon fast ein Wunder, dass dieser Schlag Coen nicht getötet hat.«

Annemieke schaltete sich ein. »Und das ist ausgeschlossen?«

»Ja, denn sonst hätte ich die Entsorgungsbrühe nicht

in seiner Lunge gefunden. Nach dem Schlag war er bewusstlos, aber alle Vitalfunktionen waren noch intakt. Auch wenn ein Mensch bewusstlos ist, atmet er weiter. Und wenn ein Mensch atmet, kann er auch ertrinken.«

»Sonst noch was?«, fragte Piet.

»Reicht das nicht? Ihm hat's gereicht.« Arie ging zum Marmortisch, löste die Arretierung an zwei Rädern und schob den Tisch aus dem Raum.

»Danke, Arie!«

Eilig verließen sie Aries heilige Hallen. Piet hatte ohnehin kein Verlangen verspürt, den Aufenthalt weiter auszudehnen.

»Wir sollten öfter mal bei Arie vorbeischauen«, sagte er, als sie nach draußen traten.

»Was?« In Annemiekes Augen stand eine Mischung aus Unverständnis und Entsetzen.

Piet atmete übertrieben durch die Nase ein und grinste. »Ja, man lernt die frische Seeluft wieder schätzen.«

Sie gingen den Beenhowers Singel entlang zum *politiebureau*. An der Anlegestelle des Ausflugsbootes versammelten sich die ersten Touristen.

»Warum schlägt man jemanden nieder, damit er bewusstlos ist, um ihn dann so aufzuhängen, dass er ertrinkt, und dann noch in Abwasser? Das ist doch sinnlos!«, sagte Piet und schüttelte ratlos den Kopf.

Annemieke zuckte mit den Schultern. »Weil man einem Ritual folgt, weil man uns bewusst in die Irre führen will oder weil man Coen so sehr gehasst hat, dass er *Scheiße fressen* sollte.«

»Und was wäre aus diesem Plan geworden, wenn der feste Gegenstand einen Tick zu heftig auf der Schädeldecke aufgeprallt wäre? Arie hat gesagt, es war fast ein Wunder, dass ihn nicht schon der Schlag getötet hat.«

»Wir werden es wohl nur erfahren, wenn wir den Mörder fragen. Aber den müssen wir erst finden.« Annemieke seufzte.

»Wir wissen mit einiger Wahrscheinlichkeit, dass der Mörder ein Mann ist. Es war bestimmt mit einigem Kraftaufwand verbunden, den bewusstlosen Coen so aufzuhängen. Wir suchen einen ziemlich kräftigen Mann mit einer großen Portion Fingerspitzengefühl im Schlagarm.« Piet grinste. »Wir fahren einfach nach *de Grevelinge* und spielen gegen alle männlichen Camper Tennis. Dann haben wir ihn.«

# 9

Der grundlegende Unterschied zwischen einem Campingurlaub und einem Hotelaufenthalt liegt im Frühstücksraum. Im Hotel wird dieser von einer netten Dame mit Namensschild am dunkelgrauen Nadelstreifenkostüm bewacht. Diese fragt den Ankömmling zunächst nach seiner Zimmernummer, um den zahlenden Hotelgast vom schnöden Schnorrer zu trennen. Wenn sie einen dann eintreten lässt, fällt der erste Blick aufs Frühstücksbüffet, das Schlaraffenland, wo einem Nürnberger Rostbratwürstchen und Schalen voller Bircher Müsli in den Mund fliegen.

Ein solches Frühstücksbüffet gibt es im Wohnwagen nicht. Da macht man sich das Frühstück selber. Man springt kurz zum Bäcker, holt frische Brötchen und eine Zeitung, dann füllt man Kaffee in den Kaffeefilter, füllt Wasser in die Maschine, und während das Aroma von frischem Kaffee das Vorzelt erfüllt, deckt man gemütlich den Tisch. Schon kurze Zeit später genießt man mit der ganzen Familie ein herrliches Camperfrühstück.

Zum Bäcker springen, Brötchen holen, Zeitung kaufen, Kaffee aufsetzen, Tisch decken – das sind allerhand Aufgaben, und diese Aufgaben wollen vom Familienvorstand ordnungsgemäß delegiert werden. Dabei ist darauf zu achten, dass die Aufgabenverteilung wie zufällig

erscheint. Noch eleganter ist es, wenn die einzelnen Familienmitglieder die Arbeiten übernehmen, *bevor* diese an sie delegiert werden müssen. Das setzt allerdings eine gewisse Freiwilligkeit voraus, die im Fall pubertierender Familienmitglieder nicht vorausgesetzt werden kann. Eigentlich hat man nur eine Chance: Man baut auf das Phänomen »Hunger«.

Ich lag gegen halb neun in meinem Bett und lauschte in die Untiefen unseres Caravans hinein, um festzustellen, wessen unregelmäßige Atmung auf ein baldiges Erwachen hindeutete. Ich stellte fest: In unserem Caravan erwacht um halb neun außer mir niemand. Also drehte ich mich lieber noch mal um, denn wer zuerst aufsteht, den bestraft der Johnny. Wer zuerst wach ist, muss nämlich Brötchen holen.

Gegen Viertel nach neun war ich endgültig wach. Und

ich war nicht der Einzige: Tristan konnte mich nicht täuschen. Ich hörte genau, dass auch er nur so tat, als ob er noch schliefe. Also begann ich, unrhythmisch zu schnarchen, erstens um klarzumachen, dass auch ich tatsächlich noch schlief, und zweitens, um die anderen subtil zu wecken …

Gegen zehn hatte ich endgültig verloren, denn ich musste aufs Klo. Ich putzte mir ungefähr eine Viertelstunde lang die Zähne. Vielleicht erbarmte sich in dieser Zeit jemand anderer und holte Brötchen.

Fehlanzeige!

Also noch mal kurz in den Wohnwagen gebrüllt: »Ihr könnt ja schon mal Kaffee aufsetzen!«, das Schild *Gone to the beach* ins Fenster gehängt und rauf aufs Fahrrad!

Dieser Morgen nach unserer denkwürdigen Ankunft auf *de Grevelinge* war wie jeder andere auch. Alles schlief noch, nur ich dackelte mit geputzten Zähnen und ungewaschenem Haar, in der alten grauen Jogginghose und meinem dunkelroten Lieblingssweatshirt zu Johnnys Supermarkt. In Holland gibt es weiche Brötchen, die ihr armes Leben in einer Plastiktüte fristen, und weil sie gleich zu mehreren in die Tüte und gleich zu mehreren Tüten ins Regal gesteckt werden, nehmen diese weichen Labberbrötchen erstaunliche Formen an. Die Überraschung ist: Ich liebe sie! Ich liebe diese weichen Labberbrötchen, obwohl das einzig Knusprige im Zusammenhang mit ihnen die Kassiererin in Johnnys Supermarkt ist.

Und auf diesen Brötchen isst Anne mit Vorliebe *Hagelslag*, Schokoladenstreusel, die man in Deutschland bestenfalls dazu verwendet, um Kuchen zu verzieren. In

Holland isst Anne die Streusel auf den weichen Pappbrötchen und hält das Ganze für eine Delikatesse.

In Holland lieben wir auch *Zeekraal* und *Lamsoren*. Das sind Gemüsesorten, die es in Deutschland wahrscheinlich gar nicht gibt. Einmal hatte ich die deutschen Bezeichnungen dafür recherchiert. *Zeekraal* heißt »Queller«, und *Lamsoren* sagt man zu »Strandaster«. Also, mir hatte das nicht weitergeholfen. Ich hatte die Verkäuferin gefragt, wie man die *Lamsoren* zubereitet, und sie hatte geantwortet: »Wie Spinat, mit Zucker!«

Ich sage es ja immer wieder: Wer Spinat mit Zucker zubereitet, der wird niemals Fußball-Weltmeister. Wir bereiteten die *Lamsoren* wie Spinat zu, also ohne Zucker, und ich kann nur sagen: wunderbar!

Bei Johnny kaufte ich eine Tüte weiche Brötchen, dazu vier frische, Halbfettbutter, Schokostreusel, gekochten Schinken, Gouda, Leberwurst im Golddarm, Erdbeermarmelade, Milch, Kakao, also die gesamte Erstausstattung – mit einer Ausnahme: Bild und Express waren ausverkauft. Kein Wunder, es war schon halb elf.

An der Kasse traf ich Adi, Ganzjahrescamper und Tandemachsenbesitzer wie ich. Wir wohnen zuhause gerade mal zwanzig Kilometer voneinander entfernt, aber man sieht sich so gut wie nie. In Noordkapelle läuft man sich dauernd über den Weg. An diesem Morgen meckerte er, dass in seinem Wohnwagen nie jemand auf die Idee kam, selber Brötchen zu holen! Immer nur er – immer er! Ich erklärte ihm, dass sich Tristan und Edda darum reißen, aber so ein Frühstück, das ist ja auch Verantwortung, Nährstoffe und so. Und ich kaufe schließlich sehr gerne ein!

Adi hatte auch keine Zeitung mehr abbekommen. Das war heute nicht so schlimm. Die Nachrichten, die uns an diesem Morgen interessierten, hätte man in den deutschen Zeitungen, die immer gegen zehn ausverkauft sind, ohnehin nicht gefunden.

»Da steht man hier – wie immer – und holt seine Brötchen, und das Leben geht einfach so weiter.« Adi schüttelte den Kopf. »Die Geschichte mit Coen ist wirklich unglaublich! Also, das eine sage ich dir: Irgendeine zufällige Geschichte war das nicht! So was wie Raubmord oder beim Einbruch überrascht. Hast du gehört, was da passiert ist? Der Coen soll kopfüber im Entsorgungsbecken für die Chemieklos gehangen haben. Kopfüber, mit den Füßen an der Decke aufgehängt! Das geht nicht mal eben so schnell, schnell. Das hat jemand von langer Hand geplant. Also, für mich gibt's da nur zwei Möglichkeiten: Frauen oder Geld!«

Wir schoben unsere Fahrräder nach Hause. Ich hatte die Einkäufe im Fahrradkorb, Adi hatte seine links und rechts an den Lenker gehängt. So schlenderten wir über den Platz.

Ein Grünspechtpärchen vollführte Tiefflugkunststücke über dem Weg, bis einer von beiden am Stamm einer Ulme landete und in der typischen Spechthaltung loshämmerte. Der zweite Grünspecht setzte sich auf einen Ast und schaute dem anderen gebannt zu, wahrscheinlich war es das Weibchen. Das ist auch bei Grünspechten so, gute Handwerker sind begehrt.

»Wie hat Babette eigentlich reagiert, als sie gehört hat, dass der Tote Coen ist?«, fragte ich beiläufig.

»Wie sie reagiert hat?«, fragte Adi irritiert. »Na, sie war

traurig, das bin ich ja auch! Und sie hat sich an Pfingsten noch so gut mit ihm unterhalten.«

Wir gingen noch eine Weile nebeneinanderher. An Adis Stellplatz verabschiedeten wir uns. Er hat einen Eckplatz, der durch eine grüne Ligusterhecke und einen beige-weißen Windschutz von der Straße abgeschottet ist. Der Windschutz ist aus dem gleichen Stoff wie sein Vorzelt. Ja, Geschmack hat sie, die Babette.

Ich stellte mein Fahrrad in den Fahrradständer vor dem Wohnwagen. Mir fiel auf, dass bei Lothar anscheinend noch alle schliefen. In Wahrheit lagen natürlich alle in ihren Betten und warteten darauf, dass ein anderer Brötchen holen ging.

Noch bevor ich das Vorzelt öffnete, drang Kaffeeduft in meine Nase. Dieser, gepaart mit dem Odeur, der meiner Brötchentüte entströmte, wehte mir die trübsinnigen Gedanken von Mordlust und Motivsuche aus dem Hirn und hinterließ einfach ein bisschen blauen Himmel. Urlaub!

Die Kinder hatten den Tisch gedeckt, und Anne, die gähnend aus dem Wohnwagen kam, sah total süß aus. Natürlich gab es eine mittelschwere Schlägerei, wer die Schokostreusel als Erster streuseln durfte. Das war ein Streit, den ich beinahe genoss. Als harmoniebedürftiges Kerlchen kann ich Streit überhaupt nicht gebrauchen, aber ich bin auch nicht weltfremd. Wenn sie also unbedingt streiten müssen, dann am besten wegen der Schokostreusel, denn die mag ich nicht. Da konnte ich mich also heraushalten.

Eddas Handy klingelte. Ihre Freundin Kim hatte schon mitbekommen, dass wir angekommen waren, und sie hatte mit Sabrina besprochen, dass sie sich sofort und äußerst dringend mit Mel und Edda treffen musste. Weg war sie. Tristan stand auch auf, nahm sich ein Brötchen vom Tisch, griff sich eine Angel und verließ uns mit den Worten: »Der frühe Wurm fängt den Vogel.« Komiker!

Anne kaute auf ihrem mit Schokostreuseln bestreuselten Pappbrötchen herum und starrte dabei Löcher in das Plastikfenster unseres Vorzelts. Sie hielt sich offenbar in völlig anderen Sphären auf, denn sie zuckte regelrecht zusammen, als ich fragte: »Was war hier eigentlich Pfingsten los?«

»Pfingsten?«, fragte sie. »Was soll hier an Pfingsten los gewesen sein? Sonst wart ihr Männer mit den Kindern hier, diesmal waren die Strickweiber unterwegs.«

»Das war ja auch 'ne prima Idee! Aber …« Ich wurde von Edda unterbrochen, die mit drei Mädchen im Schlepptau ins Vorzelt trat.

»Mama, weißt du, wo mein Bikini ist? Wir wollen ins neue Schwimmbad.«

»Nein, so auf Anhieb weiß ich das nicht. Komm, wir gehen zum Auto und suchen ihn.«

Die Badebekleidung einer Zwölfjährigen ist kein Papa-Thema. Sie entzieht sich dem väterlichen Kompetenzbereich, das sah ich vollkommen ein. Ich war sogar ein wenig froh darüber, denn so ein Badeanzug ist etwas ganz Besonderes. Mädchen mit zwölf wollen schön sein, aber nicht zu sehr auffallen, bloß nicht sexy aussehen, aber auch nicht langweilig wirken. Ein Ding der Unmöglichkeit in meinen Augen. Genauso gut könnte man versuchen, einen Badeanzug zu kreieren, der bunt ist, aber auch schwarz, mit tiefem Dekolleté und Rollkragen.

Eine Minute später saß ich allein im Vorzelt und fragte mich immer noch, was Pfingsten los gewesen war. Sonst waren an diesem Wochenende immer die Männer mit den Kindern auf den Campingplatz gefahren. Sechs Männer, dreizehn Kinder. Dieses Jahr hatten wir es anders gemacht. Sechs Frauen und dreizehn Kinder waren auf den Campingplatz gefahren. Die Männer waren allein zu Hause geblieben.

An das letzte Jahr konnte ich mich noch gut erinnern, wir waren mit den Kindern segeln gewesen, hatten Fußball gespielt wie die Bekloppten, und abends … da hatten wir noch ein paar Gläschen Trappistenbier geleert, und dann noch ein paar Gläschen …

Wenn ich mich nun fragte, was danach passiert war, dann *konnte* ich das nicht mehr beantworten. Wenn ich Anne fragte, dann *wollte* sie das nicht beantworten. Das war der grundlegende Unterschied!

# 10

Piet stellte seine *Gazelle* neben der Kantine ab und ging hinein. Annemieke war zunächst mit dem Dienstwagen ins *politiebureau* gefahren: Berichte, Akten und Pressekonferenz. Piet wollte mit keinem Scheiß-Journalisten reden und hatte sich deshalb von Annemieke bei seinem Auto absetzen lassen. Er hatte ihr kurz nachgewinkt, und als sie mit dem Dienst-Peugeot um die Straßenecke verschwunden war, hatte er seinem alten Defender anerkennend auf den rechten Kotflügel geklopft und war nach Hause gegangen, um die *Gazelle* aufzuschließen. Piet mochte sein Auto, keine Frage, aber manchmal brachte nur Fahrtwind im Gesicht seine Synapsen so richtig auf Trab.

»*Hoi*, Wim!«

»*Hoi*, Piet!«, grüßte der Campingplatzbesitzer zurück.

Dann sah Piet die Frau an der Bar. »Mein Beileid, Isabelle.«

Isabelle trug Trauer, eine Jeans, eine hellblaue Bluse, weiße Converse-Turnschuhe, aber sie trug Trauer. Sie trug sie nur nicht vor sich her!

»Danke, Piet.«

Piet erstellte eine Art polizeilichen Steckbrief von ihr, also: etwa einssiebzig groß, Frisur wie Victoria Beckham, zumindest wie Victoria Beckham am 7. Juli 2007, nachzusehen im *Telegraaf* gleichen Datums. Schlank, aber im Gegensatz zu Victoria Beckham nicht überschlank. Ganz leichter Silberblick, der Piet vor vierunddreißig Jahren beinahe um den Verstand gebracht hätte. Besondere Kennzeichen: ganz viele!

»Ich wollte dir das gestern Abend schon sagen«, erklärte er verlegen, »aber ich wusste nicht, wie.« Er stand unschlüssig vor Isabelle, als suchte er die Worte immer noch. Vielleicht hätte er einen Umweg nehmen sollen: mehr Fahrtwind!

Isabelle kam ihm zu Hilfe. »Deine Kollegin war ja da, wie heißt sie noch mal?«

»Annemieke Breukink«, sagte Piet.

»Sie hat mich um Bilder von Coen gebeten. Hier!« Isabelle legte drei Fotos auf den Tresen. »Ganz aktuell sind sie aber nicht, da waren wir letzten Herbst in London.« Pause.

»Dann lass ich euch jetzt mal allein.« Wim wollte gehen.

»Nicht nötig, bleib ruhig hier.« Piet wandte sich wieder Isabelle zu. »Gestern hätte ich nicht gewusst, wie ich es dir sagen soll. Heute weiß ich nicht, was ich dich fragen soll. Außer vielleicht das Offensichtliche: Hatte Coen Feinde?«

»Nein«, antwortete sie schlicht.

»Einfach nein?«

»Ja.«

»Das hat Wim mir gestern auch schon gesagt.«

»Weil es so ist.« Wim trank seinen Kaffee aus und stellte die leere Taste auf den Edelstahlablauf der Spüle. »Ich muss trotzdem los.« Er lächelte unsicher, küsste Isabelle auf die Wange, nickte fast beiläufig in Piets Richtung und ging.

»Also gut. Er hatte keine Feinde. Hatte er denn irgendwelche Freunde, die …? Was frage ich hier eigentlich für eine Scheiße?« Er schüttelte den Kopf. »Wie geht es dir? Brauchst du irgendwas, ein Beruhigungsmittel?«

»Ich bin auch so ruhig. Ich bin viel *zu* ruhig. Weißt du, ich habe gestern Nacht nicht geweint. Es ist … also, ich weiß, dass mein Leben vorbei ist, und ich weine nicht. Ich bin viel zu ruhig.«

»Nein, Isabelle, dein Leben ist nicht vorbei, ganz sicher nicht …« Piet stockte. Wunderbar, jetzt sagte er ihr auch noch, dass das Leben ja weiterging. Bevor er sie noch darauf hinweisen konnte, dass Unkraut nicht vergeht, zog er die Reißleine. Er studierte die Maserung der Holztheke. »Ich hab dir ja gesagt, dass mir im Moment die Worte fehlen.«

Sie lächelte traurig. »Und ich frage mich, was du wohl denkst. Eine Witwe, die nicht weint: *Verdächtig, verdächtig!* Aber ich kann nicht schauspielern.«

Piet fuhr sich über die Stirn. »Du bist nicht verdächtig.«

»Punkt?«

»Punkt!«, sagte er mit fester Stimme.

»Wer hatte ein Interesse daran, dass Coen tot ist?«

»Genau!«

»Wie, genau?«

»Na, genau das ist meine Frage.«

Sie nickte. »Ach so … Aber ich kann sie nicht beantworten. Das Einzige, was ich sagen kann, ist: Er fehlt mir so!« Sie hatte keine Tränen.

Piet stand auf und nahm sie in den Arm. »Ich finde dieses Schwein, ich weiß es!« Er ließ sie wieder los und drehte sich zum Fenster. Er schaute auf tobende Kinder am Schwimmbecken, auf Mütter, die es sich auf blauen Plastikstühlen am Beckenrand bequem gemacht hatten, auf Väter, die mit einem *Grolsch* vor sich auf dem Tisch Karten spielten, und auf Vierzehnjährige, die hinter dem Rücken ihrer Eltern rauchten. Immer schnell ein Zug, dann die Zigarette wieder weg, damit es der Vater, der gerade sein *Grolsch* trank, nicht sah.

Warum gingen diese Menschen nicht an den Strand? Piet sah dicke Kinder Pommes essen, er sah den Bademeister, der zum zwanzigsten Mal an diesem Tag auf das Schild hinwies, dass das Springen vom Beckenrand verbot. Die Reaktion darauf war eine gewaltige Arschbombe.

Annemieke betrat die Kantine. »Wie geht es Ihnen, Frau Rimmel?«

In einem Agatha-Christie-Roman wäre die Assistentin garantiert hereingekommen, als der Detektiv die Witwe noch im Arm hielt. Die Realität hatte nicht nur Nachteile.

Isabelle erklärte Annemieke, sie hätte zwar schlecht geschlafen, aber jetzt wäre sie wieder auf dem Damm, und sie würde die Polizei in jeder Hinsicht unterstützen. Dann nahm Isabelle ihre Tasche vom Barhocker neben sich, verabschiedete sich und ging.

»Wie war die Pressekonferenz?«, fragte Piet, als Isabelle den Raum verlassen hatte.

»Die Pressekonferenz! Du wusstest schon, warum man da besser nicht hingehen sollte! Immer die gleichen Fragen: *Wie konnte so was passieren? Warum hat die Polizei den Mörder noch nicht?* Mag sein, das ist ein Serienmörder, und wir haben über hundert Campingplätze in der Nähe. Wenn morgen alles in der Zeitung steht, was die heute gefragt haben, dann gibt es verdammt wenig Bier in Zeeland, denn dann geht kein Wirt mehr zur Arbeit.«

Piet hatte kein schlechtes Gewissen, weil er der Pressekonferenz ferngeblieben war. Sein Chef, *hoofdInspecteur* Meinert Waatering, war Pressekonferenzprofi. Sollte der die Geier befriedigen.

Annemieke nahm ihre schwarze Louis-Vuitton-Handtasche von der Schulter und holte einen zusammengefalteten Bogen Papier heraus. »Ich war bei Anouk. Anouk ist sozusagen die Hauptservicekraft hier in der Kantine. Sie hat mir eine Liste gemacht mit den Campern, die man als Stammgäste bezeichnen kann.« Sie gab Piet den Zettel.

Er überflog ihn und gab ihn seiner Assistentin zurück. »Gut.«

Annemieke steckte das Papier wieder in die Handtasche. »Es fehlt noch ein Punkt.«

»Und der wäre?«

»Anouk sagt, dass Coen ein Wirt war, bei dem es öfter mal nach der letzten Runde eine allerletzte Runde gab.«

»Ja, das weiß ich«, sagte Piet. »Aber wir sind nicht das Ordnungsamt.«

»Richtig. Aber diese letzte Runde hat angeblich schon mal im Wohnwagen einer allein reisenden Dame stattgefunden.«

»Ach!«

# 11

Sohn angelte, Tochter schwamm, Frau hatte sich verdrückt. Toll. Im letzten Jahr wäre es die Gelegenheit gewesen, sich noch mal schnell eine Zigarette anzustecken. Gerade jetzt, nach dem Frühstück, noch einen frischen Kaffee aus der Maschine laufen lassen und dann eine rauchen … So ein Quatsch, das wollte ich doch nicht mehr! Und es hatte doch nur Vorteile, dass ich von dem Zeug los war. Alle hörten auf zu rauchen, und alle schaffen es, sich von Zigaretten fernzuhalten. Außer Heinz … na ja, und Detlef und Jan und Josie.

Wie lief es bloß bei Adi? Der wollte doch auch aufhören. Ich könnte hingehen und ihn fragen, wie es ihm ging. Ich schlurfte um die Ecke, und noch bevor ich den hellbeige-dunkelbeige gestreiften Windschutz erreichte, der Adis Sitzgarnitur vor neugierigen Blicken von der Straße abschirmte, signalisierte meine Nase: Marlboro Medium, gerade frisch entzündet!

Eine Sekunde später stand ich kopfschüttelnd am Windschutz. »Ich dachte, du rauchst nicht mehr.«

»Tu ich auch nicht«, gab Adi zu. »Also, nur ganz wenig. Aber Babette ist gerade zum Golf-Markt, und Sabrina ist schwimmen, und eine schadet ja nicht …«

»Hast du für mich auch eine?«

»Ich dachte, du rauchst nicht mehr!«

»Tu ich auch nicht«, sagte ich. »Aber Tristan ist angeln und Edda ist schwimmen, und eine schadet ja nicht.«

»Ja, so ist das ja immer. Tut mir leid, aber wenn du jetzt schwach wirst, dann ist das deine Schuld, nicht meine. Kauf dir die Kippen selber.«

Ich seufzte. »Nee, ich will ja auch gar nicht.«

Adi drückte seine Zigarette unter der Schuhsohle aus und warf sie aufs Nachbargrundstück. »Da wohnt Henk, der raucht noch.«

»Schlimm, oder?«

Wir nickten beide und schwiegen eine Weile.

»Warst du eigentlich schon im neuen Schwimmbad?«, fragte ich dann.

»Ja, das ist eine Granate!« Adi strahlte übers ganze Gesicht. »Also, diese Rutsche ist super, fängt erst ganz

langsam an, aber dann kommt eine Linkskurve und direkt danach eine doppelte rechts, und dann hast du bunte Strahler an der Decke, dann kommt der Schorsch-Hackl-Kreisel, dann noch einmal nach links und schon fliegst du unten ins Becken. Ich sofort wieder hoch, und da steht so ein Fruchtalarm-Dreikäsehoch, der seinem Freund erzählt, dass man noch schneller wird, wenn man sich die Hose runterzieht.«

»Das hast du nicht gemacht!«

»Natürlich nicht, wo denkst du hin … Ich hab die Badehose in die Ritze gezogen, so wie Babette mit ihrem Stringtanga. Ey, du kriegst eine Fahrt drauf, das glaubst du nicht!« Als Adi mit fünfzehn dem Nachbarmädchen von seiner neuen Zündapp-Zweigang vorschwärmte, hatte er ganz sicher den gleichen Gesichtsausdruck.

»Ich glaube, das muss ich mal ausprobieren«, sagte ich. »Heute Nachmittag? Ich sag's Lothar und Detlef.«

»Und ich Ralf, und dann gehen wir hinterher bei Coe… dann gehen wir hinterher einen trinken. Dann holen wir Pfingsten nach.«

»Ja, das machen wir.«

Ich verabschiedete mich, ging aber direkt hinter Adis Wäschespinne in Deckung. Na? Würde er sich noch eine anstecken? Nein, das tat er nicht. Ein bisschen neidisch war ich trotzdem. Aber es ging mir ja viel besser, seitdem ich nicht mehr rauchte …

Unser Nachbar Lothar war damit beschäftigt, seinen Wohnwagen mittels eines Hochdruckreinigers von den grünen Mikroorganismen zu befreien, von diesen widerlichen kleinen Viechern, die nichts Besseres zu tun haben, als sich jeden Winter reihenweise auf der genoppten perlweißen Oberfläche von Caravans zu vermehren. Die Dinger sind hartnäckig. Lothar ließ ihnen jedoch keine Chance. Die Sprühpistole locker in der Hüfte, rückte er ihnen zu Leibe. Und all das grüne Getier wurde gewaltsam von der Oberfläche seines vierrädrigen Ferienhauses abgelöst, stob dann durch die Luft und sammelte sich schlussendlich auf Lothars weißem Polohemd, das mittlerweile die Farbe von Schauma-Grüner-Apfel-Shampoo angenommen hatte.

Wenn Gaby das mitkriegt, dreht sie durch, geisterte es durch mein Hirn, direkt bevor ich mich sagen hörte: »Kannst du mir das Ding gleich mal leihen? Dann mach ich das bei uns auch.« Ich muss dringend daran arbeiten, dass ich erst nachdenke und dann rede, vor allem wenn, wie jetzt gerade, die Frauen auf den Platz kamen.

»Das ist eine prima Idee«, sagte Anne, und Gaby küsste ihren fleißigen Lothar auf die Wange. Dann sah sie ihren Göttergatten von vorne, und ihr wurde grün vor Augen.

Ich musste die entstehende Pause nutzen, um das Thema zu wechseln, meinen Arbeitseifer zu relativieren, Lothar aus der Schusslinie zu bringen. Gut, ich gebe zu, der Versuch war ein bisschen halbherzig, aber ich sagte: »Lothar, wir treffen uns heute am Schwimmbad, fünfzehn Uhr, Rutsche ausprobieren! Kommst du mit?«

Lothar sagte: »Mein Bruder!«, und nun wartete ich auf Kommentare wie: *Wie alt seid ihr eigentlich?* Im schlimmsten Fall sogar: *Na, passt ihr denn noch durch die Röhre?* Irgendetwas, das uns piesackte, aber die Antwort war viel subtiler, viel gemeiner.

»Prima«, sagte Anne. »Dann nehmt ihr die Kinder mit.

Wir treffen uns heute zum Kaffee, um halb vier bei Gaby, mit Strickzeug.«

Dass das mal klar ist: Ich nehme meine Kinder natürlich gerne mit. Also: fünfzehn Uhr Rutschen, mit Kindern!

Ich legte demonstrativ den Arm um mein Eheweib, und wir gingen zum Wohnwagen. Ein Gewitter lag in der Luft, aber der Himmel war blau. Nicht so blau, wie er immer auf den Postkarten aussieht, aber trotzdem blau. Nicht nur blau, auch ein bisschen weiß und an den Rändern vom Weiß auch grau, aber dazwischen definitiv blau. Es konnte ein schöner Tag werden, aber ich konnte ihn sicher auch kaputt kriegen.

Das Talent dazu habe ich, die Möglichkeit bot sich auch. Ich musste nur sagen: »Also Anne, lass uns über Pfingsten reden.« Ich hätte auch noch auf unsere Abmachung hinweisen können: Keine Geheimnisse voreinander! Es wäre mir sicher gelungen, damit diesen Tag zugrunde zu richten, wenn nicht sogar den ganzen Urlaub.

# 12

»Mit welchen Campern willst du eigentlich reden?«, fragte Annemieke. »Mit der statistischen Grundgesamtheit oder mit einer Stichprobe?«

Piet schüttelte den Kopf. »Ich will mit gar keinen Campern reden, solange ich nicht weiß, mit welchen es sich zu reden lohnt.«

»Ich weiß ja nicht, ob ich dich daran erinnern soll, aber wir müssen hier einen Mord aufklären!«

»Nein, daran musst du mich nicht erinnern, *verdorie*!«, sagte Piet mürrisch. »Aber ich muss nicht mit diesen sonnenverbrannten Vätern von Pommes essenden übergewichtigen Kindern sprechen, die mir garantiert auf jede Frage antworten: ›*Niet verstaan!*‹

Ein amüsiertes Lächeln umspielte Annemiekes perfekt geschminkte Lippen: »Vielleicht könntest du bei deinen Gesprächen mit den Campern dein fließendes, fast akzentfreies Deutsch anwenden?«

»Noch nicht!«

»Aha, der *Inspecteur* spitzt wieder die Ohren. Hast du als Kind eigentlich auch immer an Türen gelauscht?«

»Ja!« Piet versuchte ein entwaffnendes Lächeln. »Was hattest du gesagt, wie viele Camper sind hier im Moment?«

Annemieke warf einen Blick in ihre Unterlagen. »Im Moment sind es tausendneunhundertvierundzwanzig.«

»Und wie viele Menschen arbeiten hier?«

»Jetzt im Sommer sind zwölf Leute fest beschäftigt, inklusive Kinderanimationsteam. Dazu kommen donnerstags die beiden Männer vom *Kibbelings*-Wagen. Am Mittwoch jobbt hier ein DJ, der veranstaltet erst Bingo und dann Disco. Der Tennislehrer kommt nur, wenn er gebucht wird. Und wir haben ganz großes Glück, dass der Zirkus *Bongo* schon letzte Woche hier war, das wären sonst noch einmal dreiunddreißig Leute, und die …«

»Stopp!«

»Piet, wir müssen irgendwo anfangen!«

Er überlegte. »Die Bedienung in der Kantine heißt Anouk, richtig?«

»Ja, jedenfalls die, die hier meistens arbeitet.«

»Und Anouk hat diese Liste gemacht.«

Annemieke nickte. »Sie hat mir die Stammgäste aufgeschrieben.«

»Hm!« Piet grummelte in sich hinein: »Coen hat einen Schlag mit einem schweren Gegenstand von hinten auf den Schädel bekommen. Richtig?«

»Moment!« Annemieke holte wieder ihre schwarze Moleskine-Kladde aus der Tasche, schlug sie auf und bestätigte: »Ja, Arie hat gesagt, dass der Schädel an der Hinterseite eine Fraktur aufweist, die von einem Schlag mit einem schweren Gegenstand rührt. Worauf willst du hinaus?«

»Wir wissen nicht, wo er niedergeschlagen wurde. Bernardien hatte gesagt, sie hätte keine Blutspuren gefunden. Also war der Fundort wahrscheinlich nicht der Ort, an dem er niedergeschlagen wurde.«

»Nein, sie hat nur auf Anhieb nichts gefunden, und

deshalb wollte sie das noch mit Chemilumineszenz überprüfen. Aber wir haben noch keinen Bericht.«

Piet kratzte sich an den übrig gebliebenen Bartstoppeln: »Sie wird kein Blut gefunden haben. Den Schlag hat er woanders gekriegt, vielleicht in seiner Kantine, und Coen kannte den Täter, denn er hat sich arglos umgedreht. Also nehmen wir an, dass er auf der Liste steht, das schränkt die Zahl schon mal erheblich ein. Wie viele Deutsche?«

»Neunzehn Deutsche, sechzehn Holländer, ein Belgier«, zählte Annemieke auf und zögerte einen Augenblick. »Hast du eigentlich was gegen Deutsche?«

»Solange sie Bier trinken, nicht.«

»Jeder Deutsche trinkt Bier.«

»Da kannst du mal sehen, wie tolerant ich bin. Wir fangen mit dem Belgier an.«

# 13

Ich hätte nie gedacht, dass Rutschen so an die Kondition geht. Man macht ja eigentlich nichts, außer sich auf den Hintern zu setzen, gemächlich die Wasserrutsche hinunterzueiern und im Auslaufbecken zu landen. Oder besser: Man macht ja eigentlich nichts, außer sich zwei Meter nach dem Losrutschen die Hose runterzuziehen und auf dem bläcken Pöppes mit einem Affenzahn die Röhre entlang zu heizen und sich dabei ausschließlich darauf zu konzentrieren, zwei Meter vor dem Ausgang dafür zu sorgen, dass die Kleiderordnung eingehalten wird, wenn man wieder ans Tageslicht kommt.

Jedenfalls war ich nach vier Rutschpartien körperlich am Ende. Es waren die Symptome völliger physischer Erschöpfung: Kalter Schweiß stand mir auf der Stirn, die Milchsäure pumpte durch meine Muskulatur, die Bauchdecke zitterte vor Aufregung. Meinen Campingnachbarn Lothar, Adi, Detlef und Gerd ging es ganz genauso. In einer solchen Situation braucht der Körper Ruhe und Energy-Drinks. Wir setzten uns auf die blauen Plastikstühle vor der Kantine und orderten *Grolsch*.

»Ist doch wirklich komisch, dass wir jetzt hier sitzen, und Coen ist tot«, sagte Adi.

Lothar nickte. »Ja, letztes Jahr hätte er uns noch das Bier hingestellt.«

»Ist es denn sicher, dass er ermordet wurde?«, fragte Detlef. »Ich meine, dass ihn jemand aufgehängt hat? Man kann sich doch auch selber aufhängen.«

Ich protestierte: »Er war am Fuß aufgehängt, und der Kopf hing in der Entsorgungswanne! Das heißt, er wurde nicht aufgehängt, sondern er ist ertrunken!«

Adi nahm einen Schluck von seinem *Grolsch*. »Also doch Selbstmord?«

»Adi! Man kann sich doch nicht selbst mit dem Fuß an der Decke aufhängen!« Ich schüttelte den Kopf. »Und

wenn du es kannst, dann sag mir vorher Bescheid – das will ich sehen! Nein. Irgendwer hat Coen mit dem Fuß nach oben an die Decke gezogen und den Kopf ins Becken gedrückt. So ist er dann ertrunken.«

»Aufgehängt, ertrunken, wie will man das wissen?«, fragte Detlef.

»Ganz einfach«, sagte Gerd, »wenn jemand ertrunken ist, dann hat er Wasser in der Luftröhre, in der Speiseröhre, überall.«

»Aber das war doch kein Wasserbecken, das war die Entsorgungsstation für die Chemieklos!«

»Eben, und wenn Coen ertrunken ist, dann kannst du dir vorstellen, was der Gerichtsmediziner überall in ihm drin gefunden hat.«

»Mensch, Gerd, das wird ja dein Traumurlaub! Wunderbares Wetter und jeden Tag zwanzig Möglichkeiten, mit deinem Doktortitel zu protzen!«, sagte Adi und grinste breit.

»Könntest du mir bitte einen Gefallen tun, Adi?«

»Sicher, welchen?«

»Geh zum Tresen und bestell vier *Grolsch*!«

Adi stand auf und ging zum Tresen.

Ich hatte genug von Streitereien im Urlaub. »Er meint das doch nicht so!«

»Du, ich bin gar nicht sauer. Aber ich finde, die Konversation hier am Tisch ist angenehmer, wenn er gerade Bier holt.«

Jetzt aber schnell das Thema wechseln! Lothar hatte das begriffen und kam auf den Mord zurück. »Das war kein Camper.«

Detlef kratzte sich am Kopf. »Wieso nicht?«

»Der hätte ihn mit einer Sturmleine erdrosselt oder mit einem Hering erstochen, aber so was doch nicht!«

Wahrscheinlich nicht, dachte ich. Unterdessen kam Adi mit dem Bier zurück.

Am Nebentisch steckte sich ein tätowierter Mensch, der seine enormen Muskeln durch ein Oranje-Trikot bewusst mangelhaft kaschierte, eine Lucky Strike an. »Adi, hast du eigentlich Zigaretten dabei?«, fragte ich.

»Wie denn? In der Badehose?!«

Adi hatte großes Glück, dass er keine dabeihatte, denn genau in diesem Augenblick kam Babette um die Ecke. Sie sah ihren Mann mit den drei anderen Exemplaren derselben Gattung, und sie guckte ungefähr so, als hätte ihr ein plötzlicher Platzregen den Grill gelöscht. Na ja, niemand hatte erwartet, dass sie blendende Urlaubslaune versprühte, wenn sie uns live und in Farbe um vier Uhr nachmittags mit einem *Grolsch* vor der Kantine erwischte, aber sie war richtig sauer.

»Hallo, mein Engel!«, sagte Adi kleinlaut.

»Hallo, Brummer!«

Ich kiekste in mich hinein. »Brummer«, das war wirklich gut! Adi repariert in seinem deutschen Parallelleben LKW für Mercedes.

»Jetzt guck nicht so sauer!«, verteidigte sich der Brummer. »Wir trinken nur ein einziges Nachmittagsbier.«

»Das ist mir doch egal, ob ihr ein Bier trinkt!«

Lothar reagierte sofort: »Gut, dann trinken wir zwei!«

Babette nahm Adis Bier und trank das Glas halb leer. »Ich stelle mir gerade ein paar Fragen.« Sie trank den Rest. Prost, Adi! »An wen überweisen wir eigentlich unsere Platzmiete?«

Dumme Frage. »An den Platz, also an den Campingplatz«, sagte ich.

»Nein, tun wir nicht!« Man sollte mit Akademikern nicht rutschen gehen. Gerd rief: »Wir zahlen an den Steuerberater, an Bram van Buyten.«

»Und wie viel zahlen wir?«, fragte Babette angriffslustig.

Ich zuckte mit den Achseln. »Keine Ahnung, da musst du Anne fragen.«

»Brauche ich nicht. Wir zahlen zweitausendeinhundertvierunddreißig Euro und vierzig Cent.« Die Zahl stimmte ganz sicher auf den Cent genau. Babette arbeitet schließlich in ihrem deutschen Parallelleben bei der Stadtsparkasse in Köln. »Ich wollte ja eigentlich auf einen Kaffee zu Gaby, aber wir wollen uns doch ein neues Vorzelt gönnen, und da wollte ich wissen, wie groß das sein darf. Also war ich vorne an der Rezeption. So, und da hat Wim die Akte aus seinem Regal geholt, und das oberste Blatt war die Überweisung für dieses Jahr. Nicht unsere Überweisung, es war die Überweisung vom Steuerbüro Bram van Buyten, und sie belief sich für dieses Jahr auf, na?«

Das hatte ich mir gemerkt. »Zweitausendeinhundertvierunddreißig Euro und vierzig Cent!«

»Es waren aber nur zweitausendeinhundertundsechzehn Euro und gar keine Cent«, trumpfte Babette auf.

Lothar sah mich an und grinste kurz. »Wir hatten ja gesagt, wir wollten zwei Bier trinken. Dann hol ich mal noch welche.«

»Ist dir das denn egal, was mit unserem Geld passiert?«, fragte Babette.

»Nein, das nicht, aber das sind doch nur ein paar Euro. Wahrscheinlich zieht dieser van Buyten seine Provision direkt ab.«

»Dann wäre er der einzige Steuerberater, der eine Provision von unter einem Prozent nimmt. Und dann diese krumme Zahl. Glaubt mir, da stimmt was nicht!«

Vier Männer und eine Frau saßen an einem blauen Plastiktisch vor dem Schwimmbad und blickten auf die Tischplatte.

Detlef sprach das aus, was wohl alle dachten: »Ich kann dir sagen, was nicht stimmt. Wir sind noch hier. Das stimmt nicht! Mensch, ich habe zwei Kinder, und ich tue so, als ob das hier ein Urlaub wäre wie im letzten Jahr oder im vorletzten Jahr, damit die Kinder schöne Ferien haben. Das kannst du doch alles vergessen. Wir sollten jetzt ganz schnell nach Hause rennen und die Koffer packen.«

# 14

Lothar und ich taten so, als ob das hier ein Urlaub wäre wie im letzten Jahr oder im vorletzten Jahr, damit die Kinder schöne Ferien hatten. Wir setzten die Diskussion auf dem Rückweg fort, nur der letzte Satz, der war nicht gesagt worden, nicht gehört oder nicht verstanden.

»Also«, sinnierte Lothar, »die Babette bringt es tatsächlich fertig, dass mir wegen ein paar Euro das Bier nicht mehr schmeckt.«

»Das kann natürlich auch an der Uhrzeit liegen. Vier Uhr nachmittags ist vielleicht doch eher *teatime*!«

Lothar sah mich entsetzt an. »Du fängst aber jetzt nicht an, auf dem Campingplatz Tee zu trinken, oder?«

»Ganz sicher nicht. Och, guck mal, Derrick und Harry!« Die beiden unterhielten sich anscheinend angeregt mit Anne und Gaby.

»Da seid ihr ja«, begrüßte uns Anne. »Der *Inspecteur* hat ein paar Fragen.«

»Einfach nur Routine. Machen Sie öfter Urlaub hier auf dem Platz? Wie gut kannten Sie Coen Rimmel? Ist ihnen irgendetwas aufgefallen?«, fragte die Polizistin. Ihr Vorgesetzter stand eher gelangweilt daneben.

Anne erklärte, dass wir mittlerweile seit fast zehn Jahren auf diesem Platz Urlaub machen, dass wir Coen nur so gut kannten, wie man einen Kantinenwirt kennt, bei dem man abends ab und zu ein Bier trinken geht. Als sie ausführte, dass Coen eigentlich bei allen Campern beliebt war, ließ die Haltung des *Inspecteurs* nicht nur Langeweile, sondern auch Desinteresse erkennen. Er ging um unseren Wagen herum, als ob er beabsichtigte, ihn zu kaufen.

»Wir sind erst gestern angekommen. Das Erste, was wir sahen, als wir auf den Campingplatz fuhren, war das Blaulicht.«

»Noch brauchen Sie kein Alibi«, ließ sich der *Inspecteur* vernehmen. Er wandte sich ab und ging grußlos weg. Seine Assistentin bedankte sich, gab Anne und Gaby jeweils eine Visitenkarte, falls jemandem noch etwas einfiele, und folgte ihrem Chef. Lothar schaute den beiden hinterher und fragte: »Was heißt eigentlich *Arschloch* auf Holländisch?«

Ich kramte in meinen Vokabelkenntnissen: »*Klootsack*!« In der Volkshochschule hätte ich das bestimmt nicht gelernt.

# 15

Das *Piccolo Mondo* ist die ortsansässige Pizzeria. Man sieht dem Padrone an, dass er sein Essen mag, und man kann ihm nur recht geben. Der Tomatensalat mit Kapern und Anchovis ist über die normale Touristenqualität durchaus erhaben, und die Pizza Piccolo Mondo ist schlicht ein Gedicht: der Teig nicht zu dick, belegt mit Rucola, Parmaschinken und *Geitenkaas*, also Ziegenkäse.

All das war Piet bewusst, aber heute saß er nicht als Restauranttester in dem kleinen Raum mit der großen Theke. Annemieke sortierte aus irgendeinem Grund den Inhalt ihrer Handtasche, die weder ihrem Berufsstand noch ihrem Einkommen angemessen war, die aber gut zu ihr passte. Nel, die Kellnerin, stellte ihnen einen Espresso hin.

»Verstehst du diese Menschen?«, fragte Piet seine Assistentin.

Annemieke verstand gleich, dass er die Camper meinte. »Ja klar!«

»Ich nicht.«

»Die haben das ganze Jahr gearbeitet, und dann muss auch mal wieder Urlaub sein.«

»Ja sicher«, sagte Piet, »aber warum fahren die nicht in irgendein schönes Hotel in Bulgarien oder in der Türkei. Das kriegst du last minute für dreihundertneunundneunzig Euro. Nein, die bezahlen über zweitausend Euro dafür, dass sie eine Aluminiumbüchse auf Rädern hier auf eine Wiese stellen dürfen.«

»Wie viel Quadratmeter hat deine Wohnung?«

»Hundertvierzehn.« Piet lächelte zufrieden.

»Okay, dann bist du das falsche Beispiel«, sagte sie. »Meine hat siebenundfünfzig, und da sind die Aluminiumbüchsen auf einem Campingplatz auch nicht viel kleiner, zumindest inklusive Vorzelt.«

»Gut, aber ein Wohnwagen, das ist ein Wagen. Ein Wagen mit Rädern! Damit muss man doch auch wegfahren.« Er schüttelte den Kopf.

»Sie sind doch weggefahren! Sie sind am Meer, sie haben jetzt Urlaub. Du wohnst am Meer, du kennst das nicht anders.«

»Aber nächstes Jahr kommen die wieder hierher.«

»Ziehst du nächstes Jahr weg?«, fragte Annemieke.

»Erinnere mich dran, dass ich mich nie von dir vernehmen lasse. Ich lehne dich wegen Befangenheit ab.« Piet rührte mit dem kleinen Löffel in der kleinen Tasse, führte sie zum Mund. Sofort stellte er sie angewidert zurück. Das Umrühren war überflüssig gewesen, er hatte den Zucker vergessen. »Und ich verstehe die Camper trotzdem nicht. Denk nur mal an den einen, diesen Arzt, wie hieß er noch mal?«

»Gerd irgendwas. Ich kann mir diese deutschen Namen nicht merken, aber ich habe ihn ganz bestimmt aufgeschrieben. Moment!« Sie wollte ihr Notizbuch aus der Handtasche holen, aber Piet hielt sie zurück.

»Nee, lass, es geht nicht um den Namen. Es geht um den Beruf. Der Mann ist Arzt, der ist …«

»Anästhesist, mit einer eigenen Praxis in Duisburg.« Annemieke stellt ihre Tasche wieder hin.

Piet nickte grimmig. »Eben. Warum fährt so einer auf einen Campingplatz?«

»Unter den Campern findest du alle möglichen Berufe. Überleg mal, wen wir heute alles dabeihatten.« Sie nahm ihre Tasche zurück auf den Schoß und holte doch ihr schwarzes Notizbuch heraus. »Einen Kfz-Mechaniker, einen Lehrer für Englisch und Französisch, einen Steuerberater ... Moment!« Sie blätterte um. »Einen Journalisten, einen Einzelhandelskaufmann, einen Frisör, einen Rechtsanwalt. Und das ist nur ein Teil. So ein Campingplatz ist ein Abbild der Gesellschaft, und zwar der ganzen Gesellschaft.«

Piet rührte seinen Espresso noch mal um, kostete und nickte zufrieden. »Weißt du, ich glaube nicht, dass Urlauber darin verwickelt sind. Seit wann sind die jetzt hier?«

»Die ersten Sommerferien in Deutschland haben vor zwei Wochen begonnen. Bei uns vor einer Woche, in Belgien ...«

»Lassen wir den einen Belgier mal außer Acht«, sagte Piet.

»Das wundert mich. Du hast doch sonst immer was gegen Belgier ...«

»Ich?«, sagte Piet im Brustton der Überzeugung. »Warum glaubst du immer, dass ich irgendwas gegen irgendwen habe? Ich bin ein weltoffener, toleranter, ausgesprochen liberal denkender Mensch.«

Annemieke schaute nach hinten auf die Speisekarte, die mit Kreide an die Toilettentür geschrieben war. Sie wollte zwar nichts essen, aber sie wollte Piet keine Gelegenheit geben zu sehen, dass sie grinste.

Piet hing weiter seinen Gedanken nach. »Wir nehmen also an, dass Coen den Mann gekannt hat. Und wenn Arie recht hat, dann war das keine Affekthandlung. Dann brauchte es schon einige Vorbereitung. Und muss man sich nicht erst mal eine Zeit lang über jemanden aufregen, bis man überhaupt den Entschluss fasst, ihn zu töten? Reichen dafür zwei Wochen?«

»Wenn diese Camper alle vor zwei Wochen zum ersten Mal hier angereist wären, würde ich dir vielleicht recht geben«, sagte Annemieke. »Aber die meisten kommen schon seit Jahren jedes Jahr zu Ostern, an Pfingsten, im Sommer oder im Herbst hierher. Die sind ständig auf dem Campingplatz.«

»Ja, unter Umständen hat einer die letzten Monate damit verbracht, einen Weg zu suchen, um unseren Coen so aus dem Weg zu räumen, dass es aussieht, als gäbe es kein Motiv.«

»Erinnere dich an den Fall in St. Laurens. Die Frau hatte den Mann erst sechs Tage vorher kennengelernt, und wir hätten beinahe geglaubt, es wäre tatsächlich ein Unfall gewesen.«

Der Mann war beim *Ringrijden* vom Pferd gefallen, und dabei hat sich der über tausend Kilo schwere Hengst so erschrocken, dass er den Reiter zu Tode getrampelt hatte. Alles hatte nach einem Unfall ausgesehen. »Eigentlich war das gar nicht zu erkennen«, erinnerte sich Piet, »denn die Riemen waren nicht zerschnitten oder angeritzt. Wer hätte gedacht, dass eine Säure auf das Leder gegeben worden war, die das Material ganz langsam zersetzte!«

»Wenn Arie nicht die Dornen unter dem Sattel gefunden hätte …«, sagte Annemieke.

Piet nickte. Sie hatte recht – ohne die Hilfe des Pathologen hätten sie diesen Fall sicher nicht gelöst.

Nel trug auf einem Tablett zwei schöne bauchige Rotweingläser mit tiefdunkler Füllung an den Tisch in der Ecke, wo sich zwei junge Frauen Tagliatelle mit Lachs in Sahnesauce schmecken ließen. Annemieke steckte das Notizbuch wieder in die Tasche. »Das waren wirklich nur sechs Tage zwischen Entschluss und Durchführung, aber dieses Mal haben wir es nicht mit einer Frau zu tun.«

»Wir suchen einen ziemlich kräftigen Mann mit Fingerspitzengefühl, hat Arie gesagt.«

»Das hat nicht Arie gesagt«, erinnerte ihn Annemieke. »Das hast du gesagt.«

»Na, dann wird es ja wohl stimmen!« Piet grinste. »Wie spät ist es jetzt?«

Annemieke warf einen Blick auf ihre bestimmt nicht sehr billige Armbanduhr. »Achtzehn Uhr und … genau vierzehn Minuten, wieso?«

Piet lehnte sich zurück und faltete die Hände hinter dem Kopf. »Feierabend!« Die Kellnerin kam gerade an ihrem Tisch vorbei. »Nel? Zwei Vino Nobile di Montepulciano!«

»Aber nur den einen!« Annemieke hielt ihm den Schlüssel vom Peugeot entgegen.

»Weißt du, was ich nicht verstehe?«, fragte Piet.

»Du verstehst nicht, warum ein Arzt aus Duisburg Campingurlaub in Holland macht.«

»Richtig, woher weißt du das?«

Annemieke schmunzelte: »Ich bezahle den Rotwein, aber du kannst das natürlich wegen Befangenheit ablehnen!«

## 16

Sonntags sind die Geschäfte in Noordkapelle geschlossen. Gut, Johnnys Supermarkt auf dem Campingplatz hat natürlich nachmittags geöffnet, aber wir waren nicht bereit, uns unsere Ausrede nehmen zu lassen. Die Geschäfte sind also sonntags geschlossen, und wir mussten essen gehen.

Nach sehr kurzer Diskussion einigte sich der Familienrat aufs *Piccolo Mondo*. Uns hätte auch noch der *Pannekoekenbakker*, der Grieche, der Chinese, das *Babbelaar*, und das Hotel *Zeelandia* zur Wahl gestanden, aber die Kinder favorisierten Pizza. Ich gratulierte mir zu meiner Erziehung.

Wir gingen zum Tresen und fragten, ob wir auch ohne Reservierung einen Tisch bekommen könnten. »Nein, aber in einer Dreiviertelstunde müsste ein Tisch frei werden.«

Wir gingen die Straße hinunter. Eine Dreiviertelstunde, die konnte man selbst an einem Sonntag auf Noordkapelles »Kö« totschlagen. Es hatte sich allerhand verändert in den letzten Jahren. Der Grieche hatte seine Fassade in einem nicht gerade tourismuskompatiblen Grau gestrichen. Zwei neue Geschäfte waren eröffnet worden. Das eine hieß *Seaside*. Na, das war ja mal originell. Bei *Seaside* bot man blau-weiße Leuchttürme und Muschelkerzen an, dazu Holzschilder, auf denen *Gone to the beach* aufgemalt war.

An einem Haus stand *te koop*, was so viel bedeutet wie »zu verkaufen«. Über ein solches Angebot konnte man nachdenken, aber in den Niederlanden darf man als Deutscher nicht einfach ein Haus mitten in der Ortschaft kaufen. Wahrscheinlich ist das auch richtig so. Der reiche Teutone kauft das Haus und bewohnt es an zehn Wochen in den Ferien, ansonsten trägt er dazu bei, dass das Dorf in den kalten Wintermonaten verwaist daniederliegt.

Herr Christo musste hier kürzlich auch Urlaub gemacht haben, denn der Kirchturm in der Ortsmitte war verpackt, von Gerüsten umgeben, und die Gerüste waren von grauer Folie eingehüllt. Eine Backsteinmauer umfriedete das Grundstück, auf dem die Kirche stand. Sie ist das Schmuckstück von Noordkapelle, wenn sie nicht gerade verpackt ist. Auf der Mauer saßen Jugendliche und Fahrradfahrer, die anscheinend wussten, dass die Frittenabteilung des *Babbelaar* die besten Pommes frites der nördlichen Halbkugel offeriert. Das war jetzt schon unser zweiter Tag in Noordkapelle, und ich hatte noch keine einzige Portion dieser frittierten Köstlichkeit genossen. Gut, das war auch beabsichtigt. Der Tag, an dem ich das Rauchen aufgegeben habe, liegt

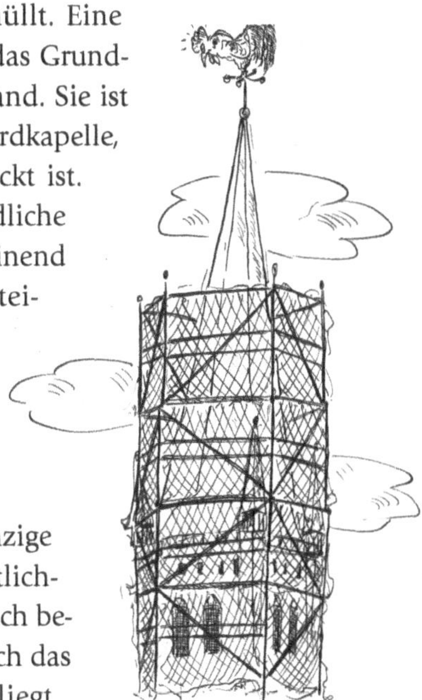

jetzt neun Kilo zurück, da muss ich mich in den Ferien ein bisschen zurückhalten. Andererseits darf ich es auch nicht übertreiben. Ich würde gleich im *Piccolo Mondo* eine große Pizza essen, um zu vermeiden, dass ich einen Heiligenschein kriege.

Es war inzwischen fast sieben Uhr, und wir kehrten um in Richtung *Piccolo Mondo*. Mittlerweile hatten viele Gäste das Ristorante verlassen, es war kein Problem mehr, einen Tisch zu ergattern.

Neben dem Tresen stand der runde Tisch, an dem ich schon mal morgens nach dem Einkaufen einen Espresso getrunken hatte. Jetzt saß dort der Kommissar mit seiner Assistentin. Es würde wohl keinen Tag mehr geben, an dem wir den beiden nicht begegneten.

Wir bekamen sogar einen Tisch direkt am Fenster. Es wurden noch schnell ein paar Glasränder weggewischt, zwei Spaghetti entsorgt, die sich keck um den Salzstreuer wanden, und schon konnten wir Platz nehmen. Vier Speisekarten wurden gereicht. Die nette junge Bedienung hieß Nel, das wusste ich noch vom letzten Jahr. Sie trug eine schwarze Schürze, auf der in Rot der Schriftzug *Piccolo Mondo* prangte. Die Schürze harmonierte wunderbar mit ihrer Frisur: Rotes Deckhaar lag wie eine Mütze über einer pechschwarzen Frisur. Sie fragte, ob sie uns schon etwas zu trinken bringen könnte.

Ja sicher, bei einem Italiener kann man mir immer etwas zu trinken bringen. In diesem Ristorante gibt es einen sehr guten Rotwein. Aber nun brauchte ich erst mal ein *Grimbergen*. Gegen den Durst und für den Urlaub.

»Ich nehme auch eins«, sagte Anne, und Tristan bestellte extrem cool: »Ich auch!«

Piccolo
Mondo

Ich sah zu Anne hinüber. Sie grinste in sich hinein. »Was heißt auf Holländisch Alsterwasser?«

Nel verstand nichts. Ich erklärte ihr, dass man ein Biertje mit Zitronenlimonatje zusammen in ein Glasje schüttet, und dabei kommt ein Drinkje raus, und wie heißt das dann? Jetzt verstand sie mich. Tja, es geht eben nichts über Fremdsprachenkenntnisse. Sie erklärte mir, dieses Getränk heiße *Sneeuwwitje*. Aha, Schneewittchen. Hätte ich eigentlich drauf kommen können. Ich bestellte also ein *Sneeuwwitje*.

Anne sah mich ein bisschen fragend an. Na ja, Tristan würde nächsten Monat fünfzehn. Es würde sein erster Alkohol sein, von dem wir etwas wussten, aber wahrscheinlich nicht sein erstes Bier.

Die Bedienung brachte zweieinhalb Bier und eine Cola für Edda. Meine Gedanken kreisten weiterhin um Altersvorgaben, aber Edda erinnerte mich an wichtigere Dinge. Sie hob ihr Glas und sagte: »Papa, in die Augen schauen beim Zuprosten! Sonst gibt es sieben Jahre schlechten Sex!«

Tristan stimmte seiner Schwester zu: »Genau, und das wären deine ersten sieben Jahre!«

Wir lachten, und ich hatte fast das Gefühl, als wäre dieser Sonntag unser erster richtiger Urlaubstag. Die ganze Familie saß zusammen, gleich würde ich eine gute Pizza bestellen. Mein fast fünfzehnjähriger Sohn trank sein erstes Bier, und wir lachten. Doch dann stand dieser Polizist auf und ging zum Ausgang, und seine Assistentin folgte ihm. Ich war wieder im Hier und Jetzt angelangt.

Anne erzählte gerade von unserer Hochzeitsreise. »Wir

hätten uns eigentlich keine leisten können, aber da war dieser Kumpel von Papa, der uns zur Kirche gefahren hat, in einem 7er BMW mit weißen Ledersitzen und einem riesigen Blumenbukett vorne auf der Motorhaube.« Ich wusste, dass Edda jetzt wissen wollte, welche Blumen das gewesen waren, und Tristan hätte mich bestimmt gerne gefragt, wie viel PS der BMW gehabt hatte.

»Und dann reichte er uns einen Umschlag nach hinten, und darin war ein Gutschein für eine Woche Lanzarote. Wir waren baff! Morgens um sechs kamen wir am Flughafen in Arrecife an und fuhren mit dem Taxi nach Puerto del Carmen in unser Hotel. Dieser Morgen war eine Katastrophe. Wir waren völlig übermüdet. Die Standpromenade war verdreckt. Bierdosen lagen überall rum.«

»Das war ja fürchterlich!« Edda zeigte echtes Mitleid.

»Nein, es war wunderbar! Wir haben ein nettes Pärchen kennengelernt, das auch in den Flitterwochen war. Wir haben in El Golfo den besten Schwertfisch unseres Lebens genossen, und wir haben das Haus von César Manrique gesehen. Das war ein wunderbarer Künstler, der ganz nebenbei dafür gesorgt hat, dass Lanzarote nicht von zehngeschossigen Hotelkomplexen verschandelt wurde wie Denia oder Lloret de Mar.«

»Aber die Ankunft war fürchterlich?«, versicherte sich Edda.

»Ja, und das ist uns in späteren Jahren noch oft so ergangen. Daraus habe ich eines gelernt: Man darf einen Urlaub nie nach dem ersten Tag beurteilen.«

Ich hoffte, dass sie recht hatte. Mir fiel unser erster Cluburlaub ein. Fuerteventura. Wir flogen um vier Uhr nachts von Düsseldorf ab, die Flugdauer betrug fünf Stunden. Edda hatte durchgebrüllt. Gut, sie war zwei! Wir kamen völlig übermüdet und total gestresst gegen halb elf am Eingang vom Robinson Club an. Ein hyperaktiver Animateur mit einer albernen Frisur kippte aus Zehnlitereimern gute Laune über uns aus. Er drückte mir einen orangefarbenen Cocktail in die Hand und sagte fröhlich: »Schön, dass du da bist! Ich habe eine Liste mit allen Aktivitäten für dich!« Ich dachte im Stillen: Lass mich in Ruhe, sonst habe ich eine prima Faust für dich! Ich sagte das natürlich nicht laut. Später habe ich mir mit diesem Animateur wunderbare Duelle auf dem Beachvolleyballfeld geliefert, aber am ersten Nachmittag habe ich auf dem Hotelbett gelegen und mit dem Gedanken gespielt, sofort wieder abzureisen.

Nur dieser Urlaub in Holland war etwas anderes. Verdreckte Straßen und hyperaktive Animateure sind eine Sache. Blaulicht und rot-weißes Trassierband sind eine ganz andere.

# 17

Piet nahm das Stahlband aus der Satteltasche, fädelte es durch die Streben des schmiedeeisernen Zauns und hoffte, damit ausreichend Sorge getragen zu haben, dass die *Gazelle* morgen früh noch auf ihn wartete. Bevor er hineinging, betrachtete er das Haus, *De grise dolfijn*.

Der Blick auf die Hausfassade zeigte ihm, dass hinter dem Erdgeschossfenster wohnliches Licht Julianas Wohnzimmer erhellte, das Wohnzimmer, das nicht durch irgendwelche Gardinen die Blicke von der Straße abhielt. Es war warmes Licht, kein blaues; die alte Dame hatte also den Fernseher nicht eingeschaltet. Lesen konnte sie nicht mehr, außer mit einer großen Lupe, aber das verursachte ihr Kopfschmerzen. Juliana saß nur so da, weil sie wieder nicht schlafen konnte.

Der Blick auf die alte Timex zeigte Piet, dass der Tag ihm nur noch eine knappe halbe Stunde bot, um eine gute Tat zu vollbringen. Er trat an die schöne alte Haustür. Der hellgraue Lack war erst im Frühjahr frisch aufgetragen worden. Der Türklopfer in Form eines Delfins war blank poliert. Er steckte den Schlüssel ins Schloss, öffnete die Tür, trat in den Flur und klopfte an Julianas Wohnungstür.

»Kommen Sie herein, Piet!«

»Hallo, Juliana«, grüßte er beim Eintreten. »Immer noch nicht im Bett?«

Die dunkelbraune Lackierung auf den Holzgriffen von Julianas grünem Ohrensessel war abgegriffen, aber die kleine weiße Häkeldecke über dem oberen Teil der Rückenlehne war wie immer frisch gewaschen und gestärkt.

Juliana schüttelte sacht den Kopf. »Ach Piet, Sie wissen doch, ich brauche sehr wenig Schlaf. Das hat das Leben irgendwie falsch eingerichtet. Warum brauchen gerade die Menschen so wenig Schlaf, die mehr als genug Zeit zum Schlafen haben? Sie sind bestimmt hundemüde!«

»Nein, nein, ich habe noch ein halbes Stündchen Zeit.«

»Dann trinken Sie doch ein Gläschen Wein mit mir«, schlug sie vor.

»Danke, aber ich hole mir lieber ein Bier von oben.«

Piet holte zwei *Grolsch* aus seinem Kühlschrank, und fünf Minuten später saß er Juliana gegenüber, wischte sich den Schaum vom Mund und stellte nach einem genießerischen Rülpsen die Flasche auf den kleinen Beistelltisch.

»Morgens so früh aus dem Haus, und am Abend erst so spät wieder zurück«, sagte Juliana vorwurfsvoll, fügte dann jedoch mit schelmischem Lächeln hinzu: »... eine neue Freundin oder ein neuer Fall?«

Piet mochte die Falten um ihre kleinen Augen, die ihr Lachen verschmitzt wirken ließen. »Neue Freundin wäre mir lieber, aber wir haben einen Toten auf *Camping de Grevelinge*.«

Juliana nickte. »Ja, das habe ich im Radio gehört. Und? Haben Sie schon eine Spur?«

»Nichts, gar nichts«, gab Piet zu. »Aber es ist auch eine verzwickte Sache.« Er erzählte ihr die ganze Geschichte und ließ nichts aus. Natürlich konnte er ihr in Wahrheit nur den Schluss der Geschichte erzählen, also die wenigen Fragmente, die er bisher kannte. Und wieder wurde ihm bewusst, dass er gerade erst am Anfang stand und dass die Wahrscheinlichkeit ziemlich groß war, dass diese Akte irgendwann im Archiv verstaubte.

Juliana hob die Augenbrauen. »Und alle haben ihn gemocht? Keine Feinde?«

»Eher das Gegenteil«, sagte Piet seufzend, »zu viele Freunde.«

»Dann bleibt nur eins: *Cherchez la femme*!«

»Eher nicht, unser Gerichtsmediziner hält eine Frau als Täter für unwahrscheinlich.«

»Das ist ein Mann, dieser Gerichtsmediziner, oder?«, fragte die alte Dame.

»Ja.«

»Männer unterschätzen Frauen immer.« Juliana lachte leise. »Frauen sind nicht so kräftig, aber vielleicht sind sie schlauer als Ihr Gerichtsmediziner. Sehen Sie mal, der Mann war Kantinenwirt, da kann es also nicht um viel Geld gegangen sein. Aber er hat das Leben genossen. Ich glaube, da hat Eifersucht eine Rolle gespielt – auf die Frauen oder auf den Genuss. Was ist mit seiner Ehefrau?«

»Sie heißt Isabelle. Ich kenne sie seit meiner Schulzeit. Ich könnte mir vielleicht vorstellen, dass sie ihren Mann umbringt, im Zorn oder voller Wut. Aber dieser Mord ist nicht im Affekt begangen worden. Das hat jemand lange geplant, es wirkt alles inszeniert, da wurde ein schauriges Stillleben geschaffen. Dieser Jemand hat sich sehr viel Mühe gegeben, dass man ihn nicht findet.«

»Also keine Wut, kein Zorn, aber ganz viel Hass«, sagte Juliana und nippte an ihrem Wein. »Da sind wir schon wieder bei der Eifersucht.«

Piet blickte sie erstaunt an. »Warum? Das müssen Sie mir jetzt erklären.«

»Weil der Mensch nur dann hasst, wenn seine Liebe enttäuscht wurde.«

Piet trank den letzten Schluck aus der zweiten Flasche *Grolsch*, griff mit Zeige- und Mittelfinger der rechten Hand nach den Verschlüssen der beiden Bierflaschen und stand auf. Er gab Juliana einen sachten Kuss auf die faltige Wange. »Jetzt geht's aber ins Bett, sonst …«, drohte er ihr sanft.

»Sonst *was*?« Sie lachte.

»Sonst hole ich die Polizei.«

»Piet, es ist so schade, dass wir uns nicht fünfzig Jahre früher begegnet sind.«

»Ja, da haben Sie recht. Schlafen Sie gut!«

Als er im Bett lag, dachte er noch, dass es wirklich gut war, den gestrigen Tag bei Juliana zu beenden. *Weil der Mensch nur dann hasst, wenn seine Liebe enttäuscht wurde.* Mehr dachte er nicht, sein alter Körper brauchte Schlaf.

# *Montag*

# 18

Es war gerade acht Uhr, und Piet saß schon an seinem Schreibtisch. Vor ihm auf dem Schreibtisch lag der *PZC*, der *Provinciale Zeeuwse Courant*, die Tageszeitung auf Walcheren. Es war überhaupt nicht zu erwarten, dass der *PZC* seinen Fall *nicht* behandelt hatte. Selbst der *Telegraaf* hatte darüber geschrieben, zwar nur auf Seite zwölf, dafür aber niederlandeweit.

Piet hatte den *PZC* noch nicht aufgeschlagen. Das musste er auch nicht, um zu wissen, dass es einen Artikel über seinen Fall gab. Es stand auf der Titelseite, dass der ausführliche Bericht über den Mord auf *Camping de Grevelinge* auf Seite vier abgedruckt war, und Piet wusste genau, wer diesen Artikel verfasst hatte. Der *PZC* war eine gute Zeitung, aber die Geschäftsleitung hatte einen Fehler gemacht. Man hatte Maarten t'Huis einen Arbeitsplatz gegeben. Unverantwortlich!

Piet blickte auf die Zeitung. Dabei tauchte er immer wieder einen Teebeutel in eine Tasse, die neben der Zeitung stand.

Annemieke betrat sein Büro. »Na, was sagst du dazu?«

»Wozu?«

»Na, du hast den *PZC* doch vor dir liegen!« Sie nahm vor seinem Schreibtisch Platz.

Er schüttelte den Kopf. »Aber ich habe ihn noch nicht gelesen. Ich muss mir erst meinen Tee machen.«

»Du und Tee?« Annemieke kannte ihren Chef als eingefleischten Kaffeetrinker.

»Ich bestreike den Kaffeeautomaten im Erdgeschoss. Man kann diese Plörre einfach nicht trinken.«

»Und warum nimmst du kaltes Teewasser?«

Piet schaute auf seine Tasse, das Wasser dampfte tatsächlich nicht mehr. Das hatte es aber ganz sicher getan. Vielleicht war es schon eine Weile her, dass er seinen Teebeutel zum ersten Mal in die Tasse getaucht hatte.

»Das ist ein Darjeeling«, sagte er verlegen.

»Toll«, meinte Annemieke trocken. »Ein guter Tee. Und warum trinkst du ihn nicht? Jetzt schlag endlich Seite vier auf und lies dir durch, was dieses Arschloch von t'Huis geschrieben hat.«

Piet schlug Seite vier auf. Maarten t'Huis schilderte den Mord sehr detailgetreu. Das wunderte Piet, denn er hatte Maarten nicht am Tatort gesehen. Wahrscheinlich hatte er wieder irgendeinen Praktikanten losgeschickt, der die Fakten zusammentragen musste, und für die populistischen Mutmaßungen war der Schmierfink dann wieder selber zuständig gewesen.

Aha, nun fiel sein eigener Name. Mit dem Fall sei *Inspecteur* Piet van Houvenkamp betraut worden, sicher nicht der schlechteste Ermittler in Middelburg. Was war das denn, ein Lob? Doch dann übertraf sich der Journalist selbst in seinen Spekulationen. t'Huis vermutete, dass eine Tat wie diese in die Kategorie *Psychopathischer Serienkiller* fiel. Das Gegenargument: *Eine Mordserie besteht zumeist nicht aus einem Fall!*, entkräftete er sogleich sehr geschickt. Er tat das mit dem Pulitzer-Preis-verdächtigen Satz: *Jede Serie hat ein erstes Glied*!

Piet schüttelte den Kopf. Wenn, dann musste es heißen: *Jede Kette hat ein erstes Glied*. Ach Gott, und so was war Journalist.

»So, der Tee ist fertig!« Annemieke, die zwischendurch zum Wasserkocher auf dem Fensterbrett gegangen war, reichte ihm eine frische Tasse, deren Inhalt diesmal heiß war. »Hast du diesen Maarten t'Huis irgendwo gesehen?«

»Nein, der war auch nicht da. Da bin ich mir ganz sicher.« Piet nahm einen Schluck und las weiter. »Das darf doch nicht wahr sein! Hast du das hier gelesen?«

»Ich habe den ganzen Artikel gelesen, ich glaube, sogar drei Mal.«

»Da schreibt dieser Sack: *Es ist die Frage, ob man einen*

*Fall von solcher Tragweite der richtigen Polizei übertragen sollte, und nicht einem Touristenwachtmeister!* Wenn ich den in die Finger kriege! Dann hau ich ihm eins in die Fresse!«

»Der *PZC* ist die wichtigste Zeitung in Middelburg, aber wo erscheint sie?«

»In Goes ...«

»... und nicht in Middelburg. Na bitte!«

Piet schlug die Zeitung zu. »Wann haben wir Konferenz?«

»In zwanzig Minuten«, sagte Annemieke nach einem kurzen Blick auf ihre Armbanduhr. »Du kannst deinen Tee in Ruhe austrinken.«

»Ach, weißt du, ich steh nicht so auf Tee.« Piet schob die Tasse von sich. »Wenn ich diesen t'Huis das nächste Mal sehe, weißt du, was ich dann mache?«

»Du haust ihm eins in die Fresse!«

»Genau, das mach ich!«

»Das machst du nicht.«

»Mach ich doch.«

»Machst du ni-hicht!«

»Mach ich do-hoch!«

»Was erzählen wir Waatering?«

»Na, die Wahrheit.«

»Dass wir nichts haben?«

»Ganz genau.«

Piet ahnte, dass diese Besprechung sie nicht einen Zentimeter weiter bringen würde. Er hoffte, dass dieses Arschloch Maarten t'Huis nicht recht hatte, und er wusste, dass er hier raus musste. Er brauchte Fahrtwind.

# 19

Das Frühstück verlief beinahe, wie Frühstücke auf einem Campingplatz verlaufen. Es gab die gleichen weichen Brötchen, die Schokostreusel und diesmal sogar eine Zeitung. Ich hatte mich im täglichen Wettbewerb »Wer steht zuerst auf?« schon um halb zehn geschlagen gegeben, dafür aber am Zeitungsständer einen glorreichen Sieg davongetragen.

Die Krümel lagen noch auf dem Tisch, außerdem standen dort eine leere und eine fast volle Kakaotasse. Warum aufstehen und spülen? Wir hatten schließlich Urlaub. Ich habe diesen Moment schon immer besonders genossen. Edda war mit irgendeiner neuen Freundin zum Schwimmbad aufgebrochen. Tristan war mit der Angelrute auf Karpfenhatz, und ich durfte endlich Zeitung lesen. Es ist eine feste Regel an unserem Frühstückstisch, dass man beim Essen nicht in die Zeitung schauen darf.

Die letzte Tasse Frühstückskaffee unter dem blauen Sonnenschirm vor dem Vorzelt, allein mit Anne, das ist ein Erlebnis, das ein Junggeselle nicht nachvollziehen kann, von Hotelurlaubern ganz zu schweigen.

An diesem dritten Urlaubstag verlief das Frühstück jedoch nur beinahe wie sonst immer. Edda und Tristan waren weg, und es war ruhig. Zu ruhig. Hätte ich doch einen Blick in die Zeitung gewagt, hätte wahrscheinlich niemand widersprochen.

Gaby trat durch das imaginäre Gartentor, diese achtzig Zentimeter zwischen Windschutz und Vorzelt, die den Zutritt auf unser gemütliches Stück Wiese ermöglicht. »Kann ich mir einen Kaffee machen?«, fragte sie.

»Ja klar«, antwortete Anne.

Die Senseo im Vorzelt tat geräuschvoll ihren Dienst, und Gaby setzte sich zu uns. »Ich muss hier raus.«

»Meinst du, dass die Polizei uns einfach abreisen lässt?«

Ich hatte mir diese Frage auch schon gestellt, sagte das aber nicht, sondern schlug die Zeitung auf.

»Glaub ich nicht, will ich auch nicht, aber ich muss von diesem Campingplatz weg. Lothar will eine Radtour machen. Habt ihr Lust?«

Anne sitzt zwar gerne ganze Nachmittage im Vorzelt, um die Bergetappen der Tour de France im Fernsehen zu sehen, aber Radtouren sind nicht unbedingt ihr Ding. Ich fixierte sie über die Zeitung hinweg und erkannte leicht erfreut eine gewisse Zustimmung.

»Wo wollt ihr hin?«, fragte sie.

Bevor Gaby antworten konnte, ertönte eine andere Stimme. »Gapinge, dann zur *Kaasboerderij* Schellach und in Veere ein Eis essen.« Lothar kam triumphierend, mit einer Radwanderkarte wedelnd, an unseren Frühstückstisch. »Das ist die neue *FIKS*-Karte. *FIKS* ist eine Abkürzung und heißt *Fietsknooppuntensystem Zeeland*, damit kann man ganz einfach die tollsten Radtouren zusammenstellen. Hier steht: *Die Routen sind sorgfältig nach folgenden Kriterien zusammengestellt: Attraktivität der*

*Landschaft, Sicherheit und verkehrsberuhigte Wege sowie das Vorhandensein von Angeboten unterwegs. Die Stellen, an denen sich Wege und Straßen kreuzen, sind Knotenpunkte, jeder hat eine Nummer. Also stellt man ganz einfach anhand der Fietsknooppunten-Nummern seine Radtour zusammen.*«

»Das klingt wirklich einfach.« Ich war nicht sonderlich überzeugt.

Lothar wurde jedoch von einer Welle der Euphorie aufs Fahrrad gehoben. »Das ist wirklich kein Problem. Ich habe die ganze Tour schon beim Frühstück nachvollzogen. Also, die Kirche in Noordkapelle ist der *Knooppunt* 20, dann müssen wir nur den Schildern mit der 22 folgen, dann denen mit der 23, dann links ab Richtung 24 und schon sind wir in Serooskerke.«

»Also, Serooskerke finde ich auch ohne Nummern«, sagte ich. »Für mich klingt das alles ein bisschen nach den Durchsagen im Kaufhaus: 23, *die* 11 *bitte,* 23*!*«

»Quatsch, guck hier, wir fahren dann über die 33 zum *Knooppunt* 61, das ist die *Kaasboerderii* Schellach und dann …«

Anne beendete Lothars Werbung für das neue *FIKS* mit dem schlichten Satz: »Lothar, wir fahren mit, und du zählst die Zahlen zusammen.«

Ich addierte im Kopf die Kilometer. Es waren fünfundzwanzig, vielleicht dreißig. Vor meinem geistigen Auge sah ich ein Abendessen im *Boekanier* in Vrouwenpolder. Bevor mir das Wasser im Mund zusammenlaufen konnte, sagte Anne: »Suchst du Tristan und Tobi? Ich gehe zum Schwimmbad und hole die Mädchen.«

Es hätte mich zwar durchaus noch interessiert, warum Christoph Daum der Meinung war, dass der 1. FC Köln in drei Jahren in der Champions League spielt, aber ich fügte mich, faltete die Zeitung zusammen und machte mich bereitwillig auf den Weg, um meinen Sohn einzusammeln.

Eine knappe Stunde später war Edda abgetrocknet und geföhnt, Tristan hatte seine Angel wieder verstaut, und wir saßen auf den Rädern. Lothar hatte die Karte in einer Klarsichtfolie auf den Lenker montiert, und wir fuhren los.

Schweigend ging es durch Serooskerke und weiter nach Gapinge. Gapinge ist vielleicht das schönste Dorf auf Walcheren. Wir fuhren an mindestens acht Häusern vorbei, die bei Anne spontane Kaufgelüste hervorriefen. Ich war froh, dass auf diese Weise endlich ein Gespräch aufkam. Hinter der spätgotischen Kirche mit dem achteckigen Turm bogen wir ab in Richtung Schellach.

Lothar hatte *Knooppunt* 33 gefunden mitsamt dem Pfeil in Richtung 61. Die Frauen hatten sich zurückfallen lassen, die Kinder fuhren weit vor uns. Lothar war an meiner Seite.

»Eigentlich sollten wir einfach abreisen«, meinte er. »Wer will uns denn daran hindern?«

»Die Polizei?«

Er blickte mich kurz an. »Mit welcher Begründung denn? Ich habe niemandem etwas getan, ich mache hier nur Urlaub. Und ob ich hier Urlaub mache oder am Plattensee oder in der Türkei, das kann mir doch dieser Derrick nicht vorschreiben!«

»Ich weiß es nicht. Aber ich will gar nicht wegfahren.

Ich will verdammt noch mal wissen, was hier passiert ist. Und ich hätte auch irgendwie ein schlechtes Gewissen. Das wäre doch Flucht, wenn wir jetzt fahren würden, oder?« Die Straße verlief schnurgerade, sie wurde auf beiden Seiten von Bäumen und Sträuchern gesäumt. Wann immer die Sträucher eine Lücke ließen, durch die Traktoren auf die Felder fahren konnten, machte uns ein heftiger Seitenwind zu schaffen.

»Ich bleibe auch. Das ist *mein* Urlaub, und den lasse ich mir nicht kaputt machen.«

»Ist der Urlaub nicht schon kaputt?«

»Wahrscheinlich.«

# 20

Wenn die Luft sechsundzwanzig Grad warm wurde und der Seewind keine Abkühlung mehr brachte, sondern nur noch dafür sorgte, dass die heiße Luft an jede Stelle des Körpers gelangen konnte, dann war wirklich Sommer.

Piet liebte den Sommer, jedenfalls dann, wenn er nicht gerade mit Jeans, Hemd und Jacke bekleidet am Strand unterwegs war.

Der Sand war so heiß, dass Piet es sogar durch die Sohlen seiner Laufschuhe spüren konnte. Er ging nah ans Meer, dorthin, wo die Wellen im Sand versickerten. Immer dann, wenn seine Gedanken abschweiften, wurden seine Schuhe wieder von einer heimtückischen Welle erwischt.

Auf dem heißen Sand starb eine Qualle, sie wäre für die Welle dankbar gewesen.

Jeder Mörder geht einen Weg, bis er sein blutiges Werk verrichtet. Piet musste diesen Weg finden. Er musste auf den Spuren dieses Wahnsinnigen gehen, der mit so viel Akribie dafür gesorgt hatte, dass Coen aus dem Leben schied.

Nein, Piet musste den Mann finden, der mit so viel Akribie dafür gesorgt hatte, dass Coen *vernichtet* wurde.

Auf welchen Spuren sollte er gehen, er sah keine. Piet war ein Mann, der sein Handwerk verstand. Er war gut ausgebildet. Er hatte viel Erfahrung. Hercule Poirot hatte stets das entscheidende Teilchen in einem Puzzlespiel gefunden, und damit war der Fall gelöst. Ihm fehlte nicht nur ein Puzzlestück, er hatte noch nicht einmal den Rahmen zusammengesetzt. Er fragte sich, ob er jemals so weit kommen würde, dass dieses Puzzle fast fertig vor ihm auf dem Tisch lag. Tausendvierhundertneunundneunzig Teile, und wenn er das letzte hellblaue Puzzlestück in den Himmel einsetzen würde, dann wäre der Fall gelöst. Was sollte er tun? Mit Zeugen sprechen, warten, bis Verdächtige sich in Widersprüche verstrickten …

Es gab keine Zeugen. Natürlich waren Hunderte von Menschen an dem Abend in der Nähe des Waschhauses gewesen, aber keiner hatte irgendetwas gesehen, und keiner hatte irgendetwas gehört. Keine Zeugen, keine Feinde, kein Motiv. Oder doch Isabelle? Er würde gleich mit ihr reden. Immer und überall *zu viel*: zu viele Leute auf diesem Campingplatz, zu viele Fragen, zu viele Zweifel. Zu viele Jahre? War er doch zu alt? Oder war er nur zu blind, um dieses hellblaue Puzzleteil zu erkennen?

Eine Frau lag nackt auf dem Sand, ohne Handtuch, einfach so. Piet fragte sich, warum Piercingringe durch die Brustwarzen nicht die Haut verbrannten, bei dieser Hitze. Schon wieder erwischte eine Welle seinen Schuh, diesmal den rechten.

Er brauchte eine Abkühlung. An diesem Teil des Strandes war Nacktbaden zwar nicht erlaubt, aber die Frau, an der er gerade vorbeigekommen war, hatte auch nicht viel angehabt, nur die zwei Ringe durch die Brustwarzen und einen weiter unten. Piet streifte die nassen Schuhe ab, zog

die Jacke und das T-Shirt aus, dann die Hose mit der Unterhose und stürzte sich in die Nordsee.

Er blieb so lange unter Wasser, wie seine Lunge es zuließ. Er spürte das Nass, das sich trotz oder wegen der Hitze eiskalt anfühlte. Seine Schädeldecke, die eben noch gebrannt hatte, bedankte sich herzlich für das kalte Salzwasser. Er schwamm mit langen, gleichmäßigen Kraulzügen und genoss die Wellen, die ihm entgegenschlugen. Er hatte nie verstanden, warum Nacktbaden an manchen Stränden verboten war. Nackt Volleyball spielen, das sollte überall verboten werden, zumindest wenn die Mitspieler so aussahen wie er selbst. Aber nackt baden, das war ein menschliches Grundbedürfnis, das durfte man nicht verbieten.

Er hatte natürlich kein Handtuch dabei. Nach dem Schwimmen setzte er sich auf den Sand und vertraute auf den warmen Wind.

Wenn man an den Strand geht, um zu schwimmen, überlegte er, muss man ein Handtuch dabeihaben. Ein Mathematiker würde sagen, das ist eine notwendige Bedingung. In der Mathematik unterschied man zwischen notwendigen und hinreichenden Bedingungen. Dass ein Bauer mit seinen Kartoffeln auf den Markt ging, das war eine notwendige Bedingung. Wenn er es nicht täte, könnte er seine *Aardappels* nicht verkaufen. Dass der auf den Markt gehende Bauer auf Marktbesucher traf, das war dagegen eine hinreichende Bedingung. Es stand fest, dass er ein Geschäft machen würde. Es stellte sich weiterhin die Frage, wie viele Kartoffeln er verkaufen würde. Das hing vom Preis ab oder vom Wetter oder von der Präferenzstruktur der Konsumenten. Aber er würde Kartoffeln verkaufen, das stand fest.

Piet fand sein Vertrauen in den warmen Wind bestätigt. Er stieg in die Unterhose, die er vor langer Zeit gekauft hatte, weil Calvin Klein darauf stand. Das Ding war mittlerweile fast so ausgeleiert wie der Hintern, den es bedecken sollte. Der feuchte Sand von seinen Pobacken verteilte sich in seiner Jeans und erinnerte ihn daran, dass ein Handtuch eine notwendige Bedingung war.

Die Frau mit den Piercingringen warf ihm einen Blick zu, den er nicht deuten konnte oder wollte. Er lächelte zurück, nur für den Fall, dass sie auch gelächelt hatte. Er zog sein T-Shirt an, band die Schnürsenkel der Schuhe zusammen und hängte sie sich über die Schulter, genau wie die Jacke. Dann ging er weiter am Strand entlang Richtung Zoutelande.

In der Mathematik gab es Voraussetzungen und Schlussfolgerungen. Sie hatten keine brauchbaren Voraussetzungen, aber sie hatten Schlussfolgerungen gezogen. Vielleicht musste man auch die Voraussetzungen überprüfen. Plötzlich spürte er einen Kopfschmerz wachsen, hinten links unter der Schädeldecke.

# 21

Schellach ist ein »verschwundenes Dorf«. Eine kleine Erhebung in der Landschaft zeigt an, wo früher mal der Friedhof war. Hier stand auch die Kirche, aber der Ort ist im achtzigjährigen Krieg verwüstet worden. Übrig geblieben ist die *Kaasboerderij*, der erste Bauernhof in Zeeland, auf dem man selber Käse produziert.

Anne kaufte Bockshornkleekäse und frische Buttermilch. Die Kinder probierten fast jede Käsesorte und den selbst gemachten *Vla*. Wir tranken die Buttermilch sofort und packten den Käse in meine Satteltasche.

Es war eigentlich typisch, dass in diesem Moment die Diskussion über das Abendessen begann. Edda wollte nicht ins *Boekanier*. Das Argument mit den Trampolinen, mit denen der findige Wirt hinter seiner Terrasse ein unschlagbares Argument für Kinder installiert hatte, zog bei pubertierenden Tokio-Hotel-Fans nicht mehr so wie noch vor ein paar Jahren. Edda hatte Lust auf Spaghetti im *Babbelaar*. Anne wollte lieber selber etwas kochen.

Das Abendessen ist für den Camper ja oft *die* warme Mahlzeit des Tages, weil man mittags am Strand liegt, über den Markt schlurft oder auf dem Fahrrad sitzt. Natürlich sagt man sich da: »Wir haben doch gerade erst gefrühstückt! Jetzt schon wieder essen? Nee!«

Das ist der Grund, warum dem Abendessen, auch ernährungsphysiologisch betrachtet, eine entscheidende Rolle zukommt. Der Vorrat an diversen B-Vitaminen, natürlich C, E und F, dazu Spurenelemente, Mineralien, Cerealien und – ganz wichtig – Ballaststoffe, dieser Vorrat muss jeden Abend aufgefüllt werden, damit der Camper am nächsten Morgen wieder fit und gestählt sein Tagwerk verrichten kann.

Wenn es nach Edda ginge, könnte es immer Nudeln geben. Dabei sind auch gar nicht so viele Variationen notwendig. Henry Ford soll einmal gesagt haben: »Man kann sein Auto in jeder Farbe haben, vorausgesetzt, die Farbe ist schwarz!« Meine Tochter würde sagen, sie isst die Nudeln mit jeder Sauce, vorausgesetzt, die heißt »Bolognese«. Alternativ könnte man auch Ketchup darüberkippen!

Mein Sohn grillt für sein Leben gern, am liebsten Fische, die er vorher selbst gefangen hat. Dies stellt mich vor eines der Grundprobleme eines jeden männlichen Campers: Eigentlich legt man Wert darauf, dass die Kinder ebenfalls dem Camper-Hobby frönten, andererseits ist man nicht bereit, seinen Grill von jemand anderem, auch nicht von seinem eigen Fleisch und Blut, bedienen zu lassen.

Annes Vorschlag, nach Hause zu fahren, da würde sie dann einen Salat mit Joghurt-Dressing servieren, der durch einige Maiskörner, den Inhalt einer Dose Thunfisch und durch einige Croutons verziert würde, konnte nur mit einer 3:1-Abstimmungsniederlage enden. Viel zu wenig Kalorien nach so einer anstrengenden Tour!

»Oder wollen wir in den *Zeerover*?«, fragte Anne schließlich.

Zunächst mal fuhren wir Richtung Veere, zum *Knooppunt* 62. Anderthalb Kilometer weiter rief Lothar nach den Jungs. »Tobi, Tristan, jetzt links den 34-Pfeilen nach!« Wir fanden Veere tatsächlich. Ein überzeugendes System, dieses *FIKS*, und so übersichtlich.

Veere ist eine traumhafte Stadt. Man sieht in jedem Winkel die Macht und den Reichtum, die hier einmal geherrscht haben. Veere ist in früheren Zeiten das Zentrum des Wollhandels mit England und Schottland gewesen, und auch eine Fischereihochburg. Um das auch nach außen hin zu demonstrieren, sollte die Kirche die größte und schönste von ganz Zeeland werden. So ganz war das nie gelungen. Es wurden immer nur Teile genutzt. Im Lauf der vergangenen Jahrhunderte war *Onze Lieve Vrouwekerk* Kaserne, Lazarett und Packhaus. In der heutigen Zeit finden im Hauptraum Ausstellungen statt. Als 1961 durch den Veersedam der Zugang zum Meer verwehrt wurde, verschwanden die Fischerboote. Kein Problem für Veere, denn die Fischerboote wurden durch Yachten ersetzt. Yachtbesitzer haben Geld, und das bringen sie nach Veere. Ich glaube, den Bewohnern geht es wieder ziemlich gut.

Wir saßen auf der Terrasse des *Grand Café* am Vismarkt in Veere. Die Kinder waren zur Hafenmauer gelaufen. Die alte Kanone vor der Kaimauer übte noch immer Anziehungskraft auf sie aus.

»Ich kann das nicht,«, sagte Gaby plötzlich.

Anne legte ihr die Hand auf den Arm. »Was kannst du nicht?«

»Ich kann nicht so tun, als ob nichts passiert wäre! Wir fahren hier durch die Gegend, als wäre alles in bester

Ordnung. Coen ist tot, und er ist nicht nur tot, er ist umgebracht worden. Und der Mörder läuft noch frei herum!«

»Ja glaubst du denn, dass ich das einfach so vergessen kann?« Anne war fast eingeschnappt.

Und ich fühlte mich auch missverstanden. »Es erwartet doch auch niemand von dir, dass du so tust, als wäre nichts passiert. Aber was sollen wir machen? Wir können doch nur abwarten und hoffen, dass dieser *Inspecteur* den Mörder bald findet.«

»Der?!« Lothar war skeptisch. »Aber auch wenn wir nicht so tun, als ob nichts passiert wäre, müssen wir trotzdem über das Abendessen nachdenken. Ich bin für den Zeerover.«

Gaby sah ihren Mann an. Hätte er ihren Blick erwidert, so hätte er eine Mischung aus Resignation und Unmut in ihren Augen gesehen.

Von Veere aus radelten wir am Yachthaven Oostwatering vorbei nach Vrouwenpolder. Wir waren diese Strecke schon zehn Mal gefahren, aber trotzdem suchte Lothar weiter erfolgreich nach Zahlenschildern.

Der Wind kam von See. Ich war sehr froh, dass wir nicht rechts abbiegen mussten, in Richtung 3 auf den Veersedam nach Kamperland. Da hätte uns der Wind schwer zu schaffen gemacht. Wir fuhren durch den Ort, den Koningin Emmaweg entlang Richtung Noordkapelle zum *Zeerover*. Mit dem Fahrrad konnten wir durch den Dünengürtel *de Mantelinge* bis zum Deich fahren. Es war mittlerweile später Spätnachmittag geworden, viele Strandbesucher hatten schon den Weg ins heimische

Ferienhaus angetreten, deshalb fanden sich viele freie Fahrradständer ganz nah am Deich.

Sarah, Tobi, Tristan und Edda liefen sofort zum Wasser. Lothar und Gaby suchten wohl schon nach einem Tisch auf der Terrasse des *Zeerover*, ich blieb auf dem Deich stehen.

Es war etwas passiert! Der Urlaub hier an der Küste würde nie mehr so sein, wie er in den Jahren zuvor gewesen war. Aber hier auf dem Deich hatte das Meer nichts von seiner Faszination eingebüßt. Ich atmete tief ein und pumpte mir die Seeluft in die Lunge.

Anne trat zu mir und hakte sich bei mir ein: »Na, *Frikandel speciaal, frites Mayo*?«

»Und ein *Grimbergen*. Komm!«

»Eigentlich wollte ich heute kochen.« Anne seufzte.

Die Terrasse des Zeerover ist durch Glasscheiben gegen den Wind geschützt. Die Speisekarte ist eine Offenbarung für Hollandurlauber. Hier bekommt man alles, was die Friteuse hergibt. *Bitterballen*, Fleischkroketten, aber auch guten Fisch: die kleinen Seezungen, *Sliptongetjes,* mit Pommes und Remouladensauce, das Ganze natürlich komplett ohne Vitamine und Spurenelemente, aber das macht ja nichts! Und morgen, da würden wir selber in der Küche stehen, ganz gesundes Essen würde es geben! Wir würden Ballaststoffe kochen.

Über dem Horizont lag eine Dunstschicht. Der Sonnenuntergang war nicht perfekt, aber das hätte er an diesem Tag auch nicht sein dürfen, und morgen kam ja ein neuer.

# 22

Wenn die Sonne im Westen den Horizont berührt, erklingt im *Zeerover* Musik. Aus den viel zu billigen Lautsprechern zirpt *Once Upon a Time in the West* von Ennio Morricone. Sobald die Wasserlinie zur Tangente des großen orangefarbenen Balls wird, setzen die Streicher ein. Der letzte Ton verklingt ganz genau dann, wenn der letzte kleine Lichtpunkt hinterm Horizont versinkt. Ein paar Minuten später wird es dunkel. Menschen besteigen ihr *fiets*, Pärchen verlassen den *Zeerover* Arm in Arm, Eltern ziehen Bollerwagen mit Kindern hinter sich her. Fast alle haben die Lippen gespitzt und pfeifen *Once Upon a Time in the West*.

An diesem Tag lag wie so oft ein Dunststreifen über dem Horizont. Weil der exakte Zeitpunkt des Sonnenuntergangs nicht zu bestimmen war, würde es im *Zeerover* wohl keine Musik geben.

Piet van Houvenkamp war das egal. Er saß auf der Pier in Westkapelle. Es war eine mächtige Pier, die da ins Meer gebaut worden war, und es gehörte wohl einiges Gottvertrauen dazu, sie gerade hier in den Meeresboden zu schlagen – gerade hier, wo die Nordsee unerbittlich war.

Westkapelle war einst von Dünen gegen die See geschützt gewesen. Die Fischerei hatte Wohlstand gebracht, und man hatte die große, dreischiffige Sint Willibrorduskerk gebaut. Aber das Meer hatte den Dünengürtel zurückerobert. Die Fischer waren weiter nach Vlissingen gezogen, die einstige Fischereihochburg war verarmt, die Kirche bis auf die Grundfeste niedergebrannt. Nur ihr Turm war trotzig stehen geblieben.

Die Menschen in Westkapelle hatten gelernt, dem Meer zu trotzen. Sie ersetzten die Dünen durch Deiche. Aus dem Kirchturm war das berühmte Leuchtfeuer geworden, ein sechsundfünfzig Meter hohes Mahnmal des Überlebens. Und sie hatten die Pier ins Meer gebaut, so als hätten sie ihm zeigen wollen, dass sie den Kampf niemals aufgeben würden. Piet mochte die Menschen in Westkapelle.

Tagsüber war dieser riesige Holzsteg von Anglern bevölkert, oder auch übervölkert, wenn man Piet fragte. Am Campingplatz in Westkapelle gab es einen Angelladen, der auch Köder anbot. Frische Würmer, gerade eben aus dem Watt gezogen. Und der Verkäufer in diesem Angelladen empfahl die Pier in Westkapelle als das beste Angelterrain für Hornhechte und Heringe in den gesamten Niederlanden. Wahrscheinlich hoffte er, dass die Kunden wegen der räumlichen Nähe zu seinem Laden bald wiederkamen, wenn diese hundsgemeinen Fische wieder den Köder vom Haken gekaut hatten, ohne sich daran aufzuhängen.

Es dämmerte. Die Pier war nun verwaist. Piet starrte nach Westen auf den Punkt, an dem eben noch ein orangefarbener Ball im Dunststreifen verschwunden war, um im Salzwasser abzutauchen. Er machte sich weder Gedanken über den *Zeerover* noch über den Dunststreifen am Horizont.

Sein Zeigefinger zeichnete die Umrisse des Dekolletés nach, das von einem hellblau-weiß gestreiften T-Shirt umrahmt wurde. »Hast du ihn umgebracht?«, fragte er die Frau, die vor ihm auf den Holzplanken lag.

»Ich habe ihn geliebt.«

»Das eine schließt das andere nicht aus.«

»Doch!« Isabelle richtete sich auf und blickte Piet an.

Seine Augen waren auf den Horizont gerichtet, als rechnete er damit, dass die Sonne zurückkam.

»Verdammt noch mal!«, stieß sie hervor. »Sieh mich wenigstens an, wenn du solche Vermutungen ausstößt!«

Piet hatte die Pier als Treffpunkt vorgeschlagen, er hatte diesen Zeitpunkt gewählt, weil er allein mit ihr sein wollte. Er wollte ihr diese Fragen unter vier Augen stellen. Er wollte sie doch nur schützen, vor Annemieke, vor Wim und vor dem PolizeiInspecteur Piet van Houvenkamp.

»Ich vermute gar nichts«, sagte er und sah sie an. »Ich bin mir ziemlich sicher, dass du ihn geliebt hast. Ich wollte es nur von dir hören.«

»Jetzt hast du es gehört!«

»Nein, nicht so.« Er schüttelte den Kopf.

»Wir waren zweiunddreißig Jahre zusammen. Kannst du dir vorstellen, was das für eine ungeheuer lange Zeit ist?« Sie wandte sich ab und blickte trotzig auf die See.

»Ja, das kann ich«, sagte Piet ruhig. »Ich bin seit zweiunddreißig Jahren bei der Polizei.«

»Irgendwer hat mal gesagt, dass in einer ganz langen Ehe Sex unwichtig wird«, sagte Isabelle.

»Wer?«

»Ich weiß es nicht mehr. Aber er hatte recht.«

Piet nahm ihre Hand. »Ich bin ledig«, sagte er, »also musst du mir das erklären. Ab wann wird Sex unwichtig?«

Isabelle sah ihn wieder an. »*Unwichtig* ist vielleicht das falsche Wort. Vielleicht sollte ich eher sagen: Der Sex entscheidet nicht mehr über dein Leben. Ich habe neben Coen gesessen und gelesen. Dabei habe ich gewusst: Das ist mein Mann.«

In Piets Augen konnte sie die nächste Frage lesen, obwohl er sie nicht stellte: »Auch wenn du wusstest, dass er mit anderen Frauen Sex hatte?«

»Er hat rumgevögelt. Vielleicht war ich manchmal ein bisschen eifersüchtig, aber das war er auch. Und ich habe ihm Grund dazu gegeben.«

»Warum?«

»Weil ich auch über fünfzig bin. Und weil es für mich auch ein verdammt schönes Gefühl ist, zu erleben, dass man noch begehrt wird.«

»Aber du hast ihn immer geliebt?«, fragte er.

»Ich liebe ihn auch heute noch.« Isabelle lehnte sich wieder zurück.

Piet beugte sich über sie und küsste sie auf die Wange. Sie drehte ihren Kopf und berührte mit ihren Lippen seinen Mund. Piet spürte den leichten feuchten Druck. Sie hatte ihre Arme nicht um ihn geschlungen. Er stand einfach auf und half ihr hoch. »Hast du irgendeinen Blödsinn gemacht?«, fragte er dabei. »Ich kann dir helfen.«

»Du bist mit Leib und Seele Bulle. Und wenn du mich fragst, ob ich einen Fehler gemacht habe: Ja, ich habe eine Menge Fehler gemacht, aber die waren nicht tödlich. Manchmal mache ich sogar gerne Fehler: Küss mich noch mal!«

»Er hatte Sex mit anderen Frauen?«, fragte Piet noch einmal. »Und du warst nicht eifersüchtig?« Das überstieg seine Vorstellungskraft.

»Er ist immer zu mir zurückgekommen. Er hat mich genauso geliebt wie ich ihn. Wir haben nie aufgehört, miteinander zu schlafen. Sein Herz gehörte mir, sein Schwanz vielleicht nur zur Hälfte, aber, na ja, das hat mir gereicht. Ich hatte nie einen Grund, eifersüchtig zu sein.«

»Okay, du nicht. Aber was ist mit den anderen? Kennst du einige von den Frauen, mit denen er ... Also, du hast doch bestimmt mal sein Handy gecheckt?«

»Ob ich weiß, mit wem er es getrieben hat?« Sie lachte wieder, aber diesmal hatte ihr Lachen einen bitteren Klang. »Ja klar, ich kenne ein paar, die nur allzu gerne für ihn die Beine breit gemacht haben. Dazu musste ich nie sein Handy überprüfen. Man bemerkt die Blicke: Da wird unauffällig weggeschaut, sich an der falschen Stelle geräuspert ... Coen war für mich kein Buch mit sieben Siegeln. Er hat mir nie gebeichtet, dass er mich betrügt. Er wollte mir wohl nicht wehtun.«

Isabelle zog ihr T-Shirt zurecht, obwohl es da nichts zu ziehen gab. »Aber er hat mir seine Eskapaden auch nie besonders intensiv verheimlicht. Und seit ein paar Jahren, da wussten wir beide, dass man Sex auch woanders haben kann. Wir haben nie darüber geredet, aber wir haben es beide gewusst.«

Piet schob ihr eine Haarsträhne hinters rechte Ohr, die sich jedoch beim nächsten Windstoß schon wieder befreite. »Weißt du, ich will dieses Motiv einfach nicht außer Acht lassen: Eifersucht. Für dich war das kein Problem. Aber irgendeine Frau hatte Sex mit ihm, schwärmte für ihn und verliebte sich, nur um dann festzustellen, dass dieser Kerl eben doch nicht frei ist. Da kann man auf schlimme Ideen kommen.«

»Ja, kann man. Aber das kann ich mir nicht vorstellen. Coen stand nie auf Probleme. Die Frauen, die waren eher von der Sorte ›glücklich verheiratet‹. Die wollten eine Nacht mal wieder richtig was erleben, weißt du?«

»Ja«, sagte er zögernd, »ich glaube, schon. Machst du mir trotzdem eine Liste?«

Ihre Augen blitzten belustigt. »Eine Liste? Eine Liste von Frauen, mit denen Coen was hatte? Nein, nein, mein Lieber. Such du dir deine willigen Weiber selber!« Sie küsste ihn mitten auf den Mund, schlüpfte in ihre Espandrillos und nahm ihre Tasche: »Es war schön, mit dir zu sprechen. Weißt du, er fehlt mir.«

»Ja, ich weiß.« Piet schaute ihr noch eine Zeit lang nach, wie sie die Pier entlangging. Als sie die Treppe auf den Deich betrat, wanderte sein Blick wieder Richtung Westen und verlor sich in der Weite.

# 23

Vielleicht war es das Meer, auf das er schaute, oder es war die salzige Luft. Vielleicht waren es auch ihre Lippen, keine Ahnung! Er bekam Hunger, und zwar auf Fisch. Die *Gazelle* stand hinterm Deich, aber er würde am Strand entlang gehen. Nach hundert Metern hätte er das *Paradiso* erreicht. Ein alter Freund hatte sich vor einiger Zeit in den Kopf gesetzt, in einem Strandpavillon mit etwas anderem als *Frikandel speciaal, frites Mayo* Geld zu verdienen. Die Idee war scheiße, aber der Koch war sensationell. Und ein Spaziergang am Strand würde Piet verdammt guttun.

Er stand auf und genoss einen letzten Blick von der Pier aufs Meer. Ein Segelboot schwebte über der dunstigen Stelle, wo eben noch ein orangefarbener Sonnenball in der Nordsee versunken war.

Der Wind war nicht mehr wüstenheiß, die Hitze des Nachmittags war mit der Sonne verschwunden. Piets Gedanken kreisten nur um das eine Thema: Isabelle. Sie hatte ein Motiv. Aber sie war keine Mörderin. Sie könnte ihrem Mann so etwas nicht antun – nicht dem Mann, den sie so sehr liebte. Aber hatte sie Coen wirklich so geliebt, wenn sie Piet gerade eben geküsst hatte? Und nicht einfach geküsst. Das war nicht wie Schutz suchen oder an eine breite Schulter anlehnen. Das war mehr gewesen, das war … Verlangen?

*Sliptongetjes* wäre heute falsch, Seezungenfilets, das war Anfängerfisch. Er wollte etwas schmecken, vielleicht einen Seebarsch. Mal schauen, was Adriaan heute auf der Karte hatte.

Die Sonne brannte schon seit einer halben Stunde nicht mehr auf den Strand herunter, aber der Sand hatte die Wärme gespeichert. Der Weg tat gut.

Auf den letzten hundert Metern seines Weges tauchte ein ungeahntes Hindernis auf. Die Urlauber waren zwar schon verschwunden, aber zwei Caterpillar-Planierraupen waren noch unterwegs, zwei auf diesem kleinen Strandabschnitt. Der Winter hatte den Strand gefressen, und die Raupen versuchten ihn wiederherzustellen. Zoutelande war der Ort mit den meisten Sonnenstunden in den Niederlanden. Das hatte er vor Kurzem noch in irgendeiner Zeitung gelesen – oder war es ein Werbeprospekt gewesen? Der Golfstrom bog genau hier um die Ecke und sorgte für ein besonderes Mikroklima im Frühling, im Sommer und im Herbst, aber der Winter war hart und konnte Strände fressen.

Bei Zoutelande gab es die höchste Düne der Niederlande, vierundfünfzig Meter hoch. Die Düne hatte diesen Teil der Küste gegen die Westerschelde geschützt. Aber unmittelbar vor dem Ortskern half den Bewohnern die Düne nicht mehr weiter. Hier hatten die Menschen einen Deich angelegt.

Die Wasserstraße nach Vlissingen führte in ein paar Hundert Metern Entfernung vorbei. Darauf zogen große Containerschiffe vorüber, nur das große Pumpschiff lag bewegungslos in der Fahrrinne. Es saugte den Sand vom Meeresgrund an und pumpte das Wasser-Sand-Gemisch über riesige Rohre an den Strand. Dort hatten die Caterpillar-Raupen schon Rechtecke abgegrenzt, und jetzt verteilten sie das Wasser-Sand-Gemisch gleichmäßig in diese Rechtecke. Der Strand wuchs von Minute zu Minute. Auch in Zoutelande hatten die Menschen gelernt, mit den Naturgewalten umzugehen.

Piet erreichte die Stufen zum *Paradiso*. Auf der Terrasse standen zwei Olivenbäume in riesigen mit Bankirai-Holz verkleideten Blumentöpfen. Er musste bekloppt sein, der Adriaan.

Der bekloppte Adriaan stand auf der Terrasse. Er sah Piet, ging in den Pavillon und kam wenig später mit einem deutschen Weizenbier zurück. »Wie immer ein Erdinger.«

»Danke!«

Adriaan lächelte schief. Er kannte Piet in- und auswendig. »Kannst du auch mal zu mir kommen, wenn du keinen Ärger hast? Kannst du nicht einfach mal zum Saufen vorbeikommen?«

»Hast du irgendeinen Fisch, der nicht zum Ausnehmen nach Marokko verschickt wurde, also irgendein Tier, das länger gelebt hat, als es jetzt tot ist?«

»Pass mal auf, du Arschloch!«, sagte Adriaan. »Bei mir gibt es fangfrischen Fisch, das weißt du sehr genau. Ich empfehle den Seebarsch, mit Salzkartoffeln und *Zeekraal*. Also bestell jetzt, dann ist das der letzte Satz, den ich heute mit dir gewechselt habe. Ich habe keinen Bock, mich mit 'nem depressiven *Commissaris* zu unterhalten.«

»*Inspecteur*«, korrigierte ihn Piet.

»Vielleicht bist du ja deshalb depressiv«, erwiderte Adriaan mürrisch.

»Bring mir den Seebarsch und lass mich in Ruhe.«

Adriaan ging kopfschüttelnd in Richtung Küche.

»Adriaan?«

»Ja?«

»Danke!«

»Schon gut!« Die Küchentür schlug hinter Adriaan zu.

Die Voraussetzungen waren: Coen hatte keine Feinde, er war der Kantinenwirt. Seine Ehe mit Isabelle war eine ganz normale Ehe. Er ging fremd, sie ging fremd, sie hatten sich nichts vorzuwerfen. Es ergab einfach keinen Sinn!

Die Schlussfolgerung müsste sein: Coen war nicht ermordet worden. Aber er war verdammt noch mal tot! Der Mörder musste ein kräftiger Mann gewesen sein, der Coen abgrundtief hasste. Aber für diesen Hass gab es anscheinend keinen Grund, oder besser: Piet kannte ihn noch nicht.

Der Seebarsch war ein Gedicht, und der *Zeekraal* war wunderbar, mit einer kleinen Prise Muskat, in Butter gedünstet. Adriaan stellte Piet wortlos ein frisches Glas Erdinger auf den Tisch. Man hatte ihm nicht nur den Seebarsch aufgetischt, sondern auch irgendeine Voraussetzung, die nicht stimmte. Welche war das?

Der *Inspecteur* schaute zum Horizont. Das Pumpschiff lag weiter unbeweglich, das Meer jedoch wurde rauer. Darüber wölbte sich noch ein blauer Himmel, aber hinten am Horizont waren einige dunkle Regenwolken zu erkennen. Irgendwo in diesem Himmel fehlte ein einziges Puzzleteil. Piet saß da, an der Nordsee, die ein Teil von ihm war, der Wind half ihm heute nicht. Der alte

Mann und das Meer. Hemingway hatte immer gewusst, was zu tun war, wenn die letzte Idee fehlte. Piet nahm sich vor, sich so zu betrinken, dass er gerade noch nach Hause finden würde.

# 24

Der Sonnenschirm hatte eine Kurbel, mit der man ihn fast mühelos zusammenklappen konnte. Allerdings nur fast – denn der Schirm klappte so weit herunter, dass die Hand, die die Kurbel hielt, bald verdeckt wurde. Die letzten Zentimeter konnte man nur überwinden, indem man sich auf die Erde kniete und den Unterarm parallel zum Stiel des Sonnenschirms hielt, um so die Kurbel weiterzudrehen. Die Knie waren danach feucht vom taunassen Gras, wenn man Glück hatte, sie waren auch noch grün, wenn man Pech hatte. Aber immerhin mit Kurbel: ein großer Fortschritt, den Aldi uns da für neunundzwanzig Euro neunzig verkauft hatte.

Der Sonnenschirm war eingeklappt. Es war halb elf abends, und es war ruhig auf dem Platz. Noch viel ruhiger als sonst um diese Uhrzeit. Ich saß mit Anne im Vorzelt. Draußen war es zwar feucht geworden, aber nicht kalt. Die Gasheizung im Vorzelt musste noch nicht in Betrieb genommen werden. Anne hatte sich das blaue Plaid über die Beine gelegt, eine Vorsichtsmaßnahme. Vielleicht hatte es sie auch einfach gestört, dass die neue Decke ungenutzt über der Stuhllehne hing.

»Magst du auch ein Glas Wein?«, fragte ich sie. »Ich habe einen *Us de la Meng* und einen südafrikanischen Chardonnay im Angebot.«

»Du trinkst südafrikanischen Wein? Seit wann?«

»Seit ich das Etikett gesehen habe: *Meerlust*! Ich dachte, das passt zu unserem Urlaub!« Ich gab mir Mühe, nicht so resigniert zu klingen, wie ich mich fühlte.

»Dann hätte ich gern ein Glas von dem Weißwein«, sagte Anne.

Jetzt wagte ich einen mutigen Vorstoß. »Sag mal, was habt ihr hier Pfingsten eigentlich gemacht?«

»Das Gleiche wie ihr.«

»Ihr habt doch nicht vier Tage lang Fußball gespielt wie die Bekloppten, oder?«

»Wolltest du uns nicht einen Weißwein holen?«

Ich ging in den Wohnwagen, um den Wein aus dem Getränkekühlschrank zu holen. Der große Kühlschrank mit der Gefrierabteilung im Vorzelt ist für die normalen Lebensmittel reserviert. Darin lagerten eine Schlangengurke, ein Kopf Salat, Tomaten, Aufschnitt, Eier und vier Flaschen Mineralwasser. Die spannenderen Getränke waren in dem 86-Liter-Kühlaggregat des Caravans untergebracht. Nur der Rotwein, der lag auf den zwei Kunststoffstapelweinregalen unter dem Wohnwagen.

Die Pfingsttage sind in den letzten paar Jahren »Papa-Tage« gewesen. Adi, Lothar, Detlef, Gerd und ich, wir sind immer allein mit den Kindern angereist, aber wir haben auch wirklich viel mit ihnen unternommen: Wir haben auf dem Bolzplatz oder am Strand Fußball gespielt und all die Sachen gegessen, die ihre Mütter niemals erlaubt hätten, also Pizza und Pommes frites und jede Menge Eis. Gut, und abends waren wir noch im *Zeerover* oder bei Barry, oder wir haben uns Mühe gegeben, bei Coen in der Kantine die *Grimbergen*-Vorräte niederzumachen, während die Kids Billard, Kicker oder Kniffel spielten.

Edda und Tristan waren jedes Mal begeistert, allerdings nicht ganz so begeistert wie nach den »Mama-Tagen« in diesem Jahr. Als sie nach Hause kamen, erzählten sie fast euphorisch vom Ausritt am Strand. Als ich einwarf, dass wir aber nächstes Jahr wieder mit der alten Mannschaft unterwegs wären, hielt sich die Begeisterung von Edda in Grenzen. Tristan wollte mir vielleicht nicht wehtun, oder er hatte wirklich so viel Spaß an archaischen Ballspielen, wie ich hoffte.

Als ich mit einem Glas Weißwein für Anne zurückkehrte, sagte sie: »Also, an Pfingsten sind die Kinder erst mal ins Schwimmbad gegangen. Wir sind in den Wollladen gefahren, und Babette hat den Ausritt klargemacht.« Sie kostete von ihrem Wein. »Ziemlich kräftig für einen Weißwein, findest du nicht?«

Ich stand auf und ging wieder in den Wohnwagen, nahm die Flasche aus dem Kühlschrank und suchte auf dem Etikett die verräterische Prozentangabe. »Oh ja, vierzehn Volumenprozent, das ist für einen Weißwein wirklich eine Menge. Vor ein paar Jahren wäre das noch ein Wert für einen Portwein gewesen. Und abends?«

»Wie, abends?« Anne wirkte irritiert.

»Na, was habt ihr abends gemacht?«

»Wir waren in der Kantine«, sagte sie. »War ja ziemlich kalt am Pfingstwochenende.« »Und was habt ihr in der Kantine gemacht?«, bohrte ich weiter.

»Also, jetzt hör aber auf. Was sollen wir in der Kantine gemacht haben? Wir haben was getrunken und haben uns unterhalten. Die Jungs haben gekickert. Was man halt so macht in der Kantine! Worauf willst du eigentlich hinaus?«

»Och, ich hatte mich einfach nur gewundert, dass du ...«

Das vertraute Ratschen des Vorzeltreißverschlusses unterbrach unsere Unterhaltung und kündigte die Familienzusammenführung an. Ich warf einen Blick auf meine Uhr. Drei Minuten vor elf. Vertrauen ist etwas Schönes, wenn es nicht ausgenutzt wird. »Bis elf, und keine Minute länger«, hatten wir vereinbart, und jetzt war es drei Minuten vor.

Tristan betrat das Vorzelt in der Montur, die er für besonders cool hielt. Der Bund der *Karl-Kani*-Hose hielt sich nur mit Mühe am Tangentialpunkt der Arschbacken, der Schritt hing in etwa in den Kniekehlen. Die Hosenbeine trägt man aktuell hinten in die Socken gesteckt, damit der geneigte Rap-Fan nicht mitten beim Cool-über-den-Platz-Schluffen auf die Schnauze fällt, denn das würde die Kumpels und die Mädels wahrscheinlich ziemlich desillusionieren. Tristans Kumpels, das sind Niels und Schweini, der seine Haare hochgegelt hat wie der wieselige Fußballnationalspieler. Schweini ist, wie ich am Nachmittag erfahren habe, ausgesprochen stolz auf seinen Spitznamen. Tristans T-Shirt wäre mir zu groß gewesen, und den Schirm der Basecap trug er oberhalb des rechten Ohrs.

»Hi.« Zu viel mit den Eltern zu sprechen wäre wohl auch nicht cool gewesen.

»Hi, Tristan!«

Er antwortete nicht, wahrscheinlich weil er die Erwiderung seiner Begrüßung akustisch gar nicht wahrgenommen hatte, denn aus den weißen Minilautsprechern in seinen Gehörgängen rappte ein nur mäßig gut erzogener Mensch, der sein Ghetto wohl schon längst gegen einen Luxus-Loft in Berlin-Kreuzberg eingetauscht hat, monoton auf das vierzehnjährige Kleinhirn ein.

Ich beobachtete, wie Tristan in den Wohnwagen stieg. Dabei dachte ich: Als wir in dem Alter waren, waren wir auch scheiße gekleidet. Wir hatten lange Haare, trugen Parka und Clogs, aber wir hatten die klar bessere Musik!

Anne stand auf und folgte ihrem Sohn. Wahrscheinlich hatte sie ihm zärtlich die Ohrstecker aus den Lauschmuscheln gezogen, denn ich hörte sie fragen: »Und wo ist Edda?«

»Weiß nicht. Die war auch in der Kantine, aber die ist schon vor 'ner Stunde weg. Ich dachte, die wär hier.«

Annes Ton wurde eine Spur besorgter. »Und du hast sie nicht gefragt, wo sie hinwill?«

»Ey, bin ich ihr Kindermädchen?«

Anne kam wieder ins Vorzelt und verkündete das, was ich schon wusste: »Edda ist schon vor einer Stunde aus der Kantine weggegangen!«

»Ich weiß, ich hab's gehört.«

»Aber sie müsste doch schon längst hier sein!«

»Anne, es ist genau elf Uhr. Sie kommt bestimmt jeden Moment«, versuchte ich sie zu beruhigen.

Pause. Wir redeten nicht, nicht über Pfingsten, nicht über Edda. Wir redeten nicht. Es war ja erst elf Uhr. Ich stand auf und nahm meine Jacke vom Haken.

»Wo willst du hin?«

»Ich geh noch mal in die Kantine und zum Spielplatz.«

»Warte, ich komme mit. Tristan? Tristaaan?«

Eine Basecap mit einem coolen Gesicht darunter erschien in der Wohnwagentür. »Was is'?«

»Du bleibst hier«, informierte ihn Anne. »Wir gehen mal eben nach Edda schauen. Wenn sie kommt, soll sie hierbleiben, sie soll nicht loslaufen und uns suchen! Hast du das verstanden?«

»Ich bin doch nicht blöd.«

Drei Minuten nach elf. Edda war eigentlich immer pünktlicher als Tristan. Sie war immer vor der Zeit wieder zurück. Wir gingen schweigend über den Platz. Anne sagte nichts. Ich sagte nichts. Der Platz war ruhig. Unsere zwölfjährige Tochter war allein auf diesem Platz unterwegs, es war nach elf. Irgendwer hatte hier einen Menschen umgebracht, und der lief verdammt noch mal frei rum.

In der Kantine saßen ein paar Leute am Tresen und tranken Bier oder Genever. Einige ältere Jungs standen am Billardtisch und genossen die Blicke von blonden Mädchen, die allesamt aussahen, als wären sie der Ansicht, Paris Hilton sei eine Stil-Ikone.

Edda war nicht da!

»Wir suchen getrennt«, schlug ich Anne vor. »Du gehst bei den Eltern von Ines vorbei und bei Babette. Vielleicht spielt sie noch irgendwas mit Sabrina und hat nicht auf die Uhr gesehen. Ich klappere noch mal die Spielplätze ab.«

Wenn die Kids auf den Spielplätzen »abhängen«, dann hört man das. Abhängen ist eine ziemlich laute Angelegenheit. Ich hörte nichts. Ich rief halblaut ihren Namen, doch ich bekam keine Antwort. Vielleicht war es der falsche Spielplatz. Ich lief zum Bolzplatz direkt hinter Johnnys Supermarkt. »Edda? … Edda?«

Nach einer kleinen Ewigkeit vernahm ich die Stimme meiner Tochter. »Ääh ja? Hier!« Sie kam von der kleinen Parkbank, auf der sich sonst Väter und Großväter niederlassen, um ihrem Nachwuchs beim Kicken zuzusehen. »Ist es schon nach elf? 'tschuldigung!«

Ein ungefähr eins siebzig langer Schatten, dessen Hose in etwa so weit unten hing wie die von Tristan, verschwand hastig und wortlos durch die Hecke. Selbst in dem nur spärlich durch die Straßenlaterne am Supermarkt aufgehellten Dunkel erkannte ich, dass Eddas Wangen gerötet waren.

»Na, mein Schatz, Uhrzeit vergessen?« Ich versuchte, ein Schmunzeln zu verbergen. »Na, dann komm. Aber morgen bitte wieder pünktlich. Mama macht sich große Sorgen.«

»Du nicht?«, fragte sie.

»Doch, ich auch.«

Wir trafen Anne, als sie gerade aus Babettes Vorzelt kam. »Da bist du ja!«

Kein weiteres Wort, kein Vorwurf. Im letzten Jahr hätten wir wohl gesagt: »Sie ist ja auf dem Platz.« Aber der Platz hatte seine Unschuld verloren.

# 25

Sein schlechtes Gewissen machte ihm zu schaffen. Piet steckte den Schlüssel ins Schloss. Das hatte schon mal fast geräuschlos funktioniert. Jetzt musste er ihn nur noch eineinhalb Mal nach rechts drehen, und die schwere Haustür würde sich leise öffnen.

Weit gefehlt! Er vernahm die metallischen Geräusche des Schlüssels im Schließzylinder in einer Lautstärke, als würden riesige verrostete Zahnräder nach Jahren versuchen, ohne jegliches Schmiermittel ineinanderzugreifen. Die Tür öffnete sich. Die eichenen Schiffsbohlen auf dem Fußboden knarzten wie sich öffnende Särge in billigen Horrorfilmen. Es war schlichtweg unmöglich, dass Juliana entging, dass er soeben den Hausflur betreten hatte.

Trotzdem versuchte er, geräuschlos wie Chingachkoog an Julianas Wohnungstür vorbeizukommen. Die dritte Treppenstufe musste er mit einem großen Schritt auslassen, denn er wusste genau, dass gerade diese Stufe regelrecht aufjaulte, wenn man darauf trat. Quatsch! Juliana hatte ihn auf jeden Fall gehört. Ihre Augen waren nicht mehr viel wert, aber ihre Ohren konnte man nicht überlisten. Sie würde so tun, als hätte sie ihn nicht gehört, und er würde so tun, als hätte sie ihn nicht gehört. So einfach war das. Er trat auf die vierte Stufe, und sein Handy meldete sich ohrenbetäubend. Okay, vorbei!

»Hallo?«

»Piet, ich muss dich dringend sprechen«, erklang die Stimme von Arie Tromp aus dem Hörer.

»Weißt du eigentlich, wie spät es ist«, schimpfte Piet gedämpft. »Du weckst ja das ganze Haus.«

»Es ist wichtig!«

»Arie, es ist kurz vor zwölf, und ich brauche wirklich eine Mütze voll Schlaf.«

Der Gerichtsmediziner klang aufgeregt. »Ich bin ganz sicher, dass du die brauchst, aber ich habe eine interessante Neuigkeit für dich.«

»Okay, wann und wo?«, gab Piet nach.

»Wo kann man sich denn in Middelburg um diese Uhrzeit treffen? Im *Seventy-Seven*?«

»Da ist es zu laut, um sich zu unterhalten. Wir treffen uns in einer viertel Stunde im *Rooie Oortjes*.«

»Okay, ich bin da.« Arie legte auf.

Das Café *Rooie Oortjes* lag zu Fuß keine zehn Minuten entfernt am Vlasmarkt. Der Gedanke an die alte verrauchte Kneipe zeichnete Piet ungewollt ein Lächeln ins Gesicht. Wenn er sich nicht eiserne Disziplin auferlegt hätte, wäre er eh noch bei Ruud reingeschneit, einfach so, auf ein Bier oder vier. Er ging durch die Herenstraat bis zur Lange Delft.

Nachts warf sich Middelburg besonders ins Zeug. Der *Lange Jan*, der Turm der Nieuwe Kerk, wurde angestrahlt, genauso wie das alte Stadhuis am Markt. Piet hätte auch am Wasser entlanggehen können, am Havenkaai, aber er liebte den Markt um diese Zeit. Wenn die Touristen in ihren Ferienhäusern und Wohnwagen verschwunden waren, dann pulsierte ein anderes Leben zu Füßen des

Stadhuis. Vom *Brooklyn* her wehte süßlicher Duft auf die Straße, das war ein klares Zeichen für »Touristen weg!«. Der Marktplatz war leer, abgeräumt die Marktstände, an denen noch heute Morgen jeder Blödsinn Abnehmer gefunden hatte.

Piet ging über den Pottenmarkt in den Vlasmarkt, vorbei am Café *'t Fust*, wo tausend Bierflaschen aus allen Teilen der Erde leer, aber nicht nutzlos herumstanden. Dort saß er gerne im Ohrensessel direkt am Fenster an dem Tisch, der eigentlich ein Ofen war, ein alter gusseiserner Ofen, in dem ein Teelicht oder eine Friedhofskerze dem Zecher vorgaukelte, das alte Ding sei noch in Betrieb. Von diesem Ohrensessel aus hatte man die ganze

Kneipe im Blick. Piet liebte diesen Platz. Dort trank er ein Murphy's Irish Red, wenn er nicht im Hinterzimmer mit den Jungs Billard spielte.

Aber mit Arie hatte er sich im *Rooie Oortjes* verabredet. Er wollte Clapton hören, und er wollte reden können. Das *Oortjes* öffnete erst um Mitternacht, also würde es noch ziemlich leer sein. Warum öffnete Ruud eigentlich erst um Mitternacht?

Das alte Backsteinhaus lag jetzt vor ihm, eine Neonschrift und zwei angestrahlte rote Ohren am Giebel wiesen Piet den Weg. Tagsüber musste man an diesem Haus vorbeilaufen. Vielleicht gab sich Ruud einfach Mühe, die Existenz einer spannenden Kneipe vor jedem Touristen zu verheimlichen. Ruuds *Rooie Oortjes* war um diese Zeit eine »*duitsers*-freie« Zone. Ganz Middelburg war um diese Zeit eine »*duitsers*-freie« Zone.

Ruud quittierte Piets Erscheinen mit einem unmerklichen Nicken. Er nahm ein Glas aus dem Regal und ließ ein frisches *Hoegarden* hineinlaufen. Piet schaute sich um, Arie war noch nicht da. Er setzte sich an den Tresen. »*Hoi*, Ruud.«

Ruud hatte eine Frisur wie der berühmte Tennisspieler Vitas Gerulaitis. Ruuds Problem war, dass Vitas Gerulaitis die Australian Open 1977 gewonnen hatte. Seitdem hatte sich die Frisurenmode geändert. Nicht jedoch für Ruud, er trug das blonde Haar weiterhin schulterlang und gelockt.

»*Hoi*, Piet! Musst du drei Bier lang nachdenken?«

»Ja, das auch«, sagte Piet. »Arie hat mich angerufen, er will mich treffen.«

»Arie?«

Piet gähnte. »Arie Tromp, der Gerichtsmediziner.«

»Arie habe ich hier noch nicht gesehen, kommt sicher noch.«

Piet hatte mit Clapton richtig gelegen. *White Room* aus seiner Cream-Zeit erklang aus den Lautsprechern. Old Slowhand spielte eines der besten Gitarrensoli der Rockgeschichte, und Piet wusste wieder, warum er das Treffen gerade hierher verlegt hatte. Nicht nur Ruuds Frisur hatte die Zeit unbeschadet überstanden, auch die Musik hatte jegliche Anfeindung von Rap und Hiphop überlebt.

Arie betrat die Kneipe. Er war fast unsichtbar. Eigentlich betrat nur ein dunkelgrauer Anzug den Raum. Der Kopf war vor der kalkweißen Wand nur als Schatten zu erkennen. »*Goedenavond,* Piet! Schön, dass du noch vorbeikommen konntest. Ich habe was Spannendes herausgefunden.«

Piet wies auf den leeren Barhocker.

»Du weißt doch, dass Coen an einem Seil aufgehängt wurde«, begann Arie verheißungsvoll.

»Ja klar, das Seil war um sein rechtes Bein geschlungen.«

»Das Seil wurde mit einem sogenannten Palstek um sein Bein geknotet. Und das Seil war eine Festmacherleine. Kennst du dieses Seglergeschäft am Kinderdijk, *Watersportwinkel Hansen*?«

»Ja klar.«

»Ich war heute Morgen da, die haben genau das Seil im Angebot.«

»Das Seil ist reine Industrieware«, sagte Piet, »das hat jede *Zeilmakerij* und jeder Bootsshop im Angebot.«

»Aber der Mörder hat das Seil nicht gekauft, um damit Coen von der Decke baumeln zu lassen.«

Piet sah ihn prüfend an. »Machst du jetzt meine Arbeit? Hast du nicht genug damit zu tun, Leichen auseinanderzunehmen?«

Der Gerichtsmediziner grinste. »Doch, ich habe genug zu tun, vor allem, weil ich gründlich arbeite.« Er wurde wieder ernst. »Über dem rechten Knöchel, wo sich die Schlinge zugezogen hat, war an Coens Bein eine Druckstelle, die habe ich untersucht. Es war zwar keine Wunde, aber ich habe eine Hautprobe entnommen, und dabei habe ich Spuren von Salz gefunden. Daraufhin haben wir das Seil noch mal genauer in Augenschein genommen: Es weist einen signifikanten Salzgehalt auf. Dieses Seil ist lange in Kontakt mit Salzwasser gewesen.«

Jetzt schaute Piet doch etwas überrascht. Ein Seglerknoten und Salzwasserspuren am Seil … »Unser Mann war also ein Segler.«

»Es sieht so aus.«

»Und deswegen bin ich extra so spät in die Kneipe gekommen?«

»Reicht das denn nicht? Das ist doch ein wichtiges Indiz. Was willst du denn noch?«

»Mindestens zwei Bier. Tooske …?!«

Tooske war eine dunkelhaarige Frau, deren Vater einst aus Surinam gekommen war. Die verschiedenen Erbanlagen waren in ihrem Gesicht ausgesprochen vorteilhaft kombiniert. Zwischen ihrer Jeans und dem schwarzen T-Shirt war auf der linken Seite ihres Rückens das Fragment einer Tätowierung zu sehen, ein Tattoo in Schwarz, Rot, Weiß und Blau. Vielleicht war es ein Teil eines

Fisches oder eines Drachen. Man konnte das Gesamtmotiv nur erahnen, ein spannendes Rätsel, an dem sich viele Stammgäste beteiligten. Tooske war einer der Gründe, warum Piet gerne bei Ruud sein Bierchen trank.

Sie stellte zwei frische Biere vor die beiden auf den Tresen. Piet nahm einen tiefen Schluck, Arie nippte nur.

»War eigentlich Alkohol im Spiel? Hatte Coen etwas getrunken?«

»Sag mal, liest du meine Berichte eigentlich gar nicht?« Der Pathologe klang beleidigt.

»Doch schon, aber der Bericht liegt bei Annemieke. Also sag schon!«

»Er hatte Alkohol getrunken, aber nicht viel. Es waren knapp null Komma drei Promille, also vielleicht zwei Bier.«

Piet korrigierte die Zahl in Gedanken auf vier und fragte sich, ob Arie schon nach einem Bier den gleichen Wert erreichen würde.

Die Frage ließ sich in dieser Nacht nicht mehr abschließend beantworten, denn Arie verabschiedete sich, als er sein Bier noch nicht einmal halb ausgetrunken hatte. »Ich muss los, ich brauche meinen Schlaf. Morgen um sieben bin ich wieder in der Pathologie.«

»Und wenn du nicht pünktlich bist, läuft dir die Kundschaft weg!«

Piet widmete sich wieder seinem Bier, dann drehte er sich noch einmal zu dem dunkelgrauen Anzug um, der schon an der Tür war: »Danke, Arie! Das war ja fast ein Opfer für dich. Freiwillig gehst du nicht in so eine Kneipe, oder?«

»Eher nicht.« Arie verließ das Lokal.

In diesem Augenblick spielten Golden Earring *Radar Love*.

*»No more speed, I'm almost there*
*Gotta keep cool now, gotta take care*
*Last car to pass, here I go*
*And the line of cars drove down real slow.«*

Ruud nahm das halb leere Glas vom Tresen und stellte Piet ein neues hin. »Ein komischer Typ, oder?«

»Seine Lieblingsbeschäftigung sind Leichen«, erwiderte Piet. »Was willst du da erwarten?«

# *Dienstag*

# 26

Der Schrei zerriss keine Stille. Es ist nie still auf einem Campingplatz, zumindest nicht, wenn Johnnys Supermarkt schon geöffnet hat und dem geneigten Urlauber frische Kaiserbrötchen, Milchbrötchen, Croissants und Baguettes feilbietet.

Man hörte das Ratschen von Reißverschlüssen. Aus mehreren Vorzelten traten Menschen, manche im Pyjama, manche im Jogginganzug. Norbert stellte sein Fahrrad, mit dem er gerade zum Brötchenholen aufbrechen wollte, wieder auf den Ständer.

Es war nicht auszumachen, von wem der Schrei kam. Man konnte nur die Richtung erahnen.

Alle Köpfe wandten sich zu der dichten Hecke, die den Platz von der Gracht abtrennt, die hinter dem Feld träge vor sich hindümpelt. Gerd kam durch den kleinen Durchgang in der Hecke zwischen dem Platz und der Gracht. Diesen Trampelpfad hatten Hunderte von Campern in den letzten Jahren getrampelt. Er wirkte merkwürdig gefasst. Es musste also Gerds Frau Uschi gewesen sein, die den Schrei ausgestoßen hatte.

Gerd ging zu Anne und sagte leise: »Hast du noch die Visitenkarte von dieser Polizistin? Ruf sie sofort an und sorgt dafür, dass die Kinder nicht an die Gracht gehen.«

Ich fragte ihn: »Was ist denn los, Herrgott noch mal?«

Ich hatte keine Lust mehr auf Rätsel am frühen Morgen.

»Ich glaube, wir haben einen zweiten Mordfall«, antwortete Gerd. »Also ruft die Polizei an.« Er wandte sich an Norbert: »Fahr du zur Rezeption und sag Bescheid!«

Das Leben schien für einen Augenblick stehen zu bleiben. In den Gesichtern der Umstehenden konkurrierte ungläubiges Staunen mit jähem Entsetzen. Gerd verschwand wieder hinter der Hecke, Lothar und ich folgten ihm. Auch Norbert hatte wohl beschlossen, dass die Rezeption noch ein paar Minuten warten konnte. Uschi stand noch immer starr vor Schreck, die Hände an beide Wangen gelegt, am Ufer des kleinen Bewässerungskanals.

Es gibt Bilder, die will man nicht gesehen haben. Ein fast nackter Frauenkörper, nur bekleidet mit einem kleinen Slip, hing an der großen Weide, an dem ausladenden starken Ast, der weit über die Gracht ragt. Das linke Bein war an den Ast gebunden, das rechte Bein stand grotesk ab. Nur der Kopf war unter Wasser. Ein kleiner Karpfen knabberte verspielt am linken Ohrläppchen.

»Das ist doch nicht wahr!«, entfuhr es Norbert.

Ich war entsetzt über diesen Anblick und konnte mich dennoch nicht abwenden.

»Wer ist das?« Lothar sprach die Frage aus, die wir uns alle stellten.

»Keine Ahnung. Man kann ja ihr Gesicht nicht sehen«, sagte ich. »Sollen wir sie runternehmen?«

»Um Gottes willen!«, bestimmte Gerd. »Wir bleiben hier, bis die Polizei kommt, und wir rühren nichts an! Norbert, du solltest doch zur Rezeption fahren!«

»Ja, mach ich ja auch, ich bin schon unterwegs.« Das sagte er und blieb wie angewurzelt stehen.

»Norbert!«

»Ja doch!« Er trat widerstrebend auf den kleinen Pfad und stieß fast mit Anne zusammen.

»Oh mein Gott!«

Ich ging zu ihr und nahm sie so in den Arm, dass sie die Tote nicht mehr sehen konnte.

»Lass mich los!« Sie ging drei Schritte weiter. »Das kann doch alles nicht sein!«, stöhnte sie dann.

»Pack die Sachen, wir fahren nach Hause.«

»Nein, das können wir nicht«, entgegnete sie. »Die Polizei würde es gar nicht erlauben.«

»Ich kann nach Hause fahren, wann ich will! Unsere Kinder müssen so was nicht sehen.«

»Sie werden es auch nicht sehen. Gaby nimmt sie mit ins Dorf, und da werden sie auch ein paar Stunden bleiben.«

Gerd wandte sich an Anne. »Weißt du, wer das ist?«

»Ja.«

Ich war verblüfft. »Wie, *ja*?«

»Das ist Andrea. Ihr Nachname ist Hinrichs oder Heinrichs oder so. Sie war noch Sonntagnachmittag dabei, als wir uns zum Stricken bei Gaby getroffen haben.«

»Woher kanntest du sie denn?«

»Ich habe sie Pfingsten kennengelernt«, erklärte Anne. »Sie stehen auf den Saisonplätzen. Ich glaube, mit ihrem Freund und seiner Tochter.«

# 27

Das Telefon klingelte um zwanzig nach sieben.

Wenn es für Piet eine falsche Zeit fürs Telefonklingeln gab, dann war es zwanzig nach sieben. Um vier wurde man aus dem Tiefschlaf gerissen. Das machte nichts, da schlief man einfach nur. Nach acht wäre es ihm auch egal gewesen. Da war er schon wach. Vielleicht lag er noch in den Federn, aber er war wach. Aber zwischen sechs Uhr dreißig und acht Uhr, das war die Zeit, in der sich seine Augenlider jeglicher Kontrolle entzogen. Sein Körper führte in dieser Zeitspanne ein Eigenleben. Das Hirn konnte wahrscheinlich nicht einschreiten, weil in seinen Träumen irgendwelche Gangster flohen, Fußballspiele wiederholt wurden oder ganze Spielfilme vor seinem inneren Auge abliefen – spannende Filme oder gruselige, manchmal waren sie auch durchaus pornografischer Natur.

Zwanzig nach sieben. Piet stand fast senkrecht im Bett, als es klingelte. Er brauchte einige Sekunden, um sich zu erinnern, dass das Telefon bereits erfunden worden war und dass dieser nervige Klingelton ihn an sein Handy locken sollte. »Ja?«, meldete er sich schlaftrunken.

»Piet?« Annemieke klang im Gegensatz zu ihrer sonstigen Gewohnheit ziemlich aufgeregt.

»Natürlich!«

»Bist du schon wach?«

»Jetzt ja«, sagte er trocken. »Kannst du mir endlich sagen, warum ich schon wach sein muss?«

»Kann ich«, sagte sie. »Wir haben wieder einen Toten auf *de Grevelinge*. Oder besser gesagt: eine Tote. Es handelt sich um eine Frau.«

Piet spürte, wie sich ein dickes Tau um seine Eingeweide zog. Isabelle?

»Ich bin in vier Minuten auf dem Platz«, sagte Annemieke.

»Ich bin auch gleich da. Ich muss mir nur eben eine Zahnbürste in den Rachen schieben.«

Er wollte schon auflegen, als Annemieke noch etwas hinzufügte. »Ääh, Piet?«

»Was ist denn?«

»Nimm den Wagen.«

Er legte auf. In Windeseile sprang er in die Klamotten, die neben seinem Bett auf dem Fußboden lagen. Er machte sich nicht die Mühe, im Schrank ein neues Hemd zu suchen, ging nur kurz ins Bad und war zwei Minuten später schon auf der Treppe, nur um sofort wieder umzukehren. Wo war dieser Scheiß-Autoschlüssel?

Es dauerte endlose Minuten, bis er ihn fand. Der Schlüssel lag in der obersten Schublade der Flurkommode, da, wo er hingehörte. Aber wie hätte er darauf kommen sollen, dass er auch tatsächlich dort lag?

Piet rannte die Treppe hinunter, lief um die Straßenecke zu seinem alten Landrover Defender. Er war sich sicher, dass er nicht anspringen würde. Doch der große Motor verrichtete sofort willig seinen Dienst, nachdem Piet den Zündschlüssel umgedreht hatte. Gutes altes

Mädchen! Hatte ihm seine Untreue nicht übel genommen!

Piet verließ Middelburg auf der Landstraße Richtung Grijpskerke, und jeder *Drempel* führte ihm vor Augen, dass die Fahrwerksqualitäten eines achtzehn Jahre alten Defender nicht mehr dem Stand der heutigen Technik entsprachen. Nun gut, diese lustigen Hubbel in der Straße waren ja angebracht worden, damit man langsamer fuhr. Er hätte ja auch die vorgeschriebenen fünfzig Stundenkilometer einhalten können. Piet tat es nicht, er raste mit achtzig in die Ortschaft Buttinge und wäre beinahe mit dem Kopf gegen das unverkleidete Dach des Geländewagens geknallt. Das hätte seinen rasenden Kopfschmerz noch verschlimmert. Isabelle!

Wenige Minuten später hielt er mit quietschenden Reifen an der Rezeption des Campingplatzes, weil ihm ein uniformierter Polizist ein Handzeichen gegeben hatte.

»Wissen Sie, wo die Tote gefunden worden ist?«, fragte Piet hastig. »Steigen Sie ein!«

Ein nichts ahnender Camper sprang im letzten Moment zur Seite. Der Inhalt seiner Brötchentüte kullerte über den Asphalt. Immerhin, er hatte nur sein Frühstück, nicht aber sein Leben verloren. Piet jagte um die letzte Kurve, stellte den Motor ab, sprang aus dem Wagen, hastete über das Feld und stand nur Sekunden später an der Gracht.

Neben den Kopfschmerzen plagte ihn nun auch noch ein schlechtes Gewissen. Es war ein grausiger Anblick. Aber Piet war erleichtert und ärgerte sich gleichzeitig, dass er diese Erleichterung empfand. Es war *nicht* Isabelle. Es war eine bedauernswerte Frau um die vierzig. Wahrscheinlich hatte sie eine Familie, und diese Familie war noch viel mehr zu bedauern. Die Position der Leiche verdeutlichte nur zu sehr, dass es derselbe Täter war oder dass die Polizei dies zumindest denken sollte.

Annemieke trat auf den schwer atmenden *Inspecteur* zu. »Die Spurensicherung wird in wenigen Minuten hier sein«, berichtete sie. »Wir haben alle Personalien aufgenommen und werden die Leute jetzt vom Tatort entfernen.«

Piet ging ein paar Schritte auf das Ufer der Gracht zu. Ein weißes Seil mit roten und blauen Fäden. »Mein Gott! Was ist das für ein Satan. Habt ihr ihren Namen? Sie muss Angehörige hier auf dem Platz haben. Ich meine, man fährt nicht allein auf einen Campingplatz.«

»Sie heißt Andrea Hinrichs oder Heinrichs, und sie ist wohl mit ihrem Freund und seiner Tochter hier. Die Tochter ist um die vierzehn. Vermeer ist unterwegs zur Rezeption, er besorgt die Personalien und fragt, wo der Stellplatz ist. Wir müssen es dem Mann und der Tochter sagen.«

»Ja, das müssen wir wohl …«

»Andrea!« Plötzlich stürzte ein großer, hagerer Mann mit blonden halblangen Haaren ans Ufer. »So nehmt sie doch da runter!«

Annemieke ging auf ihn zu. »Ja, das werden wir auch sofort tun. Kommen Sie. Ich bringe Sie hier weg.«

»Nein, ich will hier nicht hier weg! Wo ist ein Arzt? Warum ist denn noch kein Arzt hier?«

Ein Mann, den Piet schon einmal während der Befragung getroffen hatte, legte die Hände auf die zitternden Schultern des schluchzenden Mannes und sagte: »Ich bin Arzt, aber ich konnte ihr leider nicht mehr helfen. Kommen Sie.«

Ein Polizist wandte sich an die gaffende Menge. »Gehen Sie jetzt nach Hause. Räumen Sie diesen Ort. Sie behindern die Polizei. Na los, wird's bald?«

Wim trat eilig zu Piet. »Hier, ich habe den Namen und die Adresse der Toten. Sie sind erst seit vier Tagen hier. Verdammt, was hat dieses Schwein bloß vor?!«

»Das wüsste ich auch gerne«, sagte Piet. »Jetzt wird alles genauso ablaufen wie vor drei Tagen. Arie wird kommen. Wir werden die Camper befragen, wir werden dich befragen und Isabelle. Und alle, alle, alle werden uns sagen, dass sie auch nicht den Hauch einer Erklärung dafür haben.«

Männer in den weißen Overalls der Spurensicherung bevölkerten den Tatort. Die Fotografin vom *politiebureau* bannte mit ihrer Nikon jeden Quadratzentimeter auf die Speicherkarte. Wieso kann ein Kopf so schmerzen, wenn er doch leer ist?, fragte sich Piet. In seinem Schädel war kein einziger brauchbarer Gedanke, keine Idee. Nur diese elende Hilflosigkeit.

»Vielleicht hat der Täter diesmal einen Fehler gemacht.« Annemieke sah nachdenklich zu der Leiche hinüber, die nun auf der Wiese lag und gerade mit einem Tuch vor all den Blicken geschützt wurde. »Bei Coen hat er nicht eine einzige Spur hinterlassen. Aber irgendwas müssen wir doch finden.«

»Ja, wir müssen was finden«, stimmte Piet zu, »aber wir wissen nicht, was wir suchen sollen. Ich gehe jetzt.«

»Das kannst du nicht tun!«, sagte Annemieke empört.

»Doch!«

Wim und Annemieke starrten Piet hinterher, wie er durch die Hecke verschwand. Wenige Sekunden später hörten sie den Motor des Defender aufheulen. Die quietschenden Reifen hätte man dem alten Vehikel gar nicht zugetraut.

Wim fuhr sich über das unrasierte Kinn. »Verdammte Scheiße, wir haben hier fünf Kilometer Höchstgeschwindigkeit. Das gilt auch für ihn!«

Annemieke wandte sich zu ihm und blickte ihn über eine nicht vorhandene Lesebrille an. Ein Lächeln gelang ihr nicht. »Laufen Sie hinterher und sagen Sie's ihm!«

# 28

*Natürlich hatte nun ein Morgenregen eingesetzt. Der Wind trieb die Bindfäden diagonal vor sich her. Brigadier* Annemieke Breukink lenkte den weißen Dienst-Peugeot auf den Parkplatz am Deichpavillon *De Westkaap*. Da, wo der Schelpweg zwischen Domburg und Westkapelle die Deichkrone erklimmt, da duckte sich das Deichrestaurant in den Wind. An diesem Küstenabschnitt gab es keinen Sand. Dieser Teil des Deichs war asphaltiert, sodass man mit dem Auto bis an *De Westkaap* fahren konnte. Zum Meer hin hatte man heißen Teer über die Steine gegossen, um den Deich zu befestigen. Man konnte zwischen den Steinen noch erahnen, wie die dickflüssige schwarze Masse abgekühlt war, wie sie mitten in der Bewegung träge erstarrte.

Annemieke parkte den Peugeot fünfzig Meter neben Piets Defender. Sie trug eine rot-weiß gestreifte Ralph-Lauren-Bluse, Jeans und flache rote Collegeschuhe. Jetzt war sie froh, dass ihre rote Kapuzenjacke noch im Wagen hing. Bei dem Mistwetter wäre sie sonst in kürzester Zeit total durchnässt gewesen. Sie stieg auf die Deichkrone, um sich einen besseren Überblick zu verschaffen. An diesem unwirtlichen Stück Küstenstreifen hatte sich so früh am Morgen nur eine Handvoll Angler eingefunden, die dank ihrer profunden Kenntnis der Psychologie von

Seebarschen und Schollen den Schluss gezogen hatten, dass sich diese heute um neun Uhr bei Regen am leichtesten fangen ließen.

Sie war sich ziemlich sicher, dass der Mann, der etwa hundertfünfzig Meter entfernt in einer schwarzen Wachsjacke am Wasser stand, ihr unausgeschlafener, griesgrämiger Chef war. Er stand da, still und stumm, wie der kleine rote Leuchtturm mit der weißen Bauchbinde.

Annemieke ging einige Schritte auf ihn zu. Ja, sie hatte recht. Piet stand da, die Hände in den Jackentaschen, unbeweglich, den Blick starr aufs Wasser gerichtet, wobei sie sich nicht sicher war, ob er überhaupt etwas sah. Das Wasser tropfte aus seinen Haaren über sein Gesicht, aber er machte keine Anstalten, es abzuwischen. Er stand einfach da.

»Na, auf wen bist du sauer?«, fragte sie, als sie nahe genug bei ihm war. »Auf die Polizei, auf das Meer oder worauf?«

»Woher wusstest du, dass ich hier bin?« Er selbst hätte nicht sagen können, wie er hierhergekommen war.

»Weibliche Intuition? Ich hatte so eine Ahnung, dass du am Meer bist. Ich wollte es hier, an der Pier und dann noch am Veersedam probieren. Treffer beim ersten Versuch – nicht schlecht, oder?«

»Ganz toll!«, gab Piet missmutig zu.

Sie blickte ihn forschend an. »Kannst du mir mal sagen, warum du dein Handy ausgeschaltet hast?«

»Du bist doch die Detektivin mit der untrüglichen Intuition. Warum schaltet man sein Handy aus?«, fragte Piet zurück.

»Weil man mit niemandem reden will.«

»Schon wieder ganz toll!«

Annemieke schaute wie er aufs Meer und versuchte zu erspähen, was er da draußen in etwa zwei Kilometern Entfernung sah. »Also, alter Mann, schieß los!«, sagte sie schließlich.

»Lass mich in Ruhe!«

»Nee, lass ich nicht! Vielleicht fühlst du dich gerade besonders gut in all deinem Selbstmitleid … der alte Wolf, vom Rudel ausgestoßen …«

Piet seufzte schwer. »Ich fühle mich ganz besonders mies, weil der alte Wolf zu alt ist und weil er lieber ein Fuchs wäre, ein schlauer Fuchs, der eine Idee hat.«

»Ich habe eine Idee, willst du sie hören?«, fragte Annemieke.

»Nein.«

So grob Piet auch werden mochte, Annemieke war entschlossen, sich nicht wegekeln zu lassen. »Auch gut«, meinte sie, »dann hörst du sie dir trotzdem an: Wir haben zwei Leute, die die Leiche gefunden haben. Wir haben fünf Leute, die direkt danach am Tatort waren. Wir haben Familienangehörige, eine Spurensicherung, die das ganze Areal durchkämmt hat, einen Gerichtsmediziner und zwei Einsatzfahrzeuge voller Polizisten, die alle irgendwas gesehen haben könnten. Wir haben allerdings auch einen *Inspecteur*, der im Regen am Meer steht und mit niemandem reden will. So kommen wir aber nicht weiter. Du kannst diesen Fall nicht allein durch Nachdenken lösen.«

»Annemieke?«, fragte Piet nach einer Weile.

»Ja?«

Er fuhr sich über die Stirn. »Ich war erleichtert.«

»Was meinst du damit?«

»Ich dachte, Isabelle wäre die Tote. Verstehst du? Ich war erleichtert.« Fast schrie er diesen letzten Satz in den Wind. Er wandte sich ab und trottete los, ohne Ziel. Offenbar betrachtete er das Gespräch als beendet. Sie folgte ihm.

»Natürlich warst du erleichtert. Wenn man mit etwas ganz Schrecklichem rechnet und das dann nicht eintritt, dann ist man erleichtert«, versuchte Annemieke ihren Chef zu beruhigen.

»Das hätte mir nicht passieren dürfen«, sagte Piet. »Ich bin befangen. Ich rede mit dem *hoofdInspecteur*, er soll den Fall jemand anderem übergeben.«

»Wem denn? Hoegland, der blinden Nuss? Hör doch auf.«

»Ich bin blind.« Piet klang verzweifelt. »Ich stehe am Tatort und sehe nichts. Ich rede mit Leuten und höre nichts. Ich bin taub und blind. Irgendwo liegt ein himmelblaues Puzzleteil, und ich sehe es nicht.«

»Ein himmelblaues Puzzleteil? Verstehe ich nicht. Aber egal. Was würde passieren, wenn du den Fall abgibst? Nur für den Fall, dass Waatering zustimmt, was machst du dann? Ziehst du eine Uniform an und regelst irgendwo den Verkehr, oder setzt du dich in deine Wohnung und lässt dich volllaufen?« Ihre Stimme klang ungehalten. »Verdammt noch mal, jetzt reiß dich endlich zusammen. Irgendein widerlicher Typ lebt hier gerade seine Psychosen aus und bringt Leute um. Und dieser widerliche Typ ist verdammt ausgeschlafen. Er ist uns vielleicht zwei oder drei Schritte voraus. Aber wenn wir selber einen Schritt gehen, sind wir ihm vielleicht dicht auf

den Fersen. Nur wenn du jetzt aufgibst, hat er gewonnen. Also, wo fangen wir an?«

Ein nur mäßig motivierter Angler packte sein Zeug zusammen. Piet lenkte seine Schritte in Richtung Parkplatz. »Wir fahren ins Büro«, sagte er fast beiläufig, »und holen uns die Namen der Zeugen. Dann warten wir auf den Bericht der Spurensicherung. Heute Mittag gehen wir zu Arie, und am Nachmittag verhören wir tausend Camper. Sonst noch was?«

»Nein, sonst nichts.«

Es hatte aufgehört zu regnen.

# 29

Ein Polizist namens Vermeer hatte uns mitgeteilt, dass der *Inspecteur* erst am Mittwochvormittag noch einmal mit uns sprechen wollte. Es gab also keinen Grund, an diesem Tag auf dem Campingplatz zu bleiben. Doch es gab einen guten Grund, ihn zu verlassen: Sonne! Am Morgen hatte es noch geregnet, ganz so, wie der holländische Herr Kachelmann es vorausgesagt hatte, er hatte sogar eine Regenwahrscheinlichkeit von siebzig Prozent prognostiziert. Zum Glück hatte der Regen der Wahrscheinlichkeitsrechnung schon kurz nach neun Genüge getan, und nun war der Seewind gerade dabei, die letzten Wolkenfetzen ins Landesinnere zu verblasen.

Der Camper als solcher hat mit den meisten Wissenschaftlern ja recht wenig am Hut. Aber Herr Kachelmann und seine Kumpane von Meteosat und Deutschem Wetterdienst, die uns schon am Mittwoch sagen können, ob es sinnvoll ist, am Samstagabend den Grill vors Vorzelt zu stellen, die interessierten uns schon. Die Wettervorhersage auf Holländisch ist noch spannender. Immer um fünf nach ganz kommt auf Radio Zeeland das Camperrätsel. Da ist der Wind *krachtig,* der Regenschauer ist ein *regenbui,* und gewittrig heißt *onweerachtig*! Das ist kompliziert, aber man hat es irgendwann raus, es kommt direkt nach den wichtigsten Begriffen aus der Speisekarte.

Was bleibt uns auch anderes übrig, als die Wetterbegriffe zu lernen? Auf die Bauernweisheiten, die der Mann von der Strandwacht immer verbreitet, können wir uns nicht verlassen. Bauernweisheiten sind in Zeeland auch nicht aussagekräftiger als in Deutschland. Das klingt alles ungefähr so schlau wie *Fliegt der Bauer übers Dach, ist der Wind weiß Gott nicht schwach!*

Eigentlich ist gutes Wetter auch keine unbedingte Voraussetzung für einen gelungenen Urlaub.

Wir haben einmal vierzehn Tage Urlaub in den Osterferien gemacht, da regnete es nur zwei Mal. Einmal sechs Tage und einmal acht Tage. Und es war trotzdem ein klasse Urlaub. Es gibt immerhin die berühmte Camperweisheit: *Lässt sich die Sonne gar nicht locken, bin ich im Zelt von außen trocken!*

Am Mittag war der Himmel dann eine einzige blaue Fläche, und die Sonne demonstrierte, wozu sie im Juli fähig ist. Es war heiß!

»Wie wär's mit Strand?« Mein Vorschlag stieß auf einhellige Zustimmung.

Ich hängte unser schönes hellblaues Holzbrett ins Vorzeltfenster. Die Aufschrift lautet: *Gone to the beach*, oder für Nicht-Engländer: *Wir sind am Strand*, oder für Berufspessimisten oder Versicherungsvertreter: *Bei uns kann man im Moment gefahrlos den Wohnwagen ausräumen.*

Ein vielfarbiger metallener Lindwurm aus Hunderten von Fahrrädern aller Farben und Fabrikate säumte den gesamten Weg durch das Schutzgebiet *de Mantelinge*. Wir mussten unsere Räder schon einige Hundert Meter vor dem Deich abstellen. Die Sonne hatte nicht nur uns an den breiten Sandstrand gelockt.

Wir gingen wieder in Richtung des Lokals *Pays Bas*, und mir fiel auf, dass ich im Leben mindestens einen grundlegenden Fehler gemacht hatte: Ich hatte die »Strandmuschel« nicht erfunden. Darauf hätte man nun wirklich kommen können! Das war einfach nur ein halbes Iglu-Zelt in Zweifarbig, und fertig! Nur zehn Cent für jede »Strandmuschel« an den Stränden der Europäischen Union, und ich wäre ein gemachter Mann.

Wir bauten unser halbes Iglu-Zelt in Dunkel- und Hellviolett zweihundert Meter hinter Barrys *Strandpaviljoen* zwischen den Dünen auf. Hier war der Strand fast menschenleer. Tristan und Edda waren sofort ans Wasser gelaufen. Anne und ich breiteten die Badetücher aus und ließen uns von der Sonne verwöhnen. Der leichte Wind war gefährlich, er ließ einen die Kraft der Sonne vergessen.

Ich hatte es schon versäumt, die »Strandmuschel« zu erfinden. Noch einen Fehler durfte ich mir heute nicht erlauben. Die Sonnencreme hatte einen Lichtschutzfaktor, der uns vor zehn Jahren noch abstrus vorgekommen wäre. Ich cremte Anne ein, und sie cremte mich ein. Dann las Anne, und ich beobachtete die Möwen und Seeschwalben, denn ich hatte mein Buch vergessen. Ich hätte die Möwen und Seeschwalben gern fotografiert, aber ich hatte auch den Fotoapparat vergessen.

»Was liest du?«, fragte ich nach einer Weile.

*Venus*, sagte sie knapp.

»Von?«

»Von? ... Moment.« Sie legte den Mittelfinger zwischen die Seiten und schaute aufs Cover. »Else Buschheuer.«

»Und worum geht's?«

Anne überlegte kurz. »Da hat eine Frau das Gedächtnis verloren. Sie glaubt, sie hätte ihren Freund mit einem Steakmesser umgebracht, und dann lernt sie einen orangefarbenen dicken Mönch kennen und verliebt sich in ihn.«

»Schön!«

Sie blickte mich fragend an. »Soll ich weitererzählen?«

»Nö, ich kann's ja lesen. … Aber ich weiß nicht genau, ob ich in diesem Urlaub etwas von Frauen lesen will, die ihre Freunde mit Steakmessern umbringen.«

»Gut, dann nicht.«

»Wie spät ist es?«

»Moment.« Wieder legte sie ihren Mittelfinger zwischen die Seiten und klappte das Buch zu. »Zwanzig nach drei.«

Fünfzehn Uhr zwanzig. Tour de France, überlegte ich. Heute ging es auf den Col de la Madeleine! »Ich geh mal schauen, ob Barry einen Fernseher hat.«

Anne nickte, sie war schon wieder mitten im Text. »Tu das, Schatz.«

Irgendwie beschlich mich das Gefühl, dass es sie nicht sehr störte, wenn ich sie jetzt einfach lesen ließ. Es war ein Nachmittag, den man wirklich nur dann aushalten kann, wenn man ein Meer in der Nähe hat. Ich ging zu Edda und Tristan ans Wasser, um mich auch ein bisschen abzukühlen. Walcheren, das hatte ich mal gelesen, hat deshalb dieses außergewöhnliche Mikroklima mit den besonders vielen Sonnenstunden, weil der Golfstrom ungefähr bei Zoutelande auf die Küste knallt. Weil da plötzlich eine Küste ist, bleibt dem Golfstrom nichts anderes übrig, als nach links abzubiegen, dann stromert er weiter Richtung Westkapelle, dann um die Ecke und von dort aus weiter in Richtung Norden. Das hatte ich gelesen. Und der Golfstrom heißt ja Golfstrom, das hatte ich nicht irgendwo gelesen, das hatte ich in der Schule gelernt, weil er im Golf von Mexiko die ganze Wärme tankt, die er dann quer über den Atlantik an die Küste der Niederlande transportiert.

Jetzt allerdings stand ich bis zum Bauchnabel in dieser Nordsee, und ich lernte, wie sinnlos Schulwissen ist. Der Golfstrom schien irgendwo bei Grönland zu entspringen und von dort aus Wassermassen polaren Ursprungs an den Strand von Noordkapelle zu schieben.

Es war ein heißer Tag, aber die Nordsee war einfach zu erfrischend. Länger als zwanzig Sekunden dauerte mein Bad nicht. »Will einer von euch mit zu Barry? Vielleicht läuft da die Tour de France?«

Es war eine rein rhetorische Frage, aber Tristan hatte eine Idee, wie er von meiner passiven Radsportbegeisterung profitieren konnte: »Bringst du uns ein Eis mit?«

»Ja klar.«

Mir fiel mein alter Erdkundelehrer, Herr Hering, wieder ein, der hatte uns mal sehr anschaulich erklärt, dass sich das Land schneller aufheizt als das Meer, so anschaulich, dass ich es bis heute nicht vergessen habe. Er sagte: »Stellt euch mal vor, ihr legt einen großen Stein in die Sonne und stellt einen Topf mit Wasser daneben. Wenn ihr dann nach ein paar Stunden auf den Stein tretet, dann seid ihr aber verdammt froh, wenn ihr den Fuß schnell in dem Eimer Wasser kühlen könnt.«

Dummerweise fiel mir mein alter Erdkundelehrer zu spät wieder ein. Denn ich war schon auf dem Weg zu Barry in den *Strandpaviljoen*, um ein bisschen Tour de France zu gucken und um ein paar Eis zu kaufen. Meine Schuhe lagen friedlich neben Anne im halben Iglu-Zelt und störten sie nicht beim Lesen. Und ich dachte, der nasse Sand ist doch gar nicht so heiß.

Richtig! Aber ein paar Meter vom Ufer entfernt wurde der Sand trocken und verdammt heiß. Als mir der Erdkundelehrer wieder einfiel, war ich genau auf der Hälfte zwischen Meer und Barry angekommen. Es gab nur eine Chance. Ich durfte die Füße nur ganz kurz aufsetzen und musste mich in hohen Sprüngen vorwärts-

bewegen, wie eine Gazelle in der afrikanischen Steppe, wenn der Gepard hinter ihr her ist, sodass die Haut unter den Füßen überhaupt keine Zeit finden könnte, Brandblasen zu bilden.

Nun, die Gäste auf Barrys Strandterrasse fanden es jedenfalls ausgesprochen komisch, wie die Zwei-Zentner-Gazelle auf die Kneipe zuhüpfte. Ich wurde mit großem Applaus empfangen, immerhin.

Ich habe den eigentlichen *Paviljoen* bisher höchstens zum Bezahlen betreten. Normalerweise sitzt man auf der Terrasse. Aber der Fernseher stand nun mal drinnen, und vier bis fünf Männer standen darum herum. Davon trugen zwei ein Trikot von *Rabobank*, und alle trugen Schuhe. Klugscheißer!

»Hi, Barry, ein *Gerardus* bitte!«

Ein *Gerardus* ist auch ein Abteibier, aber es ist nur beinahe so wie ein *Grimbergen*. Bei Barry war allerdings die Kühlung kaputt, er hatte nur Flaschenbier. Jan Ulrich durfte an der Tour de France nicht teilnehmen, weil er wohl gedopt hatte. Ich hatte eigentlich vorgehabt, nie wieder Radsport zu gucken, aber die Etappe war ungeheuer spannend. Floyd Landis war am Tag zuvor komplett eingebrochen, und jetzt fuhr er alles in Grund und Boden.

»Und der ist ganz bestimmt nicht gedopt!«, sagte Barry.

»Apropos Doping. Hast du eine Zigarette?«, schnorrte ich ihn an.

»Ich rauche nicht mehr.«

Was war eigentlich aus den Holländern geworden!

Adi erklomm die Treppe zur Terrasse. »Und, wie sieht's aus? Was macht Klöden?«

Ich klärte ihn auf. »Zurückgefallen. Floyd Landis macht den Ritt seines Lebens.«

»Floyd Landis? Der ist doch gestern komplett eingebrochen.«

»Oder er hat sich geschont.«

Adi bestellte sich ein *Palm* und zeigte auf die Zahl, die oben links auf dem Monitor eingeblendet wurde: »Die haben noch vierundvierzig Kilometer, das dauert noch über eine Stunde. Kommst du mal mit mir raus auf die Terrasse?«

»Klar.« Barry gab uns die Biere. Ich folgte Adi nach draußen.

Adi setzte sich auf die oberste Stufe der Treppe, die zu Barrys Pfahlbau führt. »Willst du eine Zigarette?«, fragte er mich.

»Nein, ich rauche doch nicht mehr.«

»Richtig, ich auch nicht.« Er steckte sein Päckchen wieder weg. Ich wollte gerade sagen: »Ach Blödsinn, komm, her damit!«, als er seufzte: »Babette ist richtig sauer. Sag es erst mal keinem, aber sie fühlt sich nicht ernst genommen. Und ich gebe ihr recht. Weißt du, sie ist wirklich auf ein eindeutiges Motiv gekommen, und keiner hört ihr zu.«

Ich überlegte. »Du meinst die paar Euro, die Bram van Buyten nicht an den Platz überweist?«

»Ja, die meine ich. Ich habe ihr auch schon gesagt, dass das keine Summe ist, weswegen man jemanden umbringt, aber sie hat gesagt, sie wäre schon viel weiter.«

Ich war neugierig. »Was hat sie denn noch rausgekriegt?«

»Das sagt sie nicht. Sie ist beleidigt.«

»War Derrick schon bei euch?«, wollte ich wissen.

»Ja, gleich am Sonntagmittag, aber da hatte sie diese Vermutung noch nicht, sie hat ja erst Sonntagnachmittag in der Rezeption diese Quittung gesehen.«

»Dieser Vermeer hat uns gesagt, die Ermittler würden morgen früh noch mal mit uns sprechen«, sagte ich.

»Wann hat er euch das gesagt?«

»So gegen elf, glaube ich.«

»Hm, da waren wir schon weg. Als die Polizeiautos kamen, sind wir direkt mit Sabrina auf die Räder. Das Kind muss ja nicht alles mitkriegen.«

Wir saßen ein paar Minuten still auf der Treppe, dann mussten wir Platz machen, weil ein nacktes Pärchen die Stufen heraufkam.

»Sag Anne bitte nichts von unserem Gespräch«, bat er mich. Wenn Babette schon sauer war, dass keiner ihrer Theorie folgte, dann war sie bestimmt außer sich, wenn sie erfuhr, dass der eigene Ehemann mit seinen Freunden darüber sprach.

»Nee, mach ich nicht.« Ich wandte mich an einen der Männer im *Rabobank*-Trikot, die jetzt auf die Terrasse traten. »Und? Schon zu Ende?«

Nein, es wären noch vierzehn Kilometer bis zum Col, aber den Landis würde keiner mehr einholen.

Adi zahlte.

»Versprochen?«, fragte er.

»Ja klar«, gab ich zurück.

»Weißt du, ich musste mit einem darüber reden.« Er hob die Hand und ging die Holztreppe hinunter.

Ich zahlte auch, und dabei fiel mir ein, ich könnte mir bei Barry eine Schachtel Zigaretten kaufen und sie bei ihm hinterm Tresen deponieren. Er sah mir wohl an, dass ich mit einer Entscheidung rang. »Brauchst du noch was?«

»Ja, zwei Magnum Mandel.«

# 30

Bernadien d'Hondt hatte eine ziemlich gute Figur. Das war Piet vorher nie aufgefallen. Vielleicht lag es daran, dass sie fast immer einen weißen Overall trug, wenn Piet mit ihr zu tun hatte. Den kleinen halbmondförmigen Leberfleck neben ihrem rechten Nasenflügel hätte er trotz Overall bemerken müssen. Hier in ihrem Büro trug sie eine noch nicht sehr verwaschene Jeans und eine hellblaue Hemdbluse. Letztere hatte sie bestimmt nicht zuletzt ausgewählt, um ihre Kurven vorteilhaft zur Geltung zu bringen. Doch Piet nahm das alles nicht wahr, sein Testosteron war anderweitig unterwegs.

»Und?« Piets Lieblingsfrage. Mehr musste er auch nicht sagen. Bernadien wusste ohnehin, was er wollte.

Ihre Antwort fiel deswegen auch nicht wortreicher aus. »Wenig.«

»Wenig oder nichts?«, hakte Piet nach.

»Wenig. Die Fußspuren auf dem Campingplatz kann man vergessen, es gibt Tausende. Das Seil hatte am Ende eine Schlinge. Der Täter hat es wohl über den Ast geworfen. Fingerabdrücke gibt es keine, Fehlanzeige.«

»Was war das für ein Seil?«

»Ein Seil halt, ein ganz normales weißes Seil. Es ist im Labor.«

»Ein Seil, ein ganz normales weißes Seil? Es ist eine

Festmacherleine, sie ist weiß mit roten und blauen Fäden, so was benutzen Segler.«

Bernadien zuckte mit den Achseln. »Ja? Kann sein.«

Piet wurde ungehalten. »Kann nicht sein, ist so. Und das Labor laboriert jetzt seit drei Tagen daran rum. Verdammt! Wenn man gar keine Spuren hat, ist jede Kleinigkeit entscheidend.«

Sie nickte. »Ich rufe da gleich noch mal an.«

»Habt ihr die Fotos fertig?«

Bernadien schien mittlerweile ein wenig in ihrer Ehre gekränkt zu sein: »Ja natürlich. Wir arbeiten mit Digitalspiegelreflexkameras, Nikon D2x. Ich habe alles im Computer.«

»Wann kann ich die Bilder haben?«

»Jetzt. Die Kameras haben eine Auflösung von zwölf Megapixel. Ich kann dir jedes Detail auf Postergröße ausdrucken.«

»Mir reicht erst mal normale Fotogröße.«

Bernardien war sichtlich froh, als Annemieke das Büro der Spurensicherung betrat.

»Ich komme gerade von Arie.«

»Und?«

»Schädelfraktur, starker Schlag mit einem stumpfen Gegenstand auf den Hinterkopf. Wieder nicht Todesursache. Tod durch Ertrinken. Nur wenig Alkohol im Blut, null komma zwei Promille. Und er sagt, das Seil wäre das gleiche wie beim ersten Mord. Du wüsstest dann schon Bescheid. Was meint er damit?«

Piet ging nicht auf die Frage ein. »Todeszeitpunkt?«

»Zwischen null Uhr und zwei Uhr heute Morgen.«

Piet spürte wieder diese Leere im Kopf, er brauchte

jetzt einfach von irgendwoher einen Hoffnungsschimmer, aber da war keiner. Kein Fehler, kein Motiv, keine Spur. Bei diesem Puzzle würde er nicht einmal den Rand zusammenlegen können.

Er verließ das Büro, und Annemieke folgte ihm. Er wartete nicht.

Sie lief hinter ihm her. »Hallo, bleibst du bitte mal stehen?«

Er drehte sich um. »Ich brauche jetzt eine Zigarette.«

»Du rauchst seit drei Jahren nicht mehr«, erinnerte sie ihn sanft.

»Richtig.«

»Willst du jetzt wieder damit anfangen?«

»Ja.«

»Nein.«

»Auch gut. Du hast heute Morgen gesagt: *Wenn wir jetzt aufgeben, hat er gewonnen. Wo fangen wir an?* So ungefähr jedenfalls.«

»Ja.«

»Okay, angefangen haben wir. Und es hat nichts gebracht, also machen wir weiter. Ruf Vermeer an und die Kollegen, die am Tatort waren. Ich will alle in einer Stunde im Besprechungsraum sehen. Besorg mir die Fotos von der Spurensicherung und die Berichte von Arie.«

Annemieke nickte. »Mach ich.«

# 31

»Piet? Warten Sie!« *HoofdInspecteur* Meinert Waatering schloss gerade sein Büro ab. Auf seinem Schreibtisch lag sicher kein Zettel, auf dem stand, was noch zu erledigen war. Denn wenn es noch etwas zu erledigen gab, dann wäre Waatering nicht auf dem Weg nach Hause. Der *hoofdInspecteur* und Piet waren ungefähr gleich alt. Sie hatten ungefähr zur gleichen Zeit bei der Polizei angefangen. Piet in Middelburg, Waatering in Bergen op Zoom. Als die Stelle des Leiters in Middelburg frei wurde, hatte Waatering sich beworben, und man hatte ihn genommen.

Das war jetzt sechs Jahre her. Piet war damals nicht enttäuscht gewesen. Es hatte ihn eher überrascht. Er hatte gedacht, dass er quasi automatisch aufrücken würde. Es wäre die Beförderung gewesen, die ihm zustand: *hoofdInspecteur*. Aber es wäre auch der Abschied von der Straße gewesen: recherchieren, verhören, in Augen blicken, auf Räuspern achten, bluffen, tricksen, verzweifeln. Er wollte nicht tagein, tagaus in einen mit dunkelbraunem Leder bezogenen Schreibtischsessel furzen.

Waatering furzte nicht in seinen Sessel, da war Piet sich sicher. Waatering betrat das *politiebureau* gegen sieben Uhr, und er verließ es gegen neunzehn Uhr, ging die Straße Achter de Houttuinen unter den Linden entlang und furzte erst dann. Er leitete ein *politiebureau*, nicht weniger, aber vor allem auch nicht mehr. Nein, Piet war wirklich froh, dass er nicht befördert worden war.

Piet hörte seinen Vorgesetzten ein weiteres Mal nach ihm rufen und drehte sich um. »Ja, Meinert?«

»Piet, wir alle sind nicht so sehr zufrieden mit den Ergebnissen in diesem Fall.«

»Mit welchen Ergebnissen, wir haben keine!«, brauste Piet auf.

»Sie sollten jetzt vor allem ruhig Blut bewahren, ich bin ganz sicher, dass Sie genau der richtige Mann dafür sind.« Das war wirklich ein gut gemeinter Beschwichtigungsversuch.

»Oho! Wer hat Ihnen denn da was ins Öhrchen geflüstert? Der besorgte Maarten t'Huis oder die zauberhafte Annemieke Breukink. Na?«

»Beide, um ehrlich zu sein. Piet, Sie wissen ganz genau, was ich von diesem Schmierfink t'Huis halte, aber er wird morgen früh wieder alles darangesetzt haben, dass ganz Walcheren in Panik verfällt. Immerhin hat er recht behalten: Er hatte einen psychopathischen Serienkiller prognostiziert, und jetzt haben wir den zweiten Toten.«

Der Flur war frisch gestrichen worden. Die Maler hatten erst am letzten Montag ihr Zeug zusammengepackt, aber man hatte einen Farbton gewählt, der einen denken ließ, dass der Flur dringend mal wieder gestrichen werden müsste.

»Hören Sie«, erwiderte Piet unsanft, »ich bin mir überhaupt nicht sicher, ob wir diesen Mord jemals aufklären werden. Wir haben es mit einem Campingplatz zu tun, auf dem fast zweitausend Menschen Urlaub machen. Am Samstag reist die Hälfte davon ab. Die Wahrscheinlichkeit, dass die Akte *Coen Rimmel* irgendwo hier verstaubt, ist verdammt hoch - zu hoch!«

Meinert Waatering trug einen leichten Sommermantel über dem linken Unterarm. Seine Kleidung war genauso ordentlich arrangiert wie sein Schreibtisch. Ein beigefarbener Anzug zum hellblauen Hemd, keine Krawatte, der oberste Hemdknopf war offen, dennoch standen beide Kragenhälften exakt gleich hoch am Hals. Das Leder der Schnürschuhe hatte den gleichen Braunton wie sein Gürtel. Nur sein Haar wollte sich einfach nicht in die gewünschte Ordnung bringen lassen. Es war grau, fast weiß, und es sah immer so aus, als sei es vom Sturm zerzaust. Das Wetter war ja auch oft so, aber Meinert Waatering saß meistens am Schreibtisch.

»Ich weiß sehr genau, dass das für Sie eine Belastung ist«, gab Waatering zu, während sie über den Flur gingen. »Aber egal, wie viele Leute am Samstag abreisen. Ich weiß, dass Sie das hinkriegen.«

»Im Interesse der Menschlichkeit will ich tun, was in meiner Macht steht«, erklärte Piet. »Aber ich bin nicht zuversichtlich, was das Ergebnis betrifft.«

*HoofdInspecteur* Waatering sah seinen *Inspecteur* verstört an. Eben noch wirkte er mutlos wie selten in den letzten sechs Jahren, und jetzt redete er auch noch irgendein gedrechseltes Zeug. Waatering räusperte sich. Vielleicht glaubte er, Piet müsste nur geweckt werden. »Van Houvenkamp, dieser Fall ist auch Ihre Chance!«

»Meine Chance?«, winkte Piet ab. »Das ist doch Gefasel. Wem soll ich denn irgendwas beweisen? Diesem

Maarten t'Huis? Um Gottes willen.« Piet blieb stehen, um Waatering zu zwingen, ihm in die Augen zu sehen, aber der ging weiter und sagte nur: »Nein, dem nicht.«

# 32

Ich hatte den zweiten Roman angefangen. Sechs Romane hatte ich mir vorgenommen. Den ersten hatte ich weggelegt. Nach sechzig Seiten muss ich drin sein, sonst lese ich ihn nicht zu Ende. Sechzig Seiten, das ist ein innerdeutscher Flug, inklusive Wartezeit in der Cafeteria am Flughafen Köln-Bonn, Terminal 1, Gate B. Wenn mich das Buch am Zielflughafen immer noch nicht fesselt, dann lege ich es weg. Ich verschenke es nicht, ich verkaufe es nicht bei eBay, ich lege es weg. Ich habe mal einen wunderbaren Menschen kennengelernt, der eine fürchterliche Angewohnheit hatte. Er las nur Taschenbücher, und die Seiten, die er gelesen hatte, riss er heraus. Mich schauderte jedes Mal, wenn ich das sah. Bücher zerreißen, das ist zwar nicht wie Bücher verbrennen, aber man tut es trotzdem nicht. Ich werde irgendwann anbauen müssen, weil ich keine Bücher weggebe. Gut, dann baue ich halt an.

Jetzt hatte ich den zweiten Roman aus der Tasche geholt: Michel Birbaek, *Wenn das Leben ein Strand ist, sind Frauen das Mehr*. Ich hatte geglaubt, dass das ein guter Titel für ein Urlaubsbuch ist. Holland, Urlaub, seit sechzehn Jahren verheiratet und immer noch verliebt. Nicht immer, aber immer mal wieder, und das immer noch! Ich fragte mich, was das bedeutet: Liebe? Ich fragte mich, was das bedeutet: verheiratet sein?

Man trennt sich leichter, und wenn es Probleme gibt, zieht man leichter einen Schlussstrich, wenn man »nur« eine Beziehung hat. Wir sind verheiratet. Mit dem Ring am Finger denkt man länger nach.

Ich dachte nach, aber ich sagte nichts. Ich fürchtete mich vor Wahrheiten. Ich saß mit meinem Roman im Vorzelt und las. Anne las auch, und sie strickte. Das werde ich nie begreifen. Sie strickte und schaute dabei in ihr Buch. Man nennt das jetzt *multitaskingfähig*. Ich kann mit Mühe gleichzeitig die Treppe runtergehen und Kaugummi kauen. Sie kann gleichzeitig über Pfingsten in Urlaub fahren und …

»Mist, jetzt habe ich mich verzählt!« Sie begann, wieder Maschen zu zählen und danach die soeben gestrickte Reihe wieder aufzuribbeln. Das beruhigte mich. Normalerweise verstrickt sie sich wegen so einer profanen Doppelbelastung nicht!

Ich sagte gar nichts. Ich schaute in mein Buch und las die vierte Seite zum dritten Mal.

Anne warf ihr Strickzeug auf den Tisch. »Also gut, du willst wissen, was hier an Pfingsten los war. Ich dachte, du vertraust mir.«

Ich sah sie mit großen Augen an und legte mein Buch weg. »Ich dachte, wir haben keine Geheimnisse voreinander.«

»Ich habe keine Geheimnisse vor dir!«

»Ach, deswegen bist du in letzter Zeit so gesprächig!«

»Wir können es auch lassen!«

Ich legte das Buch aus der Hand, ich schaute sie an, und sie tat mir fast ein bisschen leid. Aber ich tat mir immer noch ein bisschen mehr leid. Ich griff über den

Tisch hinweg nach ihrer Hand, die immer noch in der Nähe des Strickzeugs lag, damit sie im Notfall schnell wieder danach greifen konnte.

Ich sah ein Flehen in ihren Augen, und ich fühlte mich schon wieder schuldig, als sie sagte: »Ich bin ganz sicher nicht fremdgegangen. Ich hatte das nie vor, und ich habe es auch nicht getan.«

Wahrscheinlich sah sie die Erleichterung in meinen Augen, denn ich glaubte ihr jedes Wort, weil ich ihr jedes Wort glauben wollte!

»Wir haben tagsüber das besondere Animationsprogramm gestartet. Wir wollten besser sein als ihr. Wir waren reiten, Volleyball spielen, wir waren am Strand und … und abends waren wir bei Coen in der Kantine. Die Jungs haben Kicker gespielt, Edda hatte mit einem Typen angebändelt, den sie Schweini nannten, weil er so eine Frisur hatte wie dieser Fußballspieler, und …«

Anne griff wieder zu Nadeln und Wolle, aber jetzt durfte dieses Gespräch nicht abbrechen.

»Und?«

Sie seufzte. »Und Coen hat mit uns allen geflirtet, auf Teufel komm raus. Wir haben getanzt. In der Kantine tanzt doch normalerweise keiner! Aber Andrea meinte dann, Coen müsste auch einen Genever mittrinken. Und Coen hat gesagt, aber nur, wenn sie mit ihm tanzt.«

»Hast du auch mit ihm getanzt?«, fragte ich leise.

»Ja, aber außer Coen und uns Frauen war keiner mehr in der Kantine. Hey, wir haben einfach riesigen Spaß gehabt. Es war ein großartiger Abend.«

»Aber irgendwo gab es da ein Problem.«

Sie schüttelte energisch den Kopf. »Nein, es war nur

großartig. Wir haben dann irgendwann bezahlt, und dann sind wir gegangen.«

»Wir wissen beide, dass noch irgendwas passiert ist, also sag mir nicht, das alles nur großartig war.«

»An diesem Abend, als wir getanzt haben …« Sie zögerte.

»Welcher Abend war das?«

»Das war am Sonntag. Wir gingen nach Hause, und Coen hat uns alle an der Kantinentür mit Handkuss verabschiedet. Wir waren albern, es war ein Spiel. Aber am Montag …«

»Was war am Montagabend?«

»Der Montagabend verlief ganz ruhig«, erzählte sie. »Wir waren wieder bei Coen. Die Jungs haben Billard gespielt.«

»Ja klar, aber was ist da passiert?« Ich musste es wissen.

»Nichts, eigentlich nichts, wir wollten immer wieder dieses Lied von Maria Mena hören. Das war in Holland ein Hit, in Deutschland kannte es noch keine Sau. Die Kinder waren müde, und wir wollten aufbrechen. Da war es noch nicht mal eins.«

Ich spürte, dass Anne noch nicht alles gesagt hatte. Irgendetwas fehlte noch. »Und das war euer letzter Abend?«

»Fast. Wir wollten die Rechnung, Coen kam mit dem Deckel an den Tisch, kassierte bei uns ab. Und dann sagte er ganz lässig in die Runde: *Ich hoffe, ihr hattet alle schöne Tage in Holland. Eine von euch hatte jedenfalls eine wunderbare Nacht mit mir! Welterusten! Tot ziens!* Genau das hat er gesagt.«

»Du hast nicht mit ihm geschlafen?«

»Nein, glaub mir!« Tränen standen in ihren Augen. »Ich brauche so was nicht. Ich hab doch dich!«

Ich glaubte gar nichts mehr. Ich sah meine Frau vor mir. Sie war völlig aufgelöst.

»Andrea hat sicher nichts mit ihm gehabt«, sagte Anne. »Sie hatte mir noch am Nachmittag erzählt, dass sie jetzt einen ganz tollen Mann gefunden hat und dass sie sich mit seiner Tochter so gut versteht. Und du kennst doch Gaby, die feiert gerne, die tanzt auch mal auf dem Tisch, aber wenn es drauf ankommt, dann vertelefoniert sie Monatslöhne mit Lothar. Uschi ist zehn Jahre älter, und von Babette und Jutta kann ich mir das beim besten Willen nicht vorstellen.«

Ich wollte jetzt nichts sagen, nichts fragen. So viele andere Möglichkeiten gab es jetzt nicht mehr.

Anne packte ihre Stricksachen in den dafür vorgesehenen Korb. »Ich gehe jetzt schlafen.« Sie stand auf, löschte die drei Teelichter auf dem Vorzelttisch und ging in den Wohnwagen.

Ich betrat unser Luxusbadezimmer, putzte mir die Zähne zwei Minuten zu lange und folgte ihr. Es war schon ganz still im Wohnwagen. Tristan und Edda träumten gerade irgendetwas Schönes. Ich krabbelte in unser französisches Bett, das für mich ein Hauptargument gewesen war, diesen Wohnwagen zu kaufen. Ich schaltete das Leselicht an, nahm meinen Birbaek und begann zu lesen.

»So können wir jetzt nicht einschlafen.« Anne drehte sich zu mir. »Wir haben uns versprochen, dass wir uns vertrauen und dass wir keine Geheimnisse voreinander haben.« Anne legte ihren Kopf an meine Brust. »Ich habe jetzt kein Geheimnis mehr vor dir.«

Ich streichelte mit dem Daumen über ihre Wange und fühlte Tränen. »Und ich vertraue dir.« Ja, ich vertraute ihr. Wenn sie jetzt gesagt hätte, dass sie mit ihm geschlafen hätte, aber es wäre halt Pfingsten und sie ganz besonders gut drauf gewesen, dann hätte ich ihr das vielleicht verziehen ... Nein, hätte ich nicht!

Aber sie hatte mir gerade gesagt, dass Pfingsten war und sie war ganz besonders gut drauf und dass sie nicht mit ihm geschlafen hatte. Ich empfand Dankbarkeit und Stolz. Beide Gefühle waren absolut unangebracht. Ich nahm sie in den Arm, und ich schämte mich wegen meiner Verdächtigungen. Ich war ein bisschen froh, dass sie nicht mit dem Daumen über meine Wangen strich. Sie hätte auch Tränen gespürt.

# *Mittwoch*

# 33

Der Wetterbericht an der Rezeption ist für deutsche Touristen als Bilderbuch verfasst. Das Piktogramm unter *Woensdag* war eine dunkle Wolke mit drei kleinen diagonalen Strichen darunter, die andeuteten, dass an diesem Mittwoch durchaus mit Schauern zu rechnen war. Außerdem lugte eine kleine gelbe Sonne über die dunkelgraue Wolke. Übersetzen ließ sich dieses Bild wohl am besten mit: »Es wird sicher Wetter geben, Genaueres kann man im Moment noch nicht sagen.« Um das zu untermauern, war die Regenwahrscheinlichkeit mit fünfzig Prozent angegeben. Fifty-fifty-Wetter.

Unser Frühstück hatte daher im Vorzelt stattgefunden. Eddas zweite Brötchenhälfte hatte leicht gehetzt den Weg durch die Speiseröhre gefunden, weil zwei Sabrinas und eine Joyce, im Badeanzug und mit riesigen Badetüchern ausgerüstet, ihrer Idee für einen sinnvollen Zeitvertreib Ausdruck verliehen hatten. Tristan schloss sich den vieren an. Er war langsamer und zu cool, um sich wegen Mädchen sein Frühstück abkürzen zu lassen, aber immerhin.

Ich war wirklich überrascht. »Es tut sich was bei unserem Sohn.«

»Ja, sieht so aus«, stimmte Anne mir zu. »Letztes Jahr wäre er ganz sicher nicht mit den doofen Sabrinas schwimmen gegangen.«

»Hat er dir irgendwas erzählt? Hat er was angedeutet?«

»Nein, und frag ihn nicht, sonst wird er dir garantiert sagen, dass die Mädels genauso doof sind wie im letzten Jahr, aber dass man sich nach dem Frühstück schließlich bewegen soll.« Anne blätterte in einem Kochbuch.

Ich machte mir noch einen Kaffee. »Wir haben gestern endlich wieder miteinander geredet.«

Sie sah auf. »Ja.«

»Das müssen wir immer tun, wir müssen reden.«

»Manchmal gibt es gute Gründe, zu schweigen.«

Ich nickte. »Ja, es gibt Gründe. Man schweigt, weil man den anderen nicht verletzen will.«

»Man schweigt, weil man sich ungerecht behandelt fühlt.«

»Man schweigt, weil man den anderen leiden sehen will.«

Es wurde wieder sehr still am Frühstückstisch. Dann sagte ich: »Wir müssen immer miteinander reden. Manchmal glaube ich, dass ich dir deine Wünsche von den Augen ablesen kann. Aber das reicht nicht. Wir dürfen uns nie mehr anschweigen.«

»Nein, das dürfen wir nicht. Soll ich dir etwas ganz Wichtiges sagen?«

»Ja.« Ich nahm ihre Hand und drückte sie leicht.

Anne schaute mir ganz tief in die Augen und sagte mit einem Gurren in der Stimme: »Zwei Knoblauchzehen, zehn entsteinte Oliven, fünfhundert Gramm frischer Spinat, ein Bund Frühlingszwiebeln, Kapern, vierhundert Gramm Spaghetti, vier Esslöffel geriebener Parmesan und zwei Esslöffel Pinienkerne. Hast du dir das gemerkt?«

Ich verdrehte die Augen und sagte schmunzelnd: »Wie soll ich das denn machen!?«

Sie gab mir ihr Kochbuch über den Tisch. Es trug den bezeichnenden Titel *Campingküche – Kochen auf kleinstem Raum*, der Autor war ein gewisser G. Poggenpohl, und das Gericht hieß Spaghetti alla Nonna, also Spaghetti nach Art einer italienischen Oma. Dass der Autor kein Italiener war, das konnte man bei seinem Nachnamen wohl voraussetzen, ob er eher Opa oder Oma war, wusste ich allerdings nicht. Sein Vorname war schließlich G.!

»Butter, Olivenöl, Zitronensaft, mittelscharfen Senf, Salz und Pfeffer habe ich hier. Aber wir brauchen wie immer Milch, Butter, Chocomelk light und Gouda, *jong belegen*. Das wär's dann aber.«

»Wenn du mich schon so anschaust«, sagte ich, »dann könntest du mir auch was Schöneres sagen.«

Sie nickte. »Gut, ein paar Blumen für den Vorzelttisch sollten wir auch noch mitbringen.«

»Ich liebe dich auch.«

# 34

Es ist ein unbeschreiblicher Laden, *Inekens Wol Paradijs*, ein Laden, der für Anne, Babette, Uschi und Gaby die Basis eines jeden Urlaubs bedeutet. Inekens Garten Eden für Strickfanatiker.

Ineken ist eine patente Mittfünfzigerin, die nicht nur Wolle verkauft, sie lebt in Strickmustern. Sie stapelt unglaubliche Mengen zusammengedrehter Garnstränge in aberwitzigen Farben und Materialien in einer nur für sie selbst durchschaubaren Ordnung. Und wenn man sie nach einem ganz bestimmten Garn fragt, kann sie jederzeit beweisen, dass in *Inekens Wol Paradijs* Ordnung herrscht. Sie findet jede Wollart innerhalb von sechseinhalb Sekunden. Dazu behauptet Anne immer wieder, dass man bei Ineken Wollsorten finden kann, die es in ganz Deutschland nicht zu kaufen gibt. Man kann Anne da sicher vertrauen.

Ich saß mit einem doppelten Espresso vor dem »Piccolo Mondo«. Der Einkaufskorb unter dem Tisch beinhaltete bereits allerhand mediterrane Zutaten für die »Spaghetti alla Nonna«. Den Supermarkt hatte ich schon vor einer Viertelstunde verlassen und nun wartete ich auf Anne, die Kinder würden bald aus dem Schwimmbad zurückkehren. Ich wartete lieber hier draußen. Ich reagiere allergisch auf zu viel Wolle. Ein männlicher Cam-

per würde sich in Inekens Stricknadel-Refugium auf dreißig Quadratmetern hoffnungslos verlaufen. Ein männlicher Camper hätte auch keine Chance, Inekens Öffnungszeiten zu begreifen. Sie sind jeden Tag anders. Aber Anne, Babette, Uschi und Gaby sind noch nie vergebens aufgebrochen, und sie sind oft aufgebrochen.

Ich bestellte noch zwei weitere Espresso.

# 35

Gaby, Uschi, Anne und Babette standen schon einige Zeit zwischen Knöpfen, Reißverschlüssen, Aufnähern und Unmengen von Mohair-, Schur- und Baumwolle, als Babette plötzlich alle mit einer völlig fachfremden Bemerkung überraschte.

»Was zahlen wir eigentlich an Miete für den Platz?«

Gaby, Uschi und Anne brauchten eine gewisse Zeit, um den Themenwechsel zu verarbeiten. »Ääh, bitte, was?«

Anne war die schnellste. »Irgendwas über zweitausendeinhundert Euro, glaube ich.«

»Es sind zweitausendeinhundertvierunddreißig Euro und vierzig Cent, glaube ich nicht, weiß ich!«

»Also, dein Zahlengedächtnis möchte ich haben. Willst du uns jetzt etwa erzählen, dass wir kein Geld für Wolle ausgeben sollen, weil der Platz so teuer ist?«, fragte Gaby, die gerade mehrere Farbvarianten eines Bouclé-Garns miteinander kombinierte.

Nun wollte auch Uschi die eigene wirtschaftliche Kompetenz ins rechte Licht rücken. »Es ist ja erst seit diesem Jahr so teuer, wegen dem Schwimmbad.«

»Wegen des Schwimmbads!«, klugscheißte Gaby. »Da sind über hundertzwanzig Euro draufgekommen.«

»Da sind hundertsechsundzwanzig Euro vierzig draufgekommen!«, korrigierte Babette.

Uschi eilte der sich gerade aufplusternden Gaby zu Hilfe. »Babette, du gehst mir mit deiner Pedanterie manchmal ganz schön auf den Sack.«

Babette schien das nicht zu stören. »Und in all meiner Pedanterie habe ich etwas herausgefunden. Wollt ihr es hören?«

»Nöö!«, wäre die richtige Antwort gewesen, aber Babette lächelte so wissend, dass die Neugier der anderen einfach gestillt werden musste.

»Spuck's aus!«, erklang es wie aus einem Mund.

»Ich hab es gestern schon unseren Männern erzählt, aber die haben ja kein Gefühl für Gerechtigkeit, die …«

»Spuck's aus!«, forderte Uschi noch einmal.

»Also gut. Wir überweisen an Bram van Buyten, Ganzjahrescamper wie wir, selbst ernannter Bürgermeister des Campingplatzes und Steuerberater von Wim, ganz genau zweitausendeinhundertvierunddreißig Euro und vierzig Cent. Und Bram van Buyten überweist wiederum an den Campingplatz ganz genau zweitausendeinhundertsechzehn Euro und gar keine Cent. Und das bedeutet, er überweist achtzehn Euro vierzig zu wenig. Was sagt ihr nun?«

Gaby zuckte mit den Schultern. »Tja, wenn ich diese zehn Docken Wolle kaufe, dann zahle ich über sechzig Euro, da gehen mir deine achtzehn Euro zwanzig am ziemlich knackigen Arsch vorbei.«

»Achtzehn Euro vierzig«, erwiderte Babette. »Aber das ist noch längst nicht alles!«

»Was denn noch?«, fragte Anne.

Babette grinste triumphierend. »Wie viele Ganzjahresplätze gibt es auf *de Grevelinge*?«

»Du weißt es, dann sag es auch«, sagte Gaby.

»Richtig, ich weiß es. Es sind exakt einhundertsechzehn. Und einhundertsechzehn mal achtzehn Euro vierzig sind exakt zweitausendeinhundertvierunddreißig Euro und vierzig Cent, und das ist haargenau die Jahresmiete für einen Stellplatz. Möchte noch irgendjemand behaupten, dass ich hier von Zufällen rede?«

Anne, Uschi und Gaby standen mit offenem Mund da. »Sorry, Babette, du hast recht. Nee, das ist kein Zufall!«

»Bram van Buyten bescheißt Wim. Bram van Buyten sitzt jeden Abend in der Kantine und gibt sich die Kante. Bram van Buyten erzählt irgendwann mit besoffenem Kopp an der Theke, wie intelligent er den Wim bescheißt. Erst am nächsten Morgen fällt ihm ein, dass Wim der Bruder von Isabelle ist. Wenn Coen gegenüber Isabelle erwähnt, was er gehört hat, dann weiß Wim, was gespielt wird. Und wenn Wim weiß, was gespielt wird, ist Bram van Buyten seinen Job los. Und zack, hängst du mit dem Kopf in der Scheiße!«

Uschi ließ vor Schreck ihre Wolle fallen. »Das ist so ... so ... das ist unmöglich!«

»Hey«, sagte Babette mit einem überlegenen Lächeln, »Coen ist tot, und ich habe euch soeben ein blitzsauberes Motiv geliefert.«

Gaby legte elf Docken Bouclé-Garn neben Inekens Kasse: »Meinst du nicht, hier im Raum hat noch eine andere ein blitzsauberes Motiv?«

# 36

Der Regen sprühte gegen das Fenster in Piets Büro. Kein gutes Zeichen. Wenn es richtig regnet, dann hatte das nicht viel zu bedeuten. Regen war in Walcheren ein kurzfristiges Wetterphänomen. Der Schauer kam, und dann ging er auch sehr schnell wieder. Nur wenn der Regen sprühte, dann konnte man sich auf ein längeres Schauspiel einrichten. Der Regen sprühte, wenn die Wolke eine Gießkanne war. Da waren zehn Liter Wasser drin, aber sie wurden durch den Gießkannenkopf daran gehindert, auf einmal da herauszufließen.

Die Regenwolken über Middelburg hatten sich gegen Mittag gezeigt. Sie hatten eine Menge Inhalt und würden noch eine ganze Zeit lang sprühen.

Piet nahm seine Jacke vom Haken und verließ das Büro. Der wachhabende Polizist sagte noch: »*Schijtweer!*«

»Nein«, antwortete Piet und ließ den Beamten mit seinen Gedanken allein. Der konnte ja nicht wissen, dass der *Inspecteur* gerade jetzt diesen Regen brauchte. So wie die Dusche ihn morgens in den Tag brachte, so wie der Fahrtwind auf dem *fiets* ihm einen klaren Kopf bescherte, so wollte er jetzt die Regentropfen auf den Haaren und im Gesicht spüren. Er ging Achter de Houttuinen längs, patschte über die Brücke zur Langeviele und ging rechts die Straße Beenhowers Singel immer am *Binnenhaven* entlang. Das flache Boot, das sonst um diese Jahreszeit jede Menge Touristen aufnahm, denen ein alter Seemann Geschichten von Kaufleuten erzählte, die sich nicht scheuten, in Kriegszeiten zu Seeräubern zu mutieren, lag verwaist an der Anlegestelle, und der Regen sprühte. Piet ging die *kaaien* entlang und dann über das alte Spijkerbrugje. Er hatte heute keinen Blick für die pittoresken Häuser am Kinderdijk, alte Lagerhäuser aus der Zeit der *Ostindien-Kompanie*. Das letzte Haus am Kinderdijk war *Watersportwinkel Hansen*. Piet betrat das Geschäft und schaute sich um. Ölzeug, Seekarten, und natürlich die unvermeidlichen blau-weißen Leuchttürme. Links neben

dem Tresen mit den Seekarten hingen große Spulen mit unterschiedlichsten Seilen. Er erkannte das Seil sofort, ein weißes Seil mit blauen und roten Fäden, sieben Millimeter stark. Hansen kam hinzu und begrüßte den Polizisten, der bei dem Wetter auch besser eine Segeljacke getragen hätte: *»Dag, Inspecteur!«*

»Hij, *Mijnheer* Hansen. Von diesem Seil brauche ich einen Meter.«

»Was wollen Sie denn mit einem Meter Seil?«

»Ich bastele mir einen Bilderrahmen.« Piet war überrascht über seine eigene Antwort. Hansen zuckte mit den Schultern und schnitt ihm einen Meter von der Festmacherleine ab.

»Was macht das?«

»Die schenke ich Ihnen.« Hansen beobachtete kopfschüttelnd, wie der Polizist den Laden verließ.

# 37

Ich hatte eigentlich nicht mehr damit gerechnet, dass sich dieser Mittwoch so positiv und so sonnig verabschieden würde. Noch am späten Nachmittag war der Himmel ein einziges hausmeisterkittelgraues Tuch gewesen, aus dem es unaufhörlich wie aus einer Sprinkleranlage gegossen hatte. Wir hatten im Vorzelt zu Abend gegessen, weil wir dem Wetter nicht trauten, aber um Viertel nach acht saß ich mit Anne doch noch draußen.

Der Himmel leuchtete nun blau und weiß, und das Gras hatte ein so sattes Grün, dass man verstehen konnte, warum so viele Maler Jahre ihres Lebens auf Walcheren verbracht hatten. Piet Mondrian hatte hier gearbeitet. Eine ganze Künstlerkolonie hatte sich hier niedergelassen, Jan Toorop, Jacoba van Heemskerk … Auch Albrecht Dürer hatte dieses Licht gelobt. Ich hätte das wahrscheinlich nie erfahren, aber in Domburg gibt es ein Restaurant namens *Mondrian*, und wenn man da isst, will man ja auch wissen, warum das so heißt.

Es hatte Spaghetti alla Nonna gegeben. Ein leichter Knoblauchduft verzierte unser Vorzelt. Es ist das einzige Nudelgericht, bei dem Edda fast freiwillig auf die Tomatensauce verzichtet. Jetzt hatten sich beide Kinder noch mal verabschiedet, um zu überprüfen, ob Schweini und

Sabrina, Laura, M-Jay, Marc, Cindy, noch ne Sabrina und Tobi noch auf dem Platz waren.

Annes Strickgarn hieß *Fragola,* Rundstricknadel viereinhalb, sie strickte glatt links mit Hebemaschen. Es sah nicht so aus, als ob unser Gespräch heute sehr ergiebig werden würde. Ich hatte einen Riesling im Glas und konnte mich wieder nicht auf das Werk von Herrn Birbaek konzentrieren.

»Ich geh noch mal eine Runde über den Platz, kommst du mit?«, fragte ich.

Sie blickte von ihrem Garn auf. »Ich brauche noch sieben Reihen, dann kann ich den Halsausschnitt abketten. Geh ruhig schon mal vor.«

Die Sonne hatte sich schon hinter den Pappeln versteckt, die Dunkelheit legte sich sehr sanft über *de Grevelinge.* Ich holte mir meinen blauen Pullover aus dem Schrank, küsste Anne auf die Wange und trottete, die Hände in den Taschen, über den Platz. Ich ging an Menschen vorbei, die friedlich vor ihrem Wohnwagen saßen. Die Grills hatten ihre Schuldigkeit getan.

Wenn die Dämmerung einsetzt, wird es verdammt hell auf dem Campingplatz. Früher stand ab und an auf den Tischen diese blaue Kartuschenlampe mit dem Glühstrumpf, der immer kaputtging. Früher waren Campingplätze um diese Zeit dunkel, aber das war einmal.

Heute werden Wohnwagen, Vorzelte und Stellplätze mithilfe einer bunten Vielfalt von unterschiedlichsten Leuchtmitteln in romantisches Licht getaucht. Da gibt es natürlich Windlichter in allen Farben und Formen, mit Gel aufgefüllte Glasvasen, in denen einige Muscheln und in der Mitte ein Docht stecken. Und es gibt Kerzen in allen Farben und natürlich in allen Duftnoten.

Anne war neulich auf einer Kerzenparty. Das ist so was wie eine Tupperparty, nur ohne Tupper, dafür aber mit Kerzen. Sie zeigte mir dann im Katalog ihre Auswahl, und spätestens bei jedem zweiten Exemplar folgte die Erklärung: »Ich dachte, die sieht gut aus im Wohnwagen … Ich dachte, die passt ins Vorzelt …«

Und natürlich haben auch die Baumärkte den Trend nicht verschlafen. Darum gibt es Schwedenfeuer: Baumstammstücke mit merkwürdig anmutenden eingesägten Mustern, die herrlich brennen. Wir haben auch vier, fünf Stück davon im Urlaubsgepäck. Wir nutzen unseren Grill als feuerfeste Unterlage, damit der kostbaren Wiese kein Leid geschieht. Die Schwedenfeuer haben sich auf *de Grevelinge* durchgesetzt, so viel steht fest, aber sie werden klar geschlagen von Lichterketten, jawohl: Lichterketten!

Das funktioniert wie mit den Schokoladen-Nikoläusen. So ein Schokoladen-Nikolaus, der wird ja auch, wenn er nicht vor Weihnachten ein neues Zuhause gefunden hat, in die Schokoladenfabrik zurückgebracht, da wird er aus dem Mantel gepellt, dann werden ihm die Ohren lang gezogen und, zack, ist er ein Schokoladen-Osterhase.

Bei den Baumarkt-Lichterketten werden zu Weihnachten goldene Sterne und rote Weihnachtsmänner über die kleinen Lämpchen gestülpt. Jetzt im Sommer sind es blaue Delfine oder kleine Segelboote, und das ist auch schön.

Mir fiel ein, dass ich unsere Gartenfackeln aus Edelstahl in Betrieb nehmen könnte. Die waren gar nicht so teuer. Da konnte man doch nicht Nein sagen. Ich war gespannt, ob wir in diesem Sommer mehr Propangas oder mehr Lampenöl verbrauchen würden.

Als ich zurückkam, kontrollierte Anne gerade mit zufriedenem Gesichtsausdruck ihre Handarbeit, anscheinend war sie gerade fertig geworden. Sie saß noch vor dem Vorzelt, hatte nicht vor Kühle und Feuchtigkeit kapituliert.

»Schatz, wo haben wir die neuen Fackeln, die aus Edelstahl?«

»Die müssten noch im Auto liegen.«

Ich ging zum Parkplatz, und tatsächlich, sie lagen noch im Kofferraum: eins fünfzig lange Stiele und darauf kleine metallene Kolben, die mit Lampenöl gefüllt werden müssen. Vier Stück hatten wir besorgt. Die Stiele passen wunderbar in die Laschen unseres Windschutzes. Ja, es ist schon romantisch! Wenn man so vor dem Vorzelt sitzt, das Schwedenfeuer knistert heimelig vor sich hin, die kleinen blauen Delfine leuchten verträumt durchs Vorzeltfenster, und dann geht plötzlich das Windlicht auf dem Tisch aus …

»Lass uns reingehen«, sagte Anne, »es ist so ein herrlich kuscheliger Abend.«

Ich schaute sie ungläubig an. »Es ist schon Viertel nach zehn. Wann kommen Tristan und Edda nach Hause?«

Sie lächelte. »Um Punkt elf – und wenn ich richtig liege, keine drei Minuten früher!«

Es muss Momente im Leben geben, in denen man nicht über Gott und auch nicht über die Welt nachdenkt.

Ich hielt Anne im Arm, unsere Lippen berührten sich, unsere Herzen klopften …

Und Edda klopfte nicht. Sie kam einfach rein! »Sabrina ist mit ihren Eltern zum Nachtmarkt in Middelburg, die Jungs spielen Fußball, und mir ist total langweilig!« Sie schaute uns ein wenig überrascht an. Die alten Eltern knutschten noch, fürchterlich! Wie gut, dass sie uns nicht auf frischer Tat ertappt hatte. Dann hätten wir uns ganz sicher die Frage gefallen lassen müssen: »Seid ihr nicht zu alt für so was?«

Nein, sind wir nicht! Es war nur der falsche Ort und die falsche Zeit.

Anne lachte. »Wie war das noch mal mit der Tandemachse?«

Sie hätte uns nie auf frischer Tat ertappen können. Ölsardinen haben auch keinen Sex, und der Grund kann

nur sein, dass es die Kunden im Supermarkt bestimmt mitbekommen würden. Die Schallisolierung einer Sardinenbüchse ist mangelhaft. Wohnwagen sind nichts anderes als Sardinenbüchsen, nur dass sie zwei Räder haben, oder vier, falls eine Tandemachse vorhanden ist. Wenn du einmal gehört hast, wie sich der Nachbar abmüht, dann drängt sich dir der Satz auf: »Ach weißt du, Liebling, drei Wochen gehen auch vorbei.«

# 38

Es war verdammt spät geworden. Viel zu spät für so dürftige Ergebnisse. Piet ging die Treppe hinunter von seiner Wohnung ins Erdgeschoss von *De grise dolfijn*. Er klopfte an die altmodische weiße Kassettentür. Das gelbe Licht hatte ihm signalisiert, dass Juliana noch wach war. Er trug zwei Flaschen *Grolsch*, und sein Durst war übermächtig, als sie mit brüchiger Stimme »Herein!« rief.

Er ging zum Kühlschrank und holte die Flasche Weißwein heraus, um ihr ein Glas davon einzuschenken. »Juliana, wir haben einen zweiten Mord.«

»Hab ich gehört«, erwiderte sie. »Eine Deutsche.«

»Sie war erst seit vier Tagen da.« Piet machte eine lange Pause, er spielte mit dem Verschluss seiner Bierflasche, dann sagte er resignierend. »Ich war eben bei ihrem Freund.«

Juliana legte ihre Hände auf die Knie, als wollte sie für ein paar Minuten ihre Arbeit unterbrechen, um ganz für ihn da zu sein. »Sie war nicht verheiratet?«

»Nein.« Piet trank, nicht hastig, er wollte nur den heißen Mundraum kühlen. »Sie waren einfach so zusammen. Und er hat eine Tochter. Das Mädchen ist sehr traurig, der Mann ist zerbrochen.«

»Zerbrochen?«

»Ja, er heißt Erwin Herkrath, er ist fast eins neunzig

groß, aber wenn Sie ihn jetzt sähen, würden sie auf eins siebzig tippen. Eigentlich ist er sauer, sauer auf das Leben. Er müsste sich jetzt aufregen, wütend sein, trauern, aber er tut das alles nicht. Er ist einfach zerbrochen. Er fragt immer nur, warum.«

»Was sollte er auch sonst tun?«, fragte Juliana. »Das ist genau die Frage, die ich mir auch stelle.«

Piet stand auf und ging zum Fernseher. Er nahm die Fernbedienung in die Hand.

Juliana unterbrach ihn: »Das *Nachtjournal* war gerade zu Ende, als Sie gekommen sind.«

Piet legte die Fernbedienung wieder auf den Tisch. »Haben sie irgendetwas gebracht?«

»Nur die Meldung: zweiter Mord, keine Hintergründe. Wahrscheinlich morgen.«

Piet trank. Als er aufhörte zu trinken, war die Flasche mehr als halb leer, und er sagte: »Es passt alles nicht zusammen.«

Juliana beugte den Kopf leicht zu ihm, als wenn sie ihn dann besser hören könnte, dabei wusste Piet ganz genau, dass sie jede Silbe verstand, die irgendwo in der Wohnung gesprochen wurde. »Immer langsam mit den alten Damen«, sagte sie. »Was passt nicht?«

Piet trank noch einen Schluck aus der eiskalten, jetzt fast leeren Flasche und stellte sie häkeldeckchenschonend auf dem Rand des Beistelltisches ab. »Beim Coen war Eifersucht das Motiv und abgrundtiefer Hass die Triebfeder. Der Mörder ist sehr sorgfältig vorgegangen und hat vorher genau geplant. Er muss sich lange vorbereitet haben. Die deutsche Frau ist erst vor vier Tagen angereist.«

»Aber sie war vorher schon mal auf dem Platz?«, fragte Juliana.

»Ja, schon einige Male. Aber trotzdem: Was hat diese arme Frau mit der Geschichte zu tun?«

Juliana wiegte ihr weißes Haupt. »Vielleicht hatte Coen was mit ihr, und der Täter sieht sich als irgendeine moralische Instanz. Fanatiker hat es immer gegeben.«

»Wir können beide nicht mehr fragen – und Seitensprünge macht man nun mal heimlich!«

»Hatte sie ein Handy? Haben Sie die SMS und die Anrufliste überprüft?«

»Juliana, Sie verblüffen mich.«

»Wieso? Ich bin zwar über neunzig, aber das Leben wird nicht alt. Das Leben ist immer heute. Sie haben heute in genau dem *Nachtjournal* einen anderen Bericht gebracht. Da ging es darum, dass in den Niederlanden die meisten Beziehungen in die Brüche gehen, weil das verräterische Handy irgendwo achtlos liegen gelassen wurde.«

Piet nickte und musste schmunzeln. »Wenn diese Beziehung vor dem Aus stand, dann hätte sich dieser Herkrath einen Oscar als bester Hauptdarsteller verdient. Nein, der hat nicht gelogen, das glaube ich nicht. Aber wir werden sein Handy kontrollieren. Das kann ja nie schaden.«

Juliana schüttelte energisch den Kopf. »Wenn ich an diese ganzen Scheidungen denke, nur wegen so einem Telefon. Wissen Sie? Vertrauen ist eine schöne Sache, man sollte das nicht kontrollieren. Warum sollte man Vertrauen mutwillig zerstören? Ich habe früher jahrelang

Tagebuch geführt, und ich bin mir ganz sicher, mein Mann hat niemals darin gelesen.«

»Hätte er denn etwas finden können?«

Ein amüsiertes Lächeln spielte um Julianas altersschwache Augen. »Wo denken Sie hin! Nein! Ich war doch fast immer treu wie Gold. Aber er hätte es sowieso nicht getan, und das ist der Punkt. Alfred Nobel hat sein riesiges Vermögen gestiftet, als er verstand, was seine Erfindung anrichten kann. Forscher müssen forschen, aber ihre Entdeckungen machen sie nicht glücklich. Wer Vertrauen hat, forscht besser nicht.«

»Das gilt aber nicht für die Polizei«, stellte Piet fest. »Für uns ist die Suche nach der Wahrheit das tägliche Brot. Ich werde gleich morgen früh die Handys von beiden überprüfen lassen. Wahrscheinlich ist das sogar schon längst passiert, also lasse ich mir die Ergebnisse geben. Dann werden wir wieder alle verhören, aber in drei Tagen ist Samstag, und die Hälfte der Campingplatzbesatzung wird sich am frühen Morgen verabschieden. Und wenn alle weg sind, dann werde ich eins ganz sicher wissen: Herkrath hat seine Freundin nicht umgebracht.«

»Sie haben die Personalien von allen?«

»Ja klar!«

»Sie sind sicher, es war derselbe Täter?«

Piet runzelte die Stirn. »Darüber habe ich natürlich nachgedacht. Aber ich kann mir nicht vorstellen, dass man einen Täter in so kurzer Zeit so genau imitieren kann. Wenn die deutsche Frau erschossen worden wäre oder erwürgt, dann würde ich glauben, es sind zwei verschiedene Geschichten, aber so?«

Juliana führte ihr Weinglas an die Lippen und nippte kleine Spatzenschlückchen.

Piet stand auf und setzte sich wieder hin. »Oder derselbe Täter hat zwei verschiedene Geschichten! Vielleicht gibt es einen besonders verwerflichen Grund, warum die Frau getötet wurde.«

»Sie ahnen gerade etwas. Was ist es?« Julianas Augen leuchteten auf.

»Tja, das ist mein Problem. Ich habe keine Ahnung, ich habe nur so ein Gefühl. Aber ich glaube, ich bin gerade einen Schritt weitergekommen. Und wenn wir einen Schritt gehen, dann sind wir ihm vielleicht ganz dicht auf den Fersen.«

Er öffnete die zweite Bierflasche nicht. Juliana schien noch nicht müde zu sein. Und er war sogar hellwach, hellwach und krückenkaputt. Er wusste jetzt, dass ihm nur noch zwei Tage blieben, und vor diesen zwei Tagen brauchte er jetzt Schlaf, ob er müde war oder nicht: »Juliana, ich gehe jetzt schlafen. Sie auch, nicht wahr?«

»Natürlich, sonst kommt ja die Polizei!«

Er gab Juliana einen Kuss auf die Wange, so galant, wie er konnte, und verließ ihre Wohnung. Eine erstaunliche Frau, dachte er. Vielleicht hätten wir uns wirklich fünfzig Jahre früher treffen sollen.

Auf der Treppe lachte er kurz auf. So ein Blödsinn, damals war er drei!

# *Donnerstag*

# 39

Die Pferde, die beim traditionellen *Ringrijden* auf Walcheren zum Einsatz kommen, sind riesige Kaltblüter, prächtig herausgeputzt und geschmückt mit Schleifen. Die Reiter jagen, ganz in Weiß gekleidet mit roten Schärpen, mit einer Lanze in der Hand im gestreckten Galopp auf kleine Ringe zu. Die Ringe sind so klein, dass man nicht mal ein Hühnerei hindurchbugsieren könnte. Diesen kleinen Ring gilt es nun mit der Lanze zu durchstechen. So was lieben die Menschen auf Walcheren. Wahrscheinlich geht die Tradition auf alte Ritterturniere zurück, verbrieft ist jedenfalls, dass diese Turniere seit dem siebzehnten Jahrhundert auf der Halbinsel abgehalten werden, und fast genauso lange haben Pfarrer und Kirchenräte etwas dagegen, weil dabei auch meist eine Kirmes veranstaltet wird, auf der reichlich Alkohol fließt.

Ich habe jetzt acht *Ringrijden* auf *Camping de Grevelinge* erlebt, und ich kann das Ansinnen der Geistlichen nachvollziehen, aber nicht gutheißen.

Im einundzwanzigsten Jahrhundert findet in jedem Ort auf Walcheren mindestens einmal im Sommer ein *Ringrijden* statt. Wenn man einen Seismographen dabeihat, kann man leicht herausfinden, wo das gerade passiert, denn so ein Kaltblut-Belgier im gestreckten Galopp kann auf der nach oben offenen Richterskala schon einiges ausrichten. Hat man keinen Seismographen dabei, geht man zu Wim in die Rezeption, der hat alle Termine notiert.

Das Turnier hatte begonnen. Der weiße Reiter auf dem beigefarbenen Riesenzossen gab seinem Pferd die Sporen. Er galoppierte direkt auf unseren Wohnwagen zu, verwechselte das Vorzelt mit einem Doppeloxer und trampelte in unseren Wohnwagen, direkt in den Gang zwischen Küchenzeile und Mittelsitzgruppe …

Dann wurde ich wach.

Ich hatte einige Schwierigkeiten, die Augenlider auseinanderzubekommen, dann sah ich, dass es Tristan war, der sich geräuschvoll im Wohnwagen zu schaffen machte. Er zog sich an, kramte eine Einkaufstasche aus dem Staufach über der Sitzgruppe und verließ den Caravan. Sieg! Er ging Brötchen holen, aber warum? Irgendetwas stimmte nicht an diesem Donnerstagmorgen.

Ich stand auf und ging erst mal nicht duschen. Ich warf den Bademantel über und setzte die Senseo-Maschine in Gang. Die mittlere Taste hörte nicht auf zu blinken, kein Wasser. Ich tapste über die Trittbretter aus Bankirai-Holz zu unserem Waschhäuschen und füllte den Tank.

Die Idee mit der Kaffeemaschine ist von Gerd und Uschi. Man schmeißt nur ein Pad in die Maschine, drückt auf einen Knopf und erhält einen wirklich brauchbaren Kaffee. Ich hatte mich für die Geschmacksrichtung *Rio de Janeiro* entschieden. Aus dem Wohnwagen waren keine Geräusche zu vernehmen. Anne und Edda schliefen wohl noch tief und fest. Ich legte die Frühstücksbrettchen auf den Tisch, suchte noch drei Tassen heraus und holte alles aus dem Kühlschrank, das nach Aufschnitt,

Käse und Marmelade aussah, dazu natürlich *De Ruijter*-Schokostreusel und vier kleine Trinkjoghurts für die Darmflora.

Ich hörte das Bremsen von Tristans Fahrrad. Er kam ins Vorzelt, warf die Brötchen und die Zeitung auf den Tisch und setzte sich mir gegenüber, vorwurfsvoll schweigend.

»Guten Morgen, mein Sohn.«

Tristans Unterlippe zuckte. »Jetzt tu nicht so!«

»Wie soll ich nicht tun?« Ich wusste, was mich nun erwartete. Tristans Unterlippe neigte in den letzten Monaten häufig zur Aktivität. Ich bin Profi-Vater, ich sehe so was.

»Tu nicht so, als könnten wir hier jetzt ein Gespräch unter Männern führen!«

»Und warum können wir das nicht?« Ich gab mich weiterhin völlig ahnungslos.

»Ihr schiebt mich die ganze Zeit durch die Gegend«, zischte Tristan. »Jetzt ist hier endlich mal was los auf diesem Platz, und ich werde immer nur weggeschickt. Okay, Edda ist erst zwölf. Aber ich bin vierzehn. Hier sind zwei Morde passiert, und ich will auch wissen, was hier los ist.«

Ich seufzte schwer. »Tristan, mir wäre es lieber, wir hätten alle nichts davon mitbekommen. Ich wünschte, hier wäre alles so wie in den letzten Jahren. Das ist es nicht, aber ich bin ganz sicher, wir sollten trotzdem versuchen, hier ganz normal Urlaub zu machen!«

»Das ist doch Blödsinn! Man kann nicht normal Urlaub machen, wenn zwei Menschen gekillt wurden.« Er zog sich die Kappe in die Stirn.

»Tristan?!«

»Ach, ist doch wahr!«, maulte er. »Jetzt passiert hier endlich mal was Spannendes!«

Ich wagte noch einen Besänftigungsversuch. »Ich würde sagen, wir gehen heute Nachmittag auf den Markt in Noordkapelle, da kaufen wir ein, denn heute Abend schmeißen wir den Grill an. Wir machen alle zusammen ein großes Barbecue.«

»Das ist doch nicht spannend!«

Ich schüttelte den Kopf. »Nein, das ist Urlaub.«

»Und wenn ich jetzt noch was sage, dann sagst du: *Diskussion beendet!*« Er musste grinsen.

»Richtig!«

»Ich will Spareribs!«

# 40

Zwei Windfänge schützten von beiden Seiten das Areal vor Adi und Babette Schreiners Wohnwagen. Das Exemplar, das zur Straße hin aufgestellt war, hatte das gleiche Stoffdesign wie das Vorzelt. Die Farbzusammenstellung war beige, beige und beige in unterschiedlichsten Helligkeitsstufen. Wenn man vom Vorzeltboden essen zu seinen Hobbys zählte, dann hatte man bei Adi und Babette die Gelegenheit dazu.

Die Inneneinrichtung des Vorzeltes war ausgesprochen gemütlich, und Babette Schreiner war ausgesprochen mitteilsam.

»Gut, dass Sie kommen, Herr Kommissar«, grüßte sie den *Inspecteur*.

»Ich wünsche Ihnen auch einen guten Tag«, antwortete Annemieke Breukink. »Wir sind hier, weil wir mit Ihnen über Coen Rimmel und Andrea Heinrichs sprechen wollen. Sie kannten beide.«

»Ja natürlich. Coen war ja der Wirt in der Kantine. Und wir waren da hin und wieder ein Bier trinken, wie alle hier auf dem Platz.«

Piet lehnte sich an die Arbeitsplatte der Küchenzeile im Vorzelt und blickte zu Adi Schreiner hinüber, der damit beschäftigt war, die Schalen seines Frühstückseis vom Tisch zu klauben und in den Eierbecher zu drücken. Er sagte: »Ich gehe davon aus, Ihre Frau hat bestellt.«

»Nein, warum?«

»Weil du nichts sagst!«, rief Babette. »Erklär dem Kommissar doch mal, warum er sich diesen Bram van Buyten vorknöpfen sollte!«

»Genau! Also, Herr Kommissar …«

Piet räusperte sich. »Ich bin *Inspecteur*.«

»Und ich bin *brigadier*, und ich hatte Ihnen eine Frage gestellt.« Annemiekes Tonfall wurde eine Spur schärfer. »Sie sagten, Sie kannten Herrn Rimmel, aber ich hatte sie auch nach Andrea Heinrichs gefragt. Kannten Sie die auch, und wenn ja, wann haben Sie sie kennengelernt?«

»Nein, die kannten wir nicht«, antwortete Adi Schreiner.

»Doch, natürlich kannten wir die!«, unterbrach ihn seine Frau. »Also, ich kannte sie jedenfalls. Ich war über Pfingsten hier, da musstest du ja arbeiten, Adi. Und da habe ich sie kennengelernt. Sie war ohne ihren Freund hier, aber sie hatte seine Tochter dabei. Die heißt Sabina, also fast wie unsere, und beide …«

»Gibt es für Sie irgendeinen Zusammenhang zwischen Coen Rimmel und Andrea Heinrichs? Haben Sie die beiden mal zusammen gesehen?«, fragte Annemieke.

Babette antwortete wie aus der Pistole geschossen. »Ja, abends in der Kantine, da war sie auch, und Coen stand hinterm Tresen.«

»Ist Ihnen zwischen den beiden etwas aufgefallen? Hatten sie eine … Beziehung miteinander?«, schaltete sich Piet ein.

»Nein, das glaube ich nicht.«

»Gut, dann haben wir keine weiteren Fragen. Schönen Tag noch.« Piet genoss ein kleines bisschen Babette Schreiners Reaktion: Ihre Unterlippe bebte, die Haut auf den Unterarmen überzog sich mit hektischen roten Flecken. Wollte dieser *Inspecteur* jetzt tatsächlich gehen, ohne dass sie ihm die ungeheuer wichtige Geschichte von Bram van Buyten erzählen konnte? Ja, das wollte er, aber er hatte seine Assistentin dabei, und die würde nicht auf das kleinste Detail verzichten.

»Frau Schreiner, Sie erwähnten eben einen Bram van Buyten«, ließ sich Annemieke vernehmen.

»Genau.« Babette klang erleichtert. »Ich bin froh, dass Sie darauf zu sprechen kommen. Dieser Bram van Buyten ist der Steuerberater von *Camping de Grevelinge*. Wir überweisen unsere Platzmiete an sein Steuerbüro, und jetzt ist mir aufgefallen, dass dieser Bram van Buyten einen gewissen Betrag für sich selber abzwackt. Schauen Sie mal, ich habe das hier schriftlich ausgearbeitet …«

»Puh, die kann vielleicht reden!«, sagte Piet, als sie wieder draußen zwischen den Wohnwagen waren.

»Oh ja, wenn die nächsten genauso viel zu berichten haben, dann schaffen wir unser Pensum heute nicht.«

»Gott bewahre!« Piet fuhr zusammen.

»Aber es ist schon erstaunlich, was sie herausgefunden hat, oder?«

»Kann sein«, meinte er gleichmütig. »Wer sind die nächsten?«

»Platz 484.«

»Na dann los.«

# 41

Ich hatte mir bei Johnny ein Sudoku-Rätselheft gekauft. Als ich vor der Kasse stand, spürte ich einen Anflug von schlechtem Gewissen. Wer im Urlaub Sudoku-Rätselhefte kauft, der weiß vor lauter Langeweile nichts mit sich anzufangen und ist ein völlig unkreativer Mensch ohne ausreichende soziale Kontakte. Meine Seelenpein wurde allerdings gemildert, als der Glatzkopf mit dem Achselhemd, der vor mir an der Kasse stand, eine Coupé auf das schwarze Rollband legte. Nee, dann doch lieber Sudoku.

Das Frühstück war abgeräumt, die Kinder unterwegs. Als ich mit dem abgetrockneten Geschirr aus dem Waschhäuschen kam, saß Anne mit gezücktem Kugelschreiber vor meinem Rätselheft. Ich überlegte gerade ernsthaft, ob ich zu Johnny gehen sollte, um ein zweites zu kaufen, als die beiden Polizisten in unser Vorzelt traten.

»*Goedemorgen*! Dürfen wir reinkommen?« Gute Frage, wenn man schon im Vorzelt steht. Na ja, klingeln wäre auch schlecht möglich gewesen.

Anne legte den Stift beiseite. »Ja natürlich. Nehmen Sie Platz. Möchten Sie einen Kaffee?«

Der *Inspecteur* nickte.

»Gerne«, sagte die Frau.

Anne musterte den *Inspecteur* möglichst unauffällig,

aber ich war mir sicher, dass sie gerade dachte, warum um alles in der Welt sich ein Beamter der Mordkommission, oder wie das auch immer in Holland heißen mochte, so kleidete: Er trug eine nicht gut sitzende Jeans, Brooks-Laufschuhe und ein farbloses Hemd. Es war wirklich farblos. Es war nicht blau, es war nicht weiß, es war nicht mal grau. Und der *Inspecteur* hatte keinen Dreitagebart, er war einfach unrasiert. Ich vermutete, dass der Mann der Chef war, aber vielleicht hatte ich auch nur zu viele Schimanski-Krimis gesehen.

Ich machte zwei weitere Kaffee. »Nimmt jemand Zucker?«

»Ja bitte«, antwortete die Polizistin. Sie war rein optisch das genaue Gegenteil ihres Kollegen. Sie war schlank und sportlich, trug einen blauen Blazer über einer hellblauen Bluse, eine weiße Jeans und dunkelblaue *Tods*. Ihre Frisur war, nun ja, ... perfekt.

»Sie heißen Anne und Bernhard Lehnen, von Beruf Hausfrau und Journalist, ist das richtig?«

»Das stimmt«, antwortete ich mit fester Stimme.

»Um die Frage des *Inspecteurs* vorwegzunehmen, warum macht ein Journalist Campingurlaub?«, wollte Annemieke wissen. Aha, er war tatsächlich ihr Chef.

»Weil auf einem Campingplatz die ganze Familie Urlaub hat. In einem Hotel ist man rund um die Uhr der Animateur der eigenen Kinder.«

Sie musterte mich. »Also nur wegen der Kinder?«

»Nein, nicht nur. Aber was will ich im Urlaub? Ich will lesen, joggen, segeln. Man macht was mit der ganzen Familie, oder jeder für sich hat was zu tun. Das ist für mich Urlaub.«

Der *Inspecteur* brachte zum ersten Mal die Zähne auseinander: »Sie segeln?«

»Ja, wir haben zusammen mit einem befreundeten Ehepaar ein Segelboot in Oostwatering.«

»Wie heißt das befreundete Ehepaar, und wo wohnt es?«

»Albert und Gisela Scheufel«, sagte ich. »Sie wohnen auf *Camping de Wilgenveld* in Serooskerke.«

»Seit wann segeln Sie?«

Ich überlegte kurz. »Seit sechs Jahren. Wenn man jeden Quadratmeter Fahrradweg in Walcheren kennt, dann muss man sich was Neues überlegen.«

Der *Inspecteur* nahm seine Tasse Kaffee und gab damit zum Ausdruck, dass er nicht vorhatte, die nächste Frage zu stellen. Die Polizistin ließ sich nicht zweimal bitten.

»Frau Lehnen«, sagte sie an Anne gewandt, »Sie haben im Mai hier ein Frauen-Camping veranstaltet.«

»Ja, das haben wir, und das wissen Sie auch schon, sonst hätten Sie diese Frage ja nicht gestellt. Wir haben uns mit fünf Frauen über Pfingsten hier auf dem Platz getroffen. Das haben wir zum ersten Mal gemacht. Normalerweise sind die Väter mit den Kindern unterwegs.«

»Richtig, das wissen wir«, sie schaute kurz in ihre Unterlagen, »und dabei haben Sie Andrea Heinrichs kennengelernt.«

Anne nickte. »Sie war mit der Tochter ihres Freundes hier, auf den Saisonplätzen. Wir haben sie im Wollladen in Noordkapelle kennengelernt, und wir haben die Tage zusammen verbracht.«

Die Polizistin machte sich Notizen. »Was wissen Sie über Frau Heinrichs?«, fragte sie dann.

»Nicht sehr viel«, gestand Anne. »Sie ist … sie *war* Friseurin in Oberhausen.«

»Hatte sie früher schon einmal Urlaub auf *de Grevelinge* gemacht?«

»Ja, sie war auch im Vorjahr schon hier, damals noch mit ihrem Mann. Sie lebte in Scheidung. Das hat sie mir erzählt.«

Der *Inspecteur* wurde ungeduldig. »Gab es irgendeine Beziehung zwischen Andrea Heinrichs und Coen Rimmel?«

Anne zögerte. Unsere Blicke trafen sich, und ich hoffte, dass sie in meinen Augen erkannte, was ich ihr zu verstehen geben wollte: *Sag es!*

»Es gab eine besondere Beziehung von Coen Rimmel zu jeder von uns. Wir waren jeden Abend in der Kantine.« Anne schaute mich an. Vielleicht nickte ich, aber ich weiß es nicht mehr. »Die Kinder spielten Billard, oder sie haben gekickert«, erzählte sie dann, »und wir haben Bier getrunken, *Grimbergen*. Jeden Abend. Aber es war gar nicht so viel Alkohol im Spiel. Ich glaube, beim Papa-Urlaub ging es ganz anders zur Sache.«

Der *Inspecteur* winkte ab. »Aber es ging trotzdem zur Sache.«

»Das weiß ich nicht.« Anne hob die Schultern. »Wir haben ein bisschen geflirtet …«

»Mit Coen?«, fragte die Polizistin.

»Mit wem sonst?« Anne wirkte jetzt beinahe trotzig. »Wir haben getanzt, wir haben getrunken, wir haben geflirtet.«

»Und mehr war da nicht?«

»Das weiß ich nicht.«

»*Was* wissen Sie nicht?«

Anne legte das Sudoku-Heft zur Seite, vielleicht um zu demonstrieren, dass sie jetzt reinen Tisch machen würde. »Am letzten Abend, nach dem ›*Maag ik de Rekening van U?*‹, da verabschiedete sich Coen mit den Worten: ›*Ich hoffe, ihr hattet alle schöne Tage in Holland. Eine von euch hatte jedenfalls eine wunderbare Nacht mit mir!*‹

»Haben Sie mit Coen geschlafen?«

»Nein, das habe ich nicht! Und auch wenn Sie mir diese Frage gestellt hätten, wenn mein Mann nicht dabei gewesen wäre«, sie warf mir einen kurzen Blick zu, »dann wäre die Antwort dieselbe gewesen. Ich habe lange darüber nachgedacht. Ich kann Ihnen wirklich nicht sagen, wer es gewesen sein könnte. Ich weiß es nicht.«

»Andrea Heinrichs?«

Anne schüttelte den Kopf. »Kann ich mir nicht vorstellen. Sie hatte mir erzählt, dass sie gerade in Scheidung lebt. Weil sie diesen Mann getroffen hat, der so ganz anders war. Ich glaube nicht, dass das die Situation ist, in der man mal eben so im Urlaub ein bisschen fremdgeht.«

Der *Inspecteur* stand demonstrativ auf.

Ich war gerade sehr stolz auf meine Ehefrau, und trotzdem hatte ich das Gefühl, ich müsste ihr noch irgendwie helfen. Auch ich stand auf und sagte: »Wir sind erst an dem Tag angereist, als der Mord an Coen passierte, und als wir auf den Platz kamen, da war die Polizei schon da.«

»Ich glaube, ich habe es Ihnen schon einmal gesagt: Noch brauchen Sie kein Alibi«, antwortete der *Inspecteur.*

Die beiden ungleichen Polizisten gingen so unangemeldet, wie sie gekommen waren. Ich nahm Anne in den Arm, und sie legte ihren Kopf an meine Schulter. »Ich habe ihnen alles gesagt«, flüsterte sie.

# 42

Dieses Vorzelt war grün-grau-weiß. Das war – wie schon bei den Schreiners - etwas Besonderes. Fast alle anderen hatten Blau als Grundfarbe. Aber es war nicht die einzige Besonderheit. Hier wohnten Gerd und Uschi Balkenhol aus Duisburg. Wenn man so hieß, konnte man durchaus auch in Middelburg wohnen, aber das wäre sicher nicht das gewesen, was Piet im Gedächtnis geblieben wäre. Nein, es war etwas anderes: Gerd Balkenhol war Arzt. Das war doch bekloppt! Warum machte jemand, der so einen Job hatte, Campingurlaub in Holland? Warum lag der nicht gerade auf der Sonnenterrasse vom Robinson Club auf Fuerteventura?

Das war die erste Frage, die Piet stellte, als er und Annemieke in den Sesseln in Gerds Vorzelt Platz genommen hatten.

Uschi hatte Kaffee gemacht. Sie hatte sich vorher erkundigt, welche Geschmacksrichtung denn genehm sein würde: Vienna, Rio de Janeiro oder Sevilla? Piet hatte sich für Vienna entschieden, denn Wien war die einzige Stadt, die er mit einem Kaffee verband: Er hatte mal im Café Hawelka einen unglaublich guten Kaffee getrunken. Der Kaffee, den Uschi ihnen in lustigen, mit der Flagge Zeelands verzierten Tassen servierte, hatte mit der beim Hawelka kredenzten Melange aber auch mal gar nichts zu tun, aber schlecht war er nicht. Mit irgendwas parfümiert, aber nicht schlecht.

Das Vorzelt von Uschi und Gerd Balkenhol war mit einer Rattansitzgruppe bestuhlt, ein Weichholz-Sideboard bot Platz für den Fernseher und zwei ziemlich alt aussehende Kerzenleuchter. Auf dem Fußboden lag ein grün eingefasster Sisalteppich, und auf dem Tisch dampfte Kaffee, der aus einem unerfindlichen Grund Vienna hieß. Diese Camper fanden ihren eigenen Luxus. Sie suchten ihn vielleicht nicht, aber sie fanden ihn. Der Patio eines durchschnittlichen Ferienhauses in Spanien hätte auch nicht gemütlicher sein können.

Piet begann seinen Monolog. »Herr Balkenhol, Sie haben die Leiche gefunden: eine Frau, nur mit einem Slip bekleidet, den Kopf in der Gracht. Ist Ihnen sonst noch irgendwas aufgefallen, das uns weiterhelfen könnte?«

Er wusste genau, welche Antwort nun folgen würde. Die Antwort würde lauten: »Nein, nichts.« Aber Gerd Balkenhols Antwort überraschte ihn noch mehr als das Interieur des Vorzelts. »Na ja«, erklärte der Arzt, »sie hatte wohl einen starken Schlag auf den Hinterkopf bekommen und ist erst hinterher in die Position gebracht worden, in der sie ertrank und in der wir sie dann gefunden haben.« Er stand auf und holte ein Etui aus der Schublade im Sideboard. Dem Etui wiederum entnahm er eine Pfeife. Der Tabak lag auch in der Schublade. Er setzte sich wieder, begann sich die Pfeife zu stopfen und fragte dann: »Stört es Sie, wenn ich rauche?«

Piet schüttelte den Kopf. »Nein, ganz und gar nicht.«

»Der Pathologe wird Ihnen das schon erzählt haben«, sagte Gerd Balkenhol.

»Ja, das hat er. Es war exakt das gleiche Muster wie bei dem Mord an Coen Rimmel. Die Frau wurde durch einen Schlag mit einem stumpfen Gegenstand außer Gefecht gesetzt, aber nicht getötet. Todesursache war Ertrinken. Bei der Obduktion fand sich das Grachtwasser in der Luftröhre, in der Speiseröhre, in den Lungen.«

Balkenhol hatte seine Pfeife gestopft und entzündete sie jetzt mit einem Feuerzeug, das die Flamme seitlich ausstieß. »Warum hat es dem Mörder nicht gereicht, sie einfach zu erschlagen? Sie muss doch schon halb tot gewesen sein. Das frage ich mich.«

»Das fragen wir uns auch«, sagte Annemieke. »Vielleicht steckt eine Art Ritual dahinter. Der erste Tote ertrank in einer Kloake, und wenn wir mal ganz ehrlich sind, in der Gracht fließt auch nicht gerade Trinkwasser. Vielleicht ist es eine Art von Bestrafung.«

Balkenhol nickte bedächtig. »Ja, so sieht es zumindest aus.« Er nahm einen Zug aus der Pfeife und stieß den Rauch genüsslich aus.

Piet zählte die Schlingen des Sisalteppichs, doch dann sah er auf. »Sehen Sie einen Zusammenhang zwischen den beiden Toten? Wissen Sie von einer Affäre oder einer anderen Art von Beziehung?« Er schaute Uschi Balkenhol an.

»Wir haben ja unseren Mama-Urlaub gemacht, über Pfingsten. Da war sie dabei. Vielleicht hatte sie dem Coen schöne Augen gemacht. Aber wir hatten doch alle ein bisschen was getrunken. Also, ich glaube nicht, dass da was gewesen ist zwischen den beiden. Wir waren schließlich die meiste Zeit zusammen.«

Annemieke fragte nach: »Wer war zusammen?«

»Na, Anne, Babette, Gaby und ich. Andrea haben wir hier kennengelernt. Die war auch allein mit der Tochter ihres neuen Freundes.«

»Und abends waren Sie dann bei Coen Rimmel in der Kantine?«, fragte Piet.

»Ja, die Kinder haben gespielt, und wir haben ein bisschen was getrunken.«

»Und mit Coen geflirtet?«

»Ich nicht!«, protestierte Uschi Balkenhol heftig.

Annemieke blickte in ihre Notizen, dann sah sie Uschi direkt in die Augen und lächelte. »Aber die anderen.«

»Nicht alle.«

»Aber fast alle?«

»Fast alle.«

Piet wandte sich wieder an Gerd Balkenhol. »Sie sind Arzt.«

»Ja, ich bin Anästhesist. Aber zurzeit arbeite ich als Schmerztherapeut. Ich habe eine Praxis in Duisburg.« Er zog wieder an der Pfeife.

»Deshalb haben Sie die Verletzung am Hinterkopf bemerkt.«

»Nein.«

»Nein?«

»Nein.«

»Sie haben doch gerade gesagt ...«

»Als die Frau abgenommen wurde, habe ich ein leichtes Brillenhämatom bemerkt«, erklärte Balkenhol. »Ein Brillenhämatom entsteht, wenn man einen schweren Schlag auf den Kopf bekommen hat.«

»Ah ja ...«, sagte Piet und wiederholte: »Ein Brillenhämatom?«

»Ja, wenn Sie so wollen, ein doppeltes blaues Auge. Nicht sehr ausgeprägt, aber es war eindeutig vorhanden.«

»Und daraus haben Sie geschlossen, dass die Frau durch einen harten Schlag auf den Kopf außer Gefecht gesetzt worden war.«

»Ja. Und zwei, drei Stunden später ist sie dann ertränkt worden.«

»Bitte?« Balkenhol runzelte die Stirn.

Piet hakte nach: »Zwei, drei Stunden später?«

»Das Hämatom entsteht, weil sich das Blut im Augenbereich sammelt, aber das tut es natürlich nur, wenn es noch fließt. Wenn man tot ist, fließt kein Blut mehr.«

Piet starrte den Arzt an. Er gab sich ziemlich viel Mühe, nicht auszusehen wie ein kleiner Junge, der fasziniert einen Zauberer beobachtet, wie der ein Kaninchen nach dem anderen aus dem Zylinder zieht.

Balkenhol unterbrach seine Gedanken: »Ich habe da noch eine Frage.«

»Ich auch!«

# 43

Wir hatten uns für den Abend zu einem Barbecue verabredet. Es war eine Beschäftigungstherapie, einfach irgend etwas machen, um nicht nachdenken zu können, nicht nachdenken zu müssen. Ein Barbecue hatte den großen Vorteil, dass am Abend niemand allein im Vorzelt sitzen musste und die positive Nebenwirkung, dass auch der Nachmittag mit geschäftigem Treiben ausgefüllt war. Einkäufe mussten erledigt, Vorbereitungen getroffen werden. Wir fuhren mit den Fahrrädern ins Dorf, vom Campingplatz aus durch den Landmetersweg und dann links bis zur Dorfkirche.

An der Kirche in Noordkapelle gibt es einen wunderbaren Fahrradparkplatz. Von da aus kann man die Hauptstraße, die an Markttagen für alle motorisierten Fahrzeuge gesperrt ist, hinunterflanieren. Unten am Käsestand wendet man dann und flaniert wieder hinauf, bis man am *Piccolo Mondo* ankommt, um den Nachmittag bei einem Espresso abzurunden.

Bei unserem ersten Urlaub hatten wir uns noch genau informiert, an welchem Tag in welchem Ort auf der Halbinsel Walcheren Wochenmarkt ist. Dann hatten wir die Märkte abgeklappert, um Angebote und Preise zu vergleichen.

Na ja, aus Erfahrung wird man klug.

Ich hätte es eigentlich ahnen können. Die Marktleute arbeiten natürlich nicht nur an einem Tag in der Woche, sie haben schließlich nicht Urlaub wie wir. Deshalb wurde man schon mal vom Wurstverkäufer angesprochen: »Na, hat der Schinken geschmeckt?« – »Ja klar, hat er.« Und erst dreißig Meter weiter hatte mir der Duft vom *Kibbelings*-Stand das Gehirn so weit freigeblasen, dass ich den Mann wiedererkannte. Der gleiche Stand hatte drei Tage vorher in Domburg auf dem Markt gestanden, am nächsten Tag stand er wahrscheinlich in Middelburg und am übernächsten in Zoutelande. Die Marktleute ziehen von einem Ort zum anderen.

Man kann sich also darauf beschränken, an einem Tag in der Woche zum Markt zu gehen. Das sollte man allerdings nicht verpassen! Auf so einem Wochenmarkt herrscht wirklich ein ausgesprochen buntes Treiben. Natürlich kriegt man auch die typischen blau-weißen Aschenbecher für die Touristen, die Leuchttürme als Kerzenhalter und die Schilder mit der Aufschrift *Gone to the beach*. Aber es gibt auch eine Menge sehr spannender Marktstände. Da ist zum Beispiel der Fahrradzubehör-Marktstand, so etwas gibt es wahrscheinlich nur in Holland, dem Land, wo es im noch so kleinsten Dorf auf jeden Fall eine *Rabobank* und einen Fahrradhändler gibt. Es ist vielleicht der breiteste Stand an dem ganzen Prachtboulevard, und man kriegt da alles von der Felge über das Flickset, WD40-Spray, Klingeln in Form von Kompassen und Fußbällen … Ich konnte mich gar nicht losreißen. Musste ich aber, denn der nächste Duft hatte die Familiennasen erreicht: *Poffertjes*. Die kleinen, nur kronkorkengroßen Pfannekuchen kenne ich schon von zu Hause. Sie sind mein ganz großes Hobby auf dem Bonner Weihnachtsmarkt, aber natürlich schmecken sie im Urlaub noch besser.

Den Wurstverkäufer habe ich schon erwähnt. Sein Sortiment verfügt unter anderem über eine extrem harte Plockwurst, und als wir auf dem Rückweg wieder an seinem Stand vorbeikamen, musste ich eine neue kaufen, weil die alte verdunstet war.

An Markttagen hat der ortsansässige Fleischer Konkurrenz. Denn der Wurstverkäufer guckt ihm direkt ins Schaufenster. In der Fleischerei kauften wir Saté-Spieße, eingelegte Steaks, in Schinken eingewickelte Bällchen Gehacktes und ein ganzes Hähnchen. Tristan hieb mir seinen Ellbogen in die Seite. »Und Spareribs!« Das Barbecue würde ein Fest werden.

Wir schauten noch am Käsestand vorbei. Man musste ja auch ans Dessert denken. Es gab *Geitenkaas, Schapskaas,* Gouda mit Paprika, mit Knoblauch, mit Brennnessel und einen mit Basilikum-Pesto, der war knallgrün. Der ganz alte Gouda hatte eine Konsistenz wie Parmesan, herrlich!

Eine Frau malte Henna-Tattoos auf nahezu alle Körperstellen. Edda war nicht mehr zu bremsen. Sie wollte ein chinesisches Schriftzeichen, das angeblich das Sternzeichen Krebs darstellt, auf dem linken Schulterblatt spazieren tragen. Mir war neu, dass die Chinesen das Sternzeichen Krebs kennen, aber warum sollte ich wegen zehn Euro einen weiteren Streit mit den Kindern provozieren? Ich überlegte sogar kurz, mir eine Grimbergen-Flasche auf den Oberarm malen zu lassen, aber ich war mir sicher, Anne hätte dieses Ansinnen nicht honoriert.

Am Obststand erstand Anne irrwitziges Zeug: Bananen, eine Mango, Pfirsiche, Erdbeeren und eine Ingwerwurzel. »Wofür brauchst du das denn?«

»Zum Grillen!«

Das ist genau der Moment, in dem der Harmonie suchende Ehemann besser abrupt die Diskussion abbricht. Also schaute ich mich lieber nach den Kindern um.

Tristan hatte einen Stand gefunden, der darauf spezialisiert war, T-Shirts mit Motiven zu bedrucken, die Eltern so nicht hinnehmen können. *Don't worry, be happy!* über einem Cannabisblatt war sein favorisiertes Motiv. Na ja, ab und an muss man halt doch Streit mit den Kindern provozieren. Anne lehnte seine Idee rundweg ab.

Dann mussten wir weiter, denn wir brauchten noch den guten Imkerhonig, den groben Senf, die Waffeln zum Naschen. Anne sagte, ihr fehlten außerdem noch Tomaten, eine Gurke und Maiskolben für den Salat. Den Schafskäse hatte sie ja schon. Jutta, Uschi, Gaby und Babette hatten auch angekündigt, einen Salat zum Barbecue beizusteuern.

Richtig. Unser Barbecue! Ich hatte mittlerweile sieben Käsesorten probiert, zwei harte Salamis verdrückt, *Poffertjes* genossen, ich war am *Kibbelings*-Stand nicht vorbeigekommen, wie sollte ich jetzt also noch das Barbecue verdrücken? Na ja, man kann ja auch beim Grillen mal Diät halten!

Wenig später bogen wir wieder in den Landmetersweg ein. Edda und Tristan fuhren freihändig. Wir hatten ein paar Stunden gar nicht darüber nachgedacht, dass dies kein normaler Urlaub war. Die Stimmen von Tristan und Edda drangen laut zu mir. Sie lachten über irgendwas.

Ich streckte den linken Arm zur Seite aus und bog ab auf das Gelände von *Camping de Grevelinge*. Ein Duft von Barbecue stieg mir in die Nase. Edda lachte nicht mehr.

# 44

Das Tollste am *politiebureau* in Middelburg war sicherlich die Lage. Es war nur eine Straßenecke weit von den *Kloveniersdoelen* entfernt, dem berühmten Schützenhof aus dem siebzehnten Jahrhundert, dem ehemaligen Sitz der *Ostindien-Kompanie*, deren Schiffe von Middelburg aus den weiten Weg nach Ostasien angetreten hatten. Diese Schiffe hatten großen Reichtum in die Stadt gebracht. In der heutigen Zeit lebten die Middelburger eher von den deutschen Touristen. Leider waren es auch Deutsche gewesen, die Anfang Mai 1940 große Teile der Stadt zerstört hatten.

Das Motto der Stadt Middelburg lautet *Lucto et emergo*: Ich strauchele und erhebe mich wieder. Es hatte die Wikinger gegeben, Sturmfluten, Brandkatastrophen, das Flüsschen Arne war versandet, und der Hafen hatte seine Bedeutung verloren. Zuerst hatten die Deutschen die Stadt bombardiert, dann waren es die Engländer gewesen. Middelburg war immer wieder aufgestanden.

An derselben Straße wie die Kloveniersdoelen, Achter de Houttuinen, lag auch das *politiebureau*, beileibe kein so herrliches Haus wie der berühmte Renaissancebau in der Nachbarschaft. Wenn man etwas Freundliches über den Architekten sagen wollte, dann konnte man das Gebäude als »zweckmäßig« bezeichnen, mehr aber auch nicht. Wenn man von außen auf das Gebäude schaute, dann fiel der Blick auf eine Siebzigerjahre-Tristesse, aber wenn man von innen aus dem Gebäude hinaussah, dann war es eine Pracht. Piet saß in Annemiekes Büro auf ihrem Schreibtisch und genoss den Blick auf den inneren Grachtenring, der sich an den Binnenhaven mit den *kaaien* anschloss. Dieser Blick hielt in Piet dieses besondere Gefühl von Heimat wach. Sein Elternhaus lag nur fünf Minuten zu Fuß von hier entfernt. Wenn er verreist war und nur für ein paar Wochen nicht auf dieses Wasser sehen konnte, dann fehlte ihm wirklich etwas. Ja, Piet verreiste ungern.

Der Blick durch das Fenster auf die Gracht und auf den dahinter gelegenen Molenberg war der eine große Vorteil von Annemiekes Büro. Der andere war die Kaffeemaschine. Wenn man die Qualität des aromatisch duftenden Getränks aus Annemiekes Maschine mit der lauwarmen dunkelbraunen Brühe aus dem riesigen Automaten im Erdgeschoss verglich, dann fehlten einem schon mal die passenden Vokabeln. Ein Unterschied wie Tag und Nacht, wie Himmel und Hölle, das war alles noch untertrieben. Piet ließ den Duft langsam in die Nasenhöhlen steigen.

Annemieke blätterte in ihren Unterlagen, ihr Blick blieb bei den Fotos, die Isabelle ihnen gegeben hatte. Letzten Herbst, London, was für ein schöner Mann, was für ein glückliches Paar, dachte Annemieke.

»Sag mal, kannst du eigentlich segeln?«, fragte Piet unvermittelt.

»Mein Vater ist reich, und ich bin Niederländerin. Also was soll die Frage? Natürlich kann ich segeln!«

Piet holte seine Jacke vom Garderobenhaken und nahm das Stück Festmacherleine aus der Seitentasche. »Mach mal einen Palstek.«

Annemieke nahm das Seil. »Du musst erst einen Brunnen legen, dann kommt die Schlange aus dem Brunnen, um den Baum herum und wieder in den Brunnen zurück. Fertig!«

Piet schaute sich den Seglerknoten an, zog an der Schlinge und steckte das Seil wieder zurück in die Seitentasche seiner Jacke.

Annemieke blickte ihn forschend an. »Du bist also sicher, dass Eifersucht das Motiv ist? Du meinst, ein Kantinenwirt hat nicht viel Geld, deswegen können keine wirtschaftlichen Interessen im Vordergrund stehen.«

»Richtig«, antwortete Piet.

»Aber wir haben immer noch die Geschichte mit diesem Bram van Buyten«, wandte sie ein.

»Komm mir nicht schon wieder damit! Da geht es doch um Kleingeld!«, nörgelte Piet.

»Ja, da geht es um relativ wenig Geld. Man kann eigentlich nicht von wirtschaftlichen Interessen reden, aber wenn Coen wirklich Wind von diesem Betrug bekommen hatte, dann hätte er es seinem Schwager Wim vielleicht gesteckt. Van Buyten wäre wohl nicht nur seinen Job für *Camping de Grevelinge* los gewesen. Ich habe das mal recherchiert. Er zählt sieben Campingplätze zu seinen Klienten. So können aus achtzehn Euro vierzig plötzlich doch handfeste wirtschaftliche Interessen werden.«

Piet überlegte. »Und wieso sollte ausgerechnet Coen Wind von der Sache kriegen?«

»Na ja, Bram van Buyten steht auch mit auf Anouks

Liste, das ist die Serviererin in der Kantine. Und Anouk sagt, er wär ein netter Kerl, aber wenn er voll ist, dann pisst er einen verdammt breiten Strahl!«

»Das hat Anouk gesagt?«, fragte Piet und zog die Augenbrauen hoch.

»Ja natürlich, und zwar wörtlich, oder meinst du, das wäre mein Vokabular? Vielleicht hat Bram van Buyten Coen im besoffenen Kopf voller Stolz seinen schlauen Coup vorgerechnet. Und als er wieder nüchtern war, ist ihm aufgefallen, dass jetzt einer zu viel weiß.«

In Piets Blick lag amüsierte Skepsis. »Und das glaubst du wirklich?«

»Das glaube ich nicht«, sagte Annemieke mit fester Stimme, »aber ich halte es für möglich.«

»Dann sollten wir diese Möglichkeit mal eben ausschließen.«

»Und wie willst du das machen?«, fragte sie.

Piet grinste. »Das zeige ich dir. Auf geht's. Wir machen Campingurlaub!«

»Jetzt noch?«, fragte seine Assistentin. »Es ist gleich neun!«

»Nach meinen bisherigen Erfahrungen ist das genau die Zeit, wo man auf *de Grevelinge* jeden zu Hause antrifft.

»Zu Hause – oder in der Kantine! Also los!« Annemieke ergriff ihre Tasche und ihre Jacke.

Sie verließen das Büro. Noch bevor sie das Treppenhaus erreicht hatten, stellte Piet fest, dass ihm etwas fehlte. »Moment, ich habe meine Pistole nicht dabei.«

»Wofür brauchst du eine Pistole?«

»Ich muss eine Möglichkeit ausschließen«, murmelte

er, lief in sein Büro und holte die Walther P5 aus der Schublade.

Der Peugeot passierte die Schranke um kurz nach neun. Bram van Buyten stand mit Schürze und Grillzange vor seinem Vorzelt.

»Sieh an, der Herr Steuerberater bereitet das Abendessen«, sagte Piet spöttisch.

Annemieke lachte. »Ja, vor dem Grill sind alle gleich.«

»*Goedenavond, Mijnheer van Buyten!*«, grüßte Piet. »Wir müssen mit Ihnen reden. Können wir in den Wohnwagen gehen?«

»Aber warum ...?«

»Das werden Sie gleich erfahren«, sagte der *Inspecteur*.

Annemieke vermied jeden fragenden Blick in seine Richtung, obwohl ihr sein Verhalten eine Menge Rätsel aufgab. Piet setzte sich ungefragt in einen der edlen Teakholzsessel und spielte den Gastgeber. »Nehmen Sie Platz, *Mijnheer van Buyten!*«

Der tat wie ihm geheißen. »Wie kann ich Ihnen helfen?«

»Indem Sie ein Geständnis ablegen.« Piet nahm seine Pistole aus dem Halfter und legte sie auf die blau-weiße Stofftischdecke. »Ich nehme Sie fest, weil Sie in dringendem Tatverdacht stehen, den Kantinenwirt Coen Rimmel getötet zu haben.«

Bram van Buytens Gesicht nahm eine rötliche Färbung an. Er schüttelte empört den Kopf. »Jetzt hören Sie aber auf! Warum hätte ich denn das bitte sehr tun sollen?«

»*Brigadier* Breukink, erläutern Sie *Mijnheer* van Buyten den Stand unserer Ermittlungen.«

Annemieke stand mit dem Rücken zum Fenster vor der Sitzgruppe und nahm ihr Notizbuch aus der Handtasche. Sie schlug es auf und deklamierte: »Sie sind der Steuerberater des Campingplatzes *de Grevelinge*. Aus unerfindlichen Gründen überweisen die Dauercamper ihre Platzmiete an Sie und nicht auf ein Konto des Campingplatzes. Die Platzmiete beträgt zweitausendeinhundertvierunddreißig Euro vierzig. Sie überweisen davon allerdings nur noch zweitausendeinhundertsechzehn Euro an den Inhaber des Campingplatzes.«

»Aha, und wegen einer Provision von achtzehn Euro vierzig bringe ich den Kantinenwirt um. Das glauben Sie doch wohl selber nicht!«

Annemieke fuhr ungerührt fort: »Bei diesem Fehlbetrag kann es sich nicht um eine Provision handeln, weil Sie Ihre Rechung für das Rechnungsjahr jeweils am ersten Februar des darauf folgenden Jahres stellen und diese auch grundsätzlich innerhalb von zehn Tagen beglichen wird. Multipliziert man den einbehaltenen Betrag von achtzehn Euro vierzig mit der Anzahl der Ganzjahresstellplätze von einhundertsechzehn, so erhält man eine

Summe von wiederum zweitausendeinhundertvierunddreißig Euro und vierzig Cent, was genau einer Jahresplatzmiete entspricht.«

Bram van Buyten sprang auf. »Und was hat das mit Coen Rimmel zu tun?«

Annemieke blätterte das Blatt ihres Notizbuchs um. »Anouk Gerritsen, die Bedienung in Coens Gaststätte, hat uns erzählt, dass Sie zu den regelmäßigen Besuchern zählten. Wir gehen davon aus, dass Sie selbst ihm …«

»Nein, gottverdammt noch mal!« Van Buyten war puterrot angelaufen, er schlug mit der Faust auf den Tisch. »Ich habe das niemandem gesagt! Und ich habe keine Ahnung, woher Sie das wissen. Ich … ich bin doch nicht bescheuert!«

»Aber Sie sind ein Betrüger«, stellte Piet fest.

»Vielleicht bin ich ein Betrüger, aber ich bin doch kein Mörder. Ich … ich war sauer, weil mein Platz in einem einzigen Jahr über hundertzwanzig Euro teurer geworden ist. Das sind fast acht Prozent, dass müssen Sie sich mal vorstellen!«

Annemieke blätterte mehrere Seiten zurück. »Es hat große Investitionen gegeben: ein Spieleparadies mit Kletterwand, ein Hallenbad, ein neues Café.«

Es war einen Augenblick lang still im Vorzelt des Wohnwagens von Bram van Buyten. Piet schaute kurz auf. »Und?«

Wieder verstrichen einige stille Sekunden, bis van Buyten sagte: »Ich habe keine Enkel, und ich kann nicht schwimmen.«

Piet sah ihn nur an. Es lag keine Aufforderung in seinem Blick. Van Buyten hätte jetzt auch einfach still sein können, aber er war noch nicht fertig. »Ich fand diese Preiserhöhung verdammt noch mal ungerecht. Ich habe mit Wim darüber gesprochen. Ich habe ihm gesagt: *Das kannst du nicht machen!*, aber er musste ja unbedingt den modernsten Platz auf ganz Walcheren haben. Ich war stinksauer, und dann habe ich mir halt meine Platzmiete zurückgeholt. Keinen Cent mehr und keinen Cent weniger. Ich wollte nicht, dass mir dieser Ärger meinen Urlaub kaputt macht. Verstehen Sie das? Ich bin seit über zwanzig Jahren auf diesem Platz. Von mir aus hätten sie ihn so lassen können.«

Piet steckte seine Pistole wieder in den Halfter, stand auf, ging zur Tür, drehte sich um und sagte: »Wir sind für kapitale Delikte zuständig. Ihre kleine Betrügerei ist zwar ein Delikt, aber sie ist nicht kapital. Ich habe auch keine Lust, Sie deswegen bei irgendwem anzuzeigen, das werden Sie wohl selbst tun müssen. Ich weiß im Moment noch nicht, wie Sie das Wim erklären wollen, aber das ist auch nicht mein Problem. Ich gebe Ihnen, sagen wir mal, vierundzwanzig Stunden, um die Sache mit Wim in Ordnung zu bringen. Wenn Sie es nicht tun, mache ich das. Haben wir uns verstanden?«

»Ich habe Coen nicht umgebracht, das müssen Sie mir glauben! Ich habe nie mit ihm darüber gesprochen!«

»Das habe ich auch nie gedacht. Klang das so? Na ja, manchmal gehen die Pferde mit mir durch«, sagte Piet.

»Ich werde das in Ordnung bringen«, versprach van Buyten. »Ich regele das, glauben Sie mir!« Er redete gegen die offene Vorzelttür, durch die Piet und Annemieke das gemütliche van Buyten'sche Wohnzimmer schon längst verlassen hatten.

Die beiden waren schon fast an ihrem Dienstwagen angelangt, als Annemieke nicht mehr an sich halten konnte: »Sag mal, bist du eigentlich wahnsinnig?«

»Wieso? Du wolltest doch, dass wir diese Spur verfolgen. Ich glaube, jetzt können wir sie ausschließen.«

Annemieke schüttelte den Kopf. »Aber du kannst doch nicht deine Knarre auf den Tisch legen und sagen: *Sie sind festgenommen*!«

»Van Buyten ist Steuerberater. Steuerberater! Wenn du den gefragt hättest, wieso er achtzehn Euro vierzig zu wenig überwiesen hat, der hätte sich in seinem Sessel zurückgelehnt wie Marlon Brando in ›Der Pate‹. Ein Steuerberater ist einem Polizisten in Finanzdingen so hilfreich wie Bernhard und Bianca der Katze. Der hätte dir das Blaue vom Himmel heruntergelogen. Darauf gebe ich dir Brief und Siegel.«

»Aber deswegen legt man doch nicht seine Knarre auf den Tisch! Du bist mit Kanonen auf Spatzen losgegangen«, sagte Annemieke.

»Du warst dir nicht sicher, ob er ein Spatz ist. Und wenn man eine Schießerei gewinnen will, dann kommt es manchmal auf die Munition an.«

# 45

Wir standen auf einem Achterfeld des Campingplatzes. Ein großes grünes Rechteck, auf dem vier Wohnwagen an jeder Seite stehen. In der Mitte bleibt genug Platz, um Federball zu spielen oder Fußball, und wenn sich die Bewohner auf ein Barbecue geeinigt haben, dann stehen dort acht Campingtische unterschiedlicher Höhe. Dahinter sind Koch- und Grillgeräte postiert: Lothars gasbetriebene Paella-Pfanne, Detlefs Schwenkgrill, Gerds Gasvariante. Fast alle Würstchenbrutzler waren schon aufgebaut, nur ich stand noch hinter unserem Windschutz, um den richtigen Moment für die ganz große Show abzupassen und unsere neueste Errungenschaft zu präsentieren.

Genau auf diesen Augenblick hatte ich fünf Wochen gewartet. Camping, das ist Urlaub mit Improvisation und Abenteuer. Camper, das sind Lebenskünstler. Der Camper kann auf vieles verzichten, also theoretisch jedenfalls. In der Praxis ist es natürlich schon schön, wenn man einen Premiere-Decoder hat und eine Funkverbindung, die das Fußballspiel unverschlüsselt und kabellos auf den Flachbildmonitor sendet.

Man muss es ja nicht selber haben, es reicht ja, wenn man einen kennt, der das hat. Und der hat auch eine Zapfanlage mit Kühlung. Das sind schon angenehme Nachmittage. Aber: Man muss das nicht haben!

Auch die Spülmaschine, die Uschi im Vorzelt installiert hat, ist natürlich ein sinnvolles Küchengerät, aber meine Frau hat eine Spülmaschine geheiratet, und deshalb brauchen wir keine. Dass Gaby und Lothar jetzt eine kleine Waschmaschine haben, das ist spannend. Gerade wenn die Jungs wieder angeln gehen und anscheinend eines immer noch nicht begriffen haben: Der Fisch schwimmt in dem moderigen Dorfteich, und der Angler sitzt am Ufer! Nicht umgekehrt.

Man kann auf all diese Dinge getrost verzichten. Nur wenn man auf all diese Dinge verzichtet, dann setzt man sich irgendwann der Kritik aus, dass man nun wirklich gar keine kreative Idee hat, wie man den Campingurlaub unterhaltsam gestalten könnte.

Ich sah dieses Unheil schon am Horizont aufziehen, als ich einen knappen Monat vor unserem Sommerurlaub die Geschichte von den *Kipgrills* hörte. Ich war am Anfang auch davon ausgegangen, dass *Kip* mit zwei »p« geschrieben wird, dass es sich also um einen Grill handelt, den man irgendwie kippen kann. So was kannte ich natürlich schon vorher. Aber nein, die Namensgebung resultiert aus dem schönen holländischen Wort *Kip* für Huhn. Man erklärte mir, dass es sich um einen Grill handelt, auf dem Hähnchen senkrecht am Spieß gegrillt werden. Dabei wird nur durch die aufsteigende Hitze ein Rotor in Gang gesetzt, der den Spieß dreht.

Obwohl ich das physikalische Prinzip noch nicht endgültig nachvollzogen hatte, war mir eines sofort klar: Den musste ich haben. Ein Perpetuum mobile, das Hühner senkrecht grillt, das würde nun wirklich jede Camping-Waschmaschine um Längen schlagen!

Was mir dann pünktlich zum Sommerurlaub geliefert wurde, war ein Edelstahlrohr, wie man es von Belüftungsanlagen oder Außenkaminen kennt. Dieses Rohr hat vorne ein großes Loch, damit man das Huhn beim Rotieren beobachten kann. Oben und unten befindet sich eine Traverse als Halterung für den Spieß, und hinten wird ein Holzkohlebehälter aus Metallgitter eingehängt.

Wenn man nun das Hähnchen auf dem Spieß austariert hat, dann kommt oben auf den Spieß der Rotor. Er ist nur ein bisschen größer, aber von der Bauweise her verwandt mit den Rotoren, die oben auf handelsüblichen Weihnachtspyramiden sitzen. Dieser Rotor dreht sich tatsächlich durch die aufsteigende Hitze der Holzkohle, und das tote Huhn legt eine ganz ordentliche Geschwindigkeit an den Tag.

Ich baute unter den staunenden Blicken meiner Nachbarn mein Edelstahlrohr auf, schichtete Holzkohle und Holzkohlebriketts in den Holzkohlebehälter und zentrierte unser Hähnchen millimetergenau auf dem Spieß.

Staunende Augenpaare männlicher Camper verfolgten, wie ich, mit einem Schüsselchen mit Marinade und einem Pinsel bewaffnet, vor dem Grill saß und mein rotierendes Hähnchen mit Marinade bemalte. Mein *Kipgrill* war die Sensation des Campingplatzes.

Jeder wollte wissen, woher ich das Ding habe. Nun, ich hatte es auf einer holländischen Internetseite gefunden. Alle waren sich einig: Unglaublich, auf welche Ideen die Holländer kommen! Aber was willst du anderes erwarten. Sie sind halt ein Volk von Campern, ein Volk von Lebenskünstlern, die auf vieles verzichten können, außer eben auf einen Grill.

Edda kam mit dem Verpackungskarton und hielt stolz einen roten Zettel in der Hand. »Papa, guck mal!« Auf dem Zettel stand: *Made in Switzerland*! Wer hat's erfunden?

Lothars Paella war wirklich gelungen. Uschis selbst gemachtes Zaziki war wie immer ein Genuss. Die Knoblauchschwaden waren noch in hundert Metern Entfernung wahrzunehmen. Aber das Hühnchen, das in meinem *Kipgrill* an der Stange tanzte, war die Sensation. Zumindest bei den Männern hatte ich damit gewonnen.

Annes Dessert war das andere Gesprächsthema. Sie hatte Bananen, zwei Mangos, Pfirsiche und Erdbeeren in daumendicke Stücke geschnitten, das Obst zusammen mit einer dünnen Scheibe Ingwer und einem Stück aufgeschnittener Vanilleschote auf Alufoliestücke gelegt und mit einem Teelöffel Honig beträufelt. Die kleinen Alufoliepakete kamen nun zwei bis drei Minuten auf den Rost. Tatsächlich, man kann Obstsalat grillen.

Ich glaube, die Frauen waren froh, dass sie ein Gesprächsthema hatten, das nichts mit Pfingsten und der Kantine zu tun hatte.

Nur Tristan war offenbar nicht so begeistert. »Papa, wo ist unsere Taschenlampe?«

»Keine Ahnung, wofür brauchst du eine Taschenlampe?«

»Wir wollen noch ein bisschen spazieren gehen. Vielleicht finden wir die entscheidende Spur.«

»Nix da, es wird gleich dunkel. Ihr könnt im Vorzelt eine DVD gucken.«

Tristan protestierte: »Die haben wir alle schon zweimal gesehen! Das ist doch langweilig!«

Anne beendete die Diskussion mit einem salomonischen Vorschlag: »Du kannst auch noch Französischvokabeln lernen.«

Tristan, Edda, Tobi und Michel verschwanden grummelnd im Vorzelt und suchten einen Film aus.

Gegen elf muss man auf *de Grevelinge* die Lautstärke dämpfen. Wenn noch laut gelacht oder gesungen wird, dann kann es passieren, dass Wim als Nachtwächter vorbeikommt.

Bei diesem Barbecue war es jedoch nicht Wim, der die Gespräche erstickte. Der uniformierte Polizist, den sein Namensschild als *Agent Munniks* auswies, bestellte uns für Freitagvormittag um zehn in die Kantine, Anne und mich und drei andere Paare.

»Und warum?« Der Polizist hätte zumindest einen Grund angeben können. »Das werden Sie dann vom *Inspecteur* erfahren.«

Lothar schlug noch vor, den Termin auf elf zu verlegen, weil er gegen zehn noch frühstückt, aber der Polizist schien nicht besonders nachgiebig zu sein.

Die Gespräche waren auf einmal verstummt. Der *Kipgrill* rotierte huhnlos vor sich hin, man nippte schweigend an seinem Bier oder Weißwein. Wahrscheinlich stellte sich jeder insgeheim die gleiche Frage.

Adi sprach sie aus: »Warum wollen die uns denn um zehn in der Kantine sehen?«

»Sie müssen irgendwas rausgekriegt haben«, vermutete ich. »Und sie wollen sichergehen, dass morgen früh nicht alle am Strand sind oder in Middelburg oder auf dem Markt in Vlissingen.«

Jeder räumte seinen Campingtisch wieder ins Vorzelt

und verstaute die Stühle. Schüsseln und Teller wurden gespült, bei Gerd und Uschi von der Maschine, bei den anderen von Hand.

Ich goss den Rest Weißwein in zwei Gläser und stellte Anne eins hin. »Hast du mir alles gesagt, oder gibt es irgendwas, das du mir jetzt noch sagen solltest?«

Sie trat hinter mich und legte ihre Arme um meinen Bauch. »Nein, du weißt alles, was ich weiß. Wir werden morgen früh bestimmt eine Überraschung erleben, aber mit uns beiden hat sie nichts zu tun.«

Ich genoss die Berührung. »Ich habe so ein bisschen die Hoffnung, dass morgen alles vorbei ist.«

»Ja, das hoffe ich auch.«

# *Freitag*

# 46

Das Handy bewies um halb neun, dass seine Weckerfunktion noch intakt ist. Ich war ein wenig überrascht, denn das Telefon hat schon ein paar Jahre auf dem Buckel, und die Weckfunktion hatte ich noch nie benutzt. Das Ding klingelte wie ein Wecker aus den Sechzigern.

Wenig später saß ich am gedeckten Frühstückstisch, einen dampfenden Kaffee in der Tasse. Anne stand unter der Dusche.

Wir hätten nicht geweckt werden müssen. Ich hatte sowieso die halbe Nacht nicht geschlafen. Was wollte dieser Kommissar von uns? Ich hatte im Urlaub noch nie einen so großen Zeitungsstapel gesehen, aber ich war auch noch nie um halb acht bei Johnny Brötchen holen gewesen. Ich konnte mir aus achtzig deutschen Zeitungen eine aussuchen.

Anne kam komplett in Frottee aus dem Duschhäuschen, in einem weißen Frotteebademantel und mit einem weiß-blauen Frotteetuch um den Kopf. »Soll ich die Kinder wecken?«

»Warum?«

»Weil du gerne mit der ganzen Familie frühstückst.« Sie lächelte mich an.

»Aber doch nicht um zwanzig vor neun! Lass sie schlafen.«

Sie setzte sich zu mir an den Tisch im Vorzelt, rührte die Brötchen jedoch nicht an. »Warum müssen wir in die Kantine? Sie waren doch hier bei uns. Wir haben doch alle Fragen beantwortet. Es gibt zweitausend Menschen hier auf dem Platz. Warum wir?«

»Der Mama-Urlaub«, vermutete ich. »Ihr wart mit Andrea Heinrichs zusammen.«

»Vielleicht.«

Ich nahm demonstrativ ein Brötchen und belegte es kunstvoll mit Tomatenscheiben, setzte sowohl die Salz- als auch die Pfeffermühle in Gang und entkleidete eine Zwiebel.

»Ich habe nichts mit der Sache zu tun, aber ich habe Angst.«

»Wovor hast du Angst?«

Sie schlug die Augen nieder. »Ich fürchte mich immer, wenn ich eine Uniform sehe. Wenn mich ein Polizist im Auto anhält, dann schlägt mir das Herz bis zum Hals, auch wenn ich ganz sicher bin, dass ich nichts falsch gemacht habe. Aber wenn mich so ein Polizist anhält, wahrscheinlich zehn Jahre jünger als ich, dann kann ich vor lauter Respekt kaum geradeaus laufen. Dabei habe ich bestimmt nur zwei Mineralwasser getrunken.«

»Du kannst ganz sicher sein, die beiden Polizisten tragen heute keine Uniform.« Ich nahm einen Schluck von meinem Kaffee, und nach einer Weile konnte ich Anne sogar dazu bewegen, ein halbes Brötchen zu essen.

Wir gingen schon um halb zehn los. Es war zwar noch nicht an der Zeit, aber wir wussten mit unserer Zeit nichts mehr anzufangen. Wir stapften zur Straße.

GESLOTEN

»Wartet, wir kommen mit!«, hörten wir Lothar noch rufen. Mehr sagte er nicht, es gab nichts zu besprechen.

Die Sonne erkämpfte sich einen Tribünenplatz zwischen den Wolken. Sie brannte schon um halb zehn auf uns herunter. Wir gingen zur Kantine, an der ein Schild prangte: *Gesloten!* Davor stand ein Polizist mit einem Klemmbrett in der Hand: »Sie sind?«

»Lothar und Gaby Westerbeck, Bernhard und Anne Lehnen.«

Er schaute auf sein Klemmbrett und sagte unbewegt: »Treten sie rein!«

Niemand lachte. Warum auch?

# 47

Wir betraten den großen Gastraum der Kantine von *de Grevelinge* wie schon zigmal zuvor. Normalerweise geht dann allerdings über den Pappeln die Sonne unter. Jetzt stand sie hoch am Himmel, und sie würde im Süden noch ein bisschen höher steigen.

Der alte Holzraum ist nie hell gewesen, aber jetzt wirkte er noch einen bisschen düsterer als sonst, obwohl draußen heller Tag war – vielleicht weil die Stecker der Spielautomaten nutzlos neben den Steckdosen lagen. An diesem Freitagvormittag sah die Kantine nur beinahe so aus wie an einem ganz normalen Abend. Kein dunkles Bier floss schäumend aus Edelstahlhähnen. Und es war merkwürdig still. Kein Klacken von Billardkugeln war zu hören. Die großen Lautsprecherboxen gaben keinen Ton von sich. Selbst die Menschen am Tresen und an den Tischen waren still.

Johnny war zwar mit Wim hinter dem Tresen, aber beide waren nicht geschäftig wie sonst. Sie saßen auf ihren Barhockern nur ruhig da, denn die Leute auf der anderen Seite des Tresens waren heute keine Gäste. Niemand musste bedient werden.

An den drei hohen Tischen saßen, auch auf Barhockern, Bram van Buyten mit seiner Frau, Isabelle Rimmel, Anouk Gerritsen, die Bedienung in der Kantine, Gerd und Uschi

Balkenhol sowie Adi und Babette Schreiner. Nun kamen noch Gaby, Lothar, Anne und ich dazu.

Am Tresen standen Derrick und Harry: der *Inspecteur* und seine Assistentin. In der Ecke saß ein Mann, den ich nicht kannte, ein sehr blasser Mann im dunklen Anzug.

Lothar fragte so leise, wie ich ihn noch nie sprechen gehört hatte: »Hast du eine Ahnung, was wir hier sollen?«

»Nee, überhaupt nicht«, flüsterte ich zurück. »Warum sind gerade diese paar Menschen hierher bestellt worden? Es sind zweitausend Leute auf dem Campingplatz. Wo sind die ganzen anderen?«

Die Schwingtür ging noch einmal auf, der hagere blonde Mann, der Freund von Andrea Heinrichs, Erwin Herkrath, betrat den Raum. Er sah sich um, fand den leeren Hocker neben Isabelle und setzte sich. Er fingerte ein Päckchen Zigaretten aus der Hosentasche und zündete sich eine an. Ich saß drei Meter entfernt, aber ich nahm den Duft der brennenden Zigarette sofort wahr. Verdammt, ich würde niemals wirklich Nichtraucher werden.

Anscheinend war die Runde jetzt komplett, denn die Polizistin, die bisher mit dem Rücken zu uns am Tresen gesessen hatte, schloss ihr Notizbuch und wandte sich uns zu.

Der *Inspecteur* rutschte von seinem Barhocker, er ging vor der Theke einmal auf und ab und ließ dabei seinen Blick über die Anwesenden gleiten. Dann lehnte er sich gegen die Theke, massierte mit Zeige- und Mittelfinger der rechten Hand seine Schläfe und begann eine seltsame Predigt:

»Die Halbinsel Walcheren ist nicht entstanden, als der liebe Gott die Erde erschuf. Sie ist eine Polderlandschaft. Es war der liebe Niederländer, der Walcheren erschuf, weil ihm der liebe Gott nachts im Traum erschienen war und ihm mitgeteilt hatte, dass er damals am dritten Tag einen ganz besonderen Teil der Schöpfung vergessen hatte, und das müsste jetzt dringend nachgeholt werden. So ist durch einen Tipp vom lieben Gott und durch viel harte Arbeit eine Landschaft entstanden, wo Menschen und Tiere, Bäume und Blumen friedlich miteinander leben konnten.«

Es war kaum zu fassen, wie ruhig es plötzlich in der Kantine geworden war. Der pastorale Klang der Stimme des *Inspecteurs* ließ jedes Gespräch verstummen. Jetzt wurde die Stimme noch leiser. »Ich sagte: *friedlich miteinander*! Wissen Sie, ich liebe diese Küste. Ich bin hier geboren, und ich nehme es schlichtweg nicht hin, dass irgendwer auf die Idee kommt, man könnte diese malerische Landschaft auch mal als Kulisse für eine Bluttat missbrauchen. Irgendwer hier in der Runde glaubt, er ist am Ende des Tages unbeschadet davongekommen. Ich kann Ihnen eines versichern: Ich glaube das nicht.« Er räusperte sich. »Coen Rimmel war mein Freund. Er war ein Mensch, der mit seiner Frau eine glückliche Ehe führte. Er hatte einen Beruf, der ihn ausfüllte, und er wurde von allen gemocht – von fast allen, wie wir heute wissen. Bis man ihm am letzten Samstag, an diesem verhängnisvollen Samstag, ein Seil um das linke Bein band. Er wurde mithilfe eines Flaschenzuges an die Decke des Waschhauses gezogen, bevor sein Kopf in die Edelstahlwanne der Porta-Potti-Entsorgungsstation gesenkt wurde, sodass er in der widerlichen Brühe ertrinken musste. Vorher wurde ihm mit einem stumpfen Gegenstand der Schädel zertrümmert, und zwar genau so, dass er bewusstlos war, aber noch nicht tot.«

Ein leises Murmeln war im Raum zu hören. Der *Inspecteur* begann wieder auf und ab zu gehen, immer an seinem »Publikum« entlang.

»Erst nach dem Tod kommt der Polizist ins Spiel«, sagte er, »das Verbrechen ist schon geschehen. Das ist das Blöde an unserem Job. Wir können nichts verhindern, wir können nur zwei Fragen beantworten. Meist ist die erste Frage Voraussetzung für die zweite. Die erste Frage lautet: Wer hatte ein Motiv? Die zweite ist dann: Wer war der Mörder?«

Wieder folgte eine Pause, jetzt waren nicht einmal mehr Atemzüge zu hören.

»Coen war der Chef der Kantine hier auf *de Grevelinge*. Viel Arbeit, viel Umsatz, aber nur im Sommer, an ein paar sonnigen Wochenenden und in den Osterferien. Reichtümer konnte er sicher nicht ansammeln. Wirtschaftliche Motive scheiden aus, denke ich. Aber Eifersucht braucht kein Geld. Herr Westerbeck, sind Sie eifersüchtig?«

»Aber hallo!«, sagte Lothar.

»Und wenn jemand Ihrer Frau, wie sagt man so schön, an die Wäsche ginge, dann würden Sie …«

Lothar schaute grimmig drein. »Dann würde ich mir den vorknöpfen!«

»Und wie würde so was aussehen?«, fragte der *Inspecteur*.

»Na, ich würde den zur Rede stellen und ihm sagen, er soll die Finger von Gaby nehmen, sonst …«

»Sonst *was?*« Der *Inspecteur* lächelte schmal.

»Sonst ...«, Lothar überlegte, »... könnte ich verdammt ungemütlich werden.«

»Anouk, wie ungemütlich kann der Herr Westerbeck werden?«

Anouk Gerritsen saß auf einem Barhocker am linken Stehtisch, in der Nähe des Ausgangs, zusammen mit Bram van Buyten und Isabelle. »Nun ...«, sagte sie, »... er hat den Coen am Pullover gepackt, ihn geschüttelt und geschrien: *Ich hau dich unangespitzt in den Boden, Kollege, ich bring dich um!*«

»Haben Sie das so gesagt, Herr Westerbeck?«

Lothar war sichtlich nervös. »Ja, das habe ich wohl gesagt, aber das habe ich ...«

»Mehr möchte ich im Moment nicht von Ihnen wissen. Danke, Herr Westerbeck.«

Lothar sah aus, als hätte er nicht übel Lust, den *Inspecteur* auch mal eben unangespitzt in den Boden zu hauen.

Der wandte sich Babette zu. »Frau Schreiner, sind Sie von Beruf auch Polizistin?«

»Nein, ich arbeite bei der Stadtsparkasse in Köln«, antwortete Babette verwundert.

»Ach, dann ist die Detektivspielerei nur Ihr Hobby?«

»Ich spiele nicht Detektiv«, widersprach sie. »Ich habe durch Zufall etwas herausgefunden. Fragen Sie mal den netten Herrn van Buyten.«

»Das habe ich schon getan. Wim, hat Bram van Buyten das Gespräch mit dir gesucht?«

Wim sah zu seinem Steuerberater hinüber. »Ja, das hat er, und das ist auch noch nicht ausdiskutiert.«

Babette schien entsetzt, dass der *Inspecteur* jetzt nicht Bram van Buyten ins Gebet nahm. »Ja aber …!«, rief sie.

»Warum haben Sie sich denn so in die Ermittlungen gestürzt?«, fragte der *Inspecteur*. »Ist es nicht so, dass Sie in erster Linie wollten, dass kein Verdacht auf Ihren Mann fällt?«

Babette war erstarrt. »Nein, ich …«

»Was war da los an Pfingsten? Fünf Frauen verbringen ohne ihre Ehemänner ein Wochenende an der Nordsee. Sie flirten auf Teufel komm raus! Und dann fiel der entscheidende Satz. Wie lautete der, Frau Balkenhol?«

»Coen sagte: *Ich hoffe, ihr hattet alle schöne Tage in Holland. Eine von euch hatte jedenfalls eine wunderbare Nacht mit mir.*«

Anouk lachte laut auf. Doch wenn die Gemeinde andächtig dem Pfarrer lauscht, lacht man nicht. Alle Blicke richteten sich auf die junge Frau mit dem kurz gelockten dunklen Haar, deren gelbes Poloshirt mit Rückenaufdruck sie als Mitarbeiterin von *de Grevelinge* auswies. Anouk schaute überrascht in die Menge: »Was gucken Sie so? Das ist nun wirklich zum Lachen. Da haben also fünf Weiber einen Zickenkrieg veranstaltet, und fünf Kerle waren eifersüchtig wegen Coens berühmtem *Eine von euch hatte jedenfalls eine wunderbare Nacht mit mir*! Das war ein Spiel! Coen konnte sehr verschwiegen sein, sehr diskret. Also, wenn er euch gesagt hat, dass er eine wunderbare Nacht hatte, dann könnt ihr sicher sein, die Frau saß nicht mit am Tisch!« Sie lachte wieder.

Der *Inspecteur* blickte in die Runde. »Wim, hast du was gegen die Ehe von Isabelle und Coen gehabt? Isabelle, war eure Ehe glücklich? Anouk, haben Sie sich mal mit Ihrem Chef gestritten? Ich will jetzt auf keine dieser Fragen eine Antwort. Ich will nur eins festhalten: Es gibt keine Zeugen, es gab keine Fingerabdrücke, keine DNA-Spuren. Und alle hier im Saal haben ein Motiv – für den ersten Mord.«

Der blasse Mann im grauen Anzug an der Seite des Tresens räusperte sich.

»Vielleicht kennen Sie Arie Tromp noch nicht.« Der *Inspecteur* zeigte auf den Unbekannten. »Er ist der zuständige Gerichtsmediziner. Ja, Arie?«

Arie Tromp stand auf – ein unnötiges Unterfangen, denn sitzend auf dem Barhocker war er genauso groß gewesen. »Ich denke, wir können die Frauen ausschließen. Rimmel war ein großer, kräftiger Mann, und er wurde durch einen Schlag auf den Kopf außer Gefecht gesetzt. Wir sollten uns darum auf die Männer konzentrieren.«

Der *Inspecteur* blickte scharf in Tromps Richtung. »Im Gegenteil! Wir sollten uns besonders auf eine Frau konzentrieren. Auf Andrea Heinrichs, das zweite Opfer. Arie?«

Der Gerichtsmediziner nickte. »Der zweite Mord gleicht dem ersten wie ein Ei dem anderen. Der Schlag mit einem stumpfen Gegenstand, die Ohnmacht, das Seil, der Tod durch Ertrinken. Wir können davon ausgehen …«

»Überlass die Schlussfolgerungen bitte mir«, unterbrach ihn der *Inspecteur*.

Der Pathologe schien beleidigt. Zwischen zusammengebissenen Zähnen knurrte er etwas auf Holländisch, das so klang, als wolle er verdammt noch mal wissen, was er hier sollte, wenn er nichts sagen durfte.

»Der zweite Mord sah also genauso aus wie der erste«, fuhr der *Inspecteur* fort. »Wieder der Schlag auf den Hinterkopf, wieder ertrunken, ach ja, und wieder dieses Seil. Arie?«

Der blasse Mann atmete genervt aus. »Ich habe an der Druckstelle, wo sich die Schlinge um das Bein zugezogen hat, Salzspuren auf der Haut entdeckt und daraufhin das Seil überprüft. Es ist früher mit Salzwasser in Berührung gekommen.«

»Das Seil war eine Festmacherleine, wie sie von Seglern benutzt wird. Herr Lehnen, Sie sind Segler.«

Ich war erschrocken. Ich hatte ihm zugehört, und ich hatte mich in der Rolle des Zuhörers gesehen. Aber gerade hatte mich der *Inspecteur* direkt angesprochen. »Ääh, wie bitte? Segler? Ja natürlich! Wir haben seit sechs Jahren einen kleinen Kajütkreuzer auf dem Veerse Meer! Wir teilen uns das Boot mit …«

»Die Besitzverhältnisse interessieren mich im Moment weniger. Der stumpfe Gegenstand, mit dem die beiden Opfer niedergeschlagen worden sind, könnte zum Beispiel ein Paddel gewesen sein. Haben Sie ein Paddel an Bord?«

Ich musste wohl oder übel nicken. »Ja, jeder Segler hat ein Paddel an Bord, falls der Außenborder ausfällt. Das passiert leider öfter, als mir lieb ist.«

»Und jeder Segler benutzt eine Festmacherleine. So eine wie diese hier?« Der *Inspecteur* zog ein Stück Seil aus der Tasche.

»So in etwa, aber …«

»Wird diese Festmacherleine nass?«

»Jedes Seil an Bord wird nass, vom Regen, vom Meer …«

»Kommt die Leine mit Salzwasser in Berührung?«

»Sicher!«

»Segelt hier im Saal sonst noch jemand?«

Stille. Ein paar Augenblicke später erklang Wims Stimme. »Ich kann segeln, aber ich habe es seit Jahren nicht mehr gemacht. Im Sommer, wenn das Wetter entsprechend ist, ist der Campingplatz voll, und ich komme nicht dazu.«

Der *Inspecteur* schaute noch einmal in die Runde, aber niemand sonst meldete sich.

Das durfte doch wohl nicht wahr sein! Jetzt war ich plötzlich verdächtig, nur weil ich gerne mit einer kleinen Jolle über das Veerse Meer schipperte. Das machten tausend andere auch! »Ich habe ganz ehrlich …«

»Würden Sie bitte nur dann reden, wenn Sie gefragt werden? Danke. Wir sind hier nicht im Deutschen Parlament.«

Anne legte mir die Hand auf den Arm. Ich hasste diesen aufgeblasenen *Inspecteur*.

»Arie, was war mit dem Knoten?«

»Es war ein Palstek, ein Seglerknoten«, sagte der Gerichtsmediziner.

»Herr Lehnen, würden Sie mir so einen Palstek bitte mal vorführen?«

Ich machte einen Palstek in das Stück Festmacherleine und ärgerte mich darüber, dass meine Finger dabei zitterten. Er nahm das Seil zurück und gab es Anne. »Ziehen Sie bitte mal die Schlinge zu, Frau Lehnen.«

Anne nahm das Seil und zog an der Schlinge. »Das ist das Auge, Herr *Inspecteur*, und das Auge eines Palstek zieht sich auch unter Belastung nicht zusammen.«

Anne ist schon in der Segelschule besser gewesen als ich. »Wenn es also ein Palstek war, mit dem das Seil um das Bein geschlungen war«, sagte sie, »dann hat sich die Schlinge sicher nicht zugezogen.«

Die Augen des *Inspecteurs* waren nur noch Schlitze. Er sah aus, als wäre er von einem plötzlichen Kopfschmerz übermannt worden, als er sich an Anne wandte. »Ich möchte auch Sie bitten, die Schlussfolgerungen mir zu überlassen. Dennoch haben Sie vollkommen recht. Wir suchen also nicht einen Segler, wir suchen jemanden, der wollte, dass wir einen suchen.«

Arie Tromp war aufgestanden und hatte das Seil genommen. Er betrachtete es. »Ich bin kein Segler, aber so ähnlich sah der Knoten aus. Ich habe ihn nur mit den Bildern in einem Buch verglichen, aber wie gesagt, das ist nicht mein Gebiet.«

»Schon gut, Arie.« Der *Inspecteur* setzte sich auf seinen Barhocker, ergriff das Notizheft seiner Assistentin und wechselte unvermittelt das Thema. »Wie viel Zeit ist vergangen zwischen dem Schlag auf den Kopf und dem Tod durch Ertrinken?«

Der Gerichtsmediziner hatte sich auch wieder auf seinen Barhocker verzogen. »Das kann man nicht genau sagen. Eine halbe Stunde vielleicht.«

»Nicht länger?«

»Vielleicht eine Stunde. Mehr nicht, es waren keine Verkrustungen zu erkennen.«

Der *Inspecteur* blickte Gerd an. »Balkenhol?«

Gerd schüttelte entschieden den Kopf. »Mindestens zwei Stunden, vielleicht zweieinhalb. Zumindest bei der toten Frau.«

Tromp sprang auf. »Wie kommen Sie darauf?«

»Ich habe ein leichtes Brillenhämatom bei Frau Heinrichs festgestellt«, erklärte Gerd, »also muss sie nach dem Schlag noch einige Stunden gelebt haben.«

»Ich habe kein solches Hämatom diagnostiziert.« Arie schien verwundert. »Was erlauben Sie sich eigentlich? Was glauben Sie, mit wem Sie hier reden? Ich bin Pathologe, ich bin nicht irgendwer. Wollen Sie mir etwas anhängen? Na los! Nur um das festzuhalten: Zum Todeszeitpunkt der zweiten Leiche saß ich mit dir, Piet, im *Rooie Oortjes*. Es hat also gar keinen Sinn, mir hier irgendetwas in die Schuhe zu schieben.«

Der *Inspecteur* nickte mehrmals und ging zum Tisch von Bram van Buyten, er nahm eine Zigarette aus der Schachtel des hageren blonden Mannes und zündete sie an. »Wann war der Todeszeitpunkt bei Frau Heinrichs, Arie?«, fragte er.

»Zwischen dreiundzwanzig Uhr dreißig und ein Uhr dreißig. Steht alles in meinem Bericht.«

Der *Inspecteur* drehte sich um. »Balkenhol?«

»Zwischen zwei Uhr und vier Uhr Dienstag früh!«

Tromp war außer sich. »Und woher wissen Sie das, verdammt noch mal? Hat die Frau Ihnen das noch kurz erzählt, als Sie sie gefunden haben?«

»Ich habe ein Nomogramm nach Henßge durchgeführt«, sagte Gerd. »Vor Kurzem hatte ich einen interessanten Bericht darüber gelesen, deshalb ist das Programm auf meinem Laptop.«

»Und mit welchen Werten wurden die Berechnungen durchgeführt? Haben Sie die Leiche untersucht?«

Der *Inspecteur* unterbrach ihn. »Ich habe Herrn Balkenhol mit allen notwendigen Daten versorgt, sie standen in deinem Bericht. Umso erstaunlicher ist, dass die errechneten Zeitpunkte so weit auseinanderliegen. Dafür muss es einen Grund geben. Warum ist so viel Zeit zwischen der Schädelfraktur und dem Ertrinken vergangen? Sicher kein Zufall. Oder, Annemieke?«

Die Assistentin blätterte in ihrem Moleskine-Buch: »*HoofdInspecteur* Coleta Pfennigs vom Drogendezernat in Rotterdam hat uns mitgeteilt, dass Gamma-Hydroxy-Butyrat, besser bekannt als Liquid X oder Liquid Ecstasy, einen Menschen leicht außer Gefecht setzen kann. Es kann zur Ohnmacht führen und schließlich zum Tod. Das ist das Problem bei dieser Droge. Es werden eine Menge Fehler bei der Dosierung gemacht. Wenn der Mensch nach der Einnahme noch zwei Stunden lebt, ist der Stoff im Körper praktisch nicht mehr nachweisbar.«

Der *Inspecteur* stand jetzt direkt vor dem Pathologen. »Ich kann dir sagen, was passiert ist. Du hast Coen dieses Zeug ins Bier gemischt. Du hattest sicher keine Probleme mit der genauen Dosierung. Als er wehrlos war, konntest du diesem großen, kräftigen Mann den Schädel zertrümmern, um dann in Ruhe auf einen passenden Moment zu warten, um ihn unbemerkt ins Waschhaus zu bugsieren.«

»Das ist doch dummes Zeug«, sagte Arie. »Warum sollte ich das denn tun? Wo ist denn das Motiv?«

Der *Inspecteur* sah Isabelle an. »Hat Arie dich kurz vor der Tat aufgesucht?«

»Ja. Er ... er hatte mich gefragt, ob ich wüsste, dass Coen nicht treu ist? Aber das hatte ich doch ...«

»Wie hast du reagiert?«

»Ich habe gelacht.«

Der *Inspecteur* wandte sich wieder an den Pathologen. »Sie hat dich ausgelacht, nicht wahr, Arie? Du wolltest ihr einen großen Gefallen tun. Du wolltest die Sache aufklären, um ihr das Glück zurückzugeben, nicht wahr? Und sie hat gelacht!«

Arie nickte. »Sie hat gesagt, das wäre ihr egal, sie würde es ja auch tun.«

»Und damit war das Thema für dich erledigt, ja?«

»Ja natürlich«, sagte der Mann mit dem blassen Gesicht ruhig. »Das ging mich doch nichts an.«

Isabelle war aufgesprungen und stürzte auf den Gerichtsmediziner zu. Sie war außer sich. »Ich habe gesagt, ich gehe doch auch fremd – nur nicht mit dir! Du bist ein Mörder, Arie Tromp! Du hast Coen umgebracht!«

Tromps Gesicht war wie versteinert, aber unter der Oberfläche brodelte es, das merkte man deutlich. »Nein, das habe ich nicht. Warum auch? Und warum der zweite Mord? Um Himmels willen, merkt ihr denn nichts? Da sprechen vielleicht ein paar Indizien gegen mich. Ja, ich war ein bisschen nachlässig, als ich die Leichen untersucht habe. Aber ich bringe doch niemanden um!«

»Sie hat dich ausgelacht, und du hättest sie am liebsten getötet. Nicht wahr?«

»Isabelle?«, schrie Tromp. »Nein!«

»Genau«, wiederholte der *Inspecteur* ruhig. »Isabelle? Nein!«

Er legte Isabelle eine Hand auf die Schulter und führte sie zurück an ihren Platz. »Isabelle? Nein! Auch wenn dir danach zumute war. Die konntest du nicht umbringen, du liebst sie doch.«

Tromp sah den *Inspecteur* flehend an. Seine Augen waren weit aufgerissen. Sie schrien: *Hör auf!*

Aber der *Inspecteur* sprach weiter. »Coen! Den konntest du umbringen, die arme Andrea Heinrichs auch, und sie aus dem widerlichsten Grund, den man sich vorstellen kann. Denn es gab keinen! Du wolltest nur eine falsche Fährte legen, dir ein falsches Alibi verschaffen, Zeit gewinnen. Mit ihr hatte das nicht das Geringste zu tun.«

Der Gerichtsmediziner war in sich zusammengesunken. »Arie Tromp, ich nehme dich fest, weil du im dringenden Tatverdacht stehst, Coen Rimmel und Andrea Heinrichs umgebracht zu haben. *Agent* Munniks, schaffen Sie ihn hier raus. Ich kann diese verlogene Visage nicht mehr sehen!«

Der Polizist führte den Pathologen zum Auto. Hätte es eine Überwachungskamera in der Kantine gegeben, hätte man glauben können, jemand hätte den Monitor auf Standbild geschaltet. Nachdem der Polizist den Pathologen abgeführt hatte, bewegte sich niemand.

Es kam mir wie eine Ewigkeit vor, bis die Polizistin endlich aufstand und sagte: »Danke! Wir brauchen Sie nicht mehr. Sie können gehen.«

Wie benebelt trotteten wir zum Ausgang. Die Sonne blendete mich, und ich legte eine Hand über die Augen. Draußen war es unglaublich hell. Die Mittagssonne stand an einem Himmel, dessen Blau von drei kleinen Schleierwolken verziert wurde. Es war ein herrlicher Julitag geworden.

# 48

Isabelle stand auf und ging zu Piet. Er nahm sie in den Arm.

»Danke«, sagte sie. »Das hätte ich nie gedacht. Doch nicht Arie!« Tränen standen in ihren Augen. Jetzt konnte sie endlich weinen.

»Doch nicht Arie!«, wiederholte Piet. Er drückte die halb gerauchte Zigarette im Aschenbecher aus. »Ich glaube, eigentlich ist jeder von uns zu so etwas fähig. Aber bei den meisten setzt zur richtigen Zeit so etwas wie Gewissen ein. Diesen Augenblick gab es auch für ihn. Er wollte dich umbringen, aber er konnte es nicht. In diesem Augenblick hätte er innehalten können. Diesen Augenblick ließ er vorübergehen. Und wenn man das tut, dann hat man sich dem Bösen verschrieben, ein zweiter Augenblick kommt dann nicht mehr.«

Isabelle küsste ihn auf die Wange und verließ die Kantine.

Annemieke packte ihr Notizbuch und den Stift in die Tasche. Sie wollte sich durch das Haar streichen, doch dann stellte sie fest, dass sie einen Pferdeschwanz trug. Sie hängte sich die Tasche über die Schulter und ging ebenfalls zum Ausgang. Piet folgte ihr. Auf dem Weg zum Wagen sagte sie fast beiläufig: »Gratulation. Großartig. War das nötig?«

Verwundert sah er sie an. »Was meinst du?«

»Das, was du eben gesagt hast, das mit dem Augenblick. Das war ein Zitat, nicht wahr?«

»Ja«, gab er zu. »Das hat Hercule Poirot gesagt, in *Tod auf dem Nil*, aber in unserem Fall war es die Wahrheit.«

»Du wusstest schon gestern Abend ganz genau, dass Arie der Mörder ist. Aber du wolltest unbedingt dieses wunderbare Happening veranstalten. Wir hätten auch in die Pathologie fahren können. Meinetwegen hätten wir Balkenhol mitnehmen können. Aber nein, du musstest Arie unbedingt vor Zuschauern auseinandernehmen, weil du deinen Fall haben wolltest.« Sie sah ihn halb bewundernd, halb angewidert an.

»Ganz gewiss nicht«, behauptete Piet. »Weißt du? Poirot war eitel, deshalb hatte er gern ein Publikum. Ich gebe gern zu, ich hatte Spaß an diesem Spiel, aber das war nicht der Grund. Ich bin nicht eitel. Arie wollte *uns* vorführen! Er wollte vor der ganzen Welt einen Mord zelebrieren, an dem wir scheitern mussten. Es war der fast perfekte Mord. Sein Plan hatte einen kleinen Haken, aber den konnte nur ein Gerichtsmediziner finden, und dieser Gerichtsmediziner war er.«

»Und jetzt hast du ihn vorgeführt.« Annemieke nickte langsam.

»Wenn du so willst, ja! Er konnte Isabelle nicht töten. Also hat er ihr das genommen, was sie zum Leben brauchte.« Piet nahm eine Sonnenbrille aus der Jackentasche. »Ich hasse Halbgötter, und ich hasse Menschen, die glauben, dass sie welche sind.«

Sie erreichten den Peugeot, der auf dem Parkstreifen vor Johnnys Supermarkt abgestellt war. Annemieke schloss den Wagen auf: »Vor anderthalb Stunden war das ein schattiger Parkplatz.«

Sie stiegen ein. Es war brütend heiß im Wagen. »Wenn das mit dem Klima so weitergeht, sollte die niederländische Polizei über Klimaanlagen in Dienstfahrzeugen nachdenken«, sagte Annemieke und trat aufs Gaspedal.

»Ich bin nicht eitel«, widerholte Piet. »Ich habe auch gar keinen Grund dazu. Hätte dieser verdammte deutsche Arzt nicht das Hämatom entdeckt, dann wäre Arie mit seinem Plan durchgekommen.«

Vor der Schranke ließ Annemieke das Fenster herunter und steckte die Strichcodekarte in das Lesegerät. Die rot-weiße Schranke hob sich, und der Peugeot verließ das Gelände von *de Grevelinge.* »Das wäre er nicht«, widersprach sie. »Wir hätten vielleicht länger gebraucht, aber so einen Mord begeht man nicht ungesühnt.«

Piet zuckte mit den Schultern. »Vielleicht nicht!«

»Und – Piet?«

»Ja?«

»Wenn du meine Berichte gelesen hättest, dann wüsstest du übrigens, dass Gert Balkenhol, dieser verdammte deutsche Arzt, 1956 in Utrecht geboren wurde. Er ist dort zur Schule gegangen, hat in Amsterdam studiert und ist im Alter von siebenundzwanzig Jahren nach Deutschland gezogen, der Liebe wegen. So sind wir halt.«

Sie schaltete das Radio ein. Auf Sky-Radio sang Blof *Hier aan de kust.*

Piet schaltete das Radio aus, weil sein Handy klingelte. Er kramte das blaue Ding mit dem zerkratzten Display aus der Jackentasche. »Ja? ... Nein!«

Annemieke hielt an und schaute verdutzt zu Piet. »Was ist los?«

»Arie ist tot. Er hat hinten in Munniks Auto gesessen, eine Wasserflasche aus seinem Koffer genommen, daraus getrunken, und dann ist er auf dem Rücksitz zusammengeklappt. Tja, Arie macht vielleicht einen Fehler, aber nicht zwei!«

# 49

»Ich habe eine SMS von Barry bekommen«, sagte ich zu Anne. »Heute Nacht sollen Tausende von Sternschnuppen zu sehen sein. Sie sollen vom Sternbild des Perseus auf uns herniederprasseln. Und Barry meint, dass man Sterne am Strand viel besser sehen kann.«

Anne lächelte und küsste mich auf die Wange. »Lass uns hingehen.« Sie blickte sich zu den Kindern um. »Tristan, Edda? Habt ihr Lust, heute Nacht zu Barry zu gehen, um Sternschnuppen zu entdecken?«

Die Begeisterung unserer Kinder hielt sich in Grenzen. »Sterne kann ich auch hier gucken, und wenn ich keinen Bock mehr drauf habe, dann gibt es hier immerhin noch einen Kicker und einen Billardtisch«, maulte Tristan.

Gestern hätte ich den Kindern beim besten Willen nicht erlaubt, dass sie allein auf dem Campingplatz zurückblieben, aber gestern war gestern.

Lothar und Gaby hatten kein Problem damit, die Zubettgehzeit von Tristan und Edda zu überwachen. Anne und ich nahmen die Fahrräder aus dem Ständer, und ich war überrascht. Die Lampen funktionierten. Es war nach zehn. Wir konnten fast bis zum Deich fahren, die Fahrradständer am Weg durch *de Mantelinge* waren leer.

Auf der Deichkrone zogen wir die Schuhe aus. Ich

spürte den taufeuchten Sand zwischen den Zehen und schaute aufs Meer. Ein Horizont war nur noch zu erahnen. Die Dämmerung ließ Farbkontraste verschwimmen. Unser Weg führte rechts um die Strandwacht herum in Richtung Vrouwenpolder. Er war mit Bohlen zugänglich gemacht. Der Himmel war sternenklar, in dieser Nacht wollte die Halbinsel nicht auf Licht verzichten. Ich verstand, warum Mondrian hier gemalt hatte.

Barrys *Strandpaviljoen* schwebte auf seinen Stelzen wie ein beleuchtetes Ufo in der Dunkelheit. Auf den letzten hundert Metern gab es keine Holzbohlen mehr. Wir mussten durch den Sand stapfen, stiegen die Treppe hinauf. Acht oder neun Leute waren auf der Terrasse versammelt. Ich fragte mich, ob Barry tatsächlich nur so wenige Leute eingeladen hatte oder ob die anderen dreihundert nicht gekommen waren. Egal!

Barry kam mit zwei *Gerardus* an unseren Tisch. »Perseus war der Held, der die Medusa mit einem Blick versteinern konnte.«

Anne sah mich an, und ich war bestimmt nicht versteinert. Wir schauten nach oben, und gleich zwei Sternschnuppen rasten über den Himmel hinweg.

»Hast du dir was gewünscht?«, fragte ich.

»Ja.«

»Was denn?«

»Das darf ich dir nicht sagen, sonst geht es ja nicht in Erfüllung.«

Anne legte ihren Kopf an meine Schulter. Auf der Terrasse hörte man das Flüstern der Gäste, eine Möwe kreischte wie immer. Das Meer rauschte leise an den flachen Strand, auch wie immer. Das Meer!

Wenn das Meer so groß ist, dann merkt man endlich wieder, wie klein man selber ist, wie klein die kleinen Alltagssorgen sind. Wenn ich am Meer bin, kann die Seele baumeln.

*Eine Leiche auf einem Hausboot und die zwielichtige Welt der Reichen und Schönen*

Bernd Stelter
DER KILLER KOMMT
AUF LEISEN KLOMPEN
Camping-Krimi
416 Seiten
ISBN 978-3-7857-2590-0

Hollands größter Agatha-Christie-Fan, Inspecteur Piet van Houvenkamp, ist einem neuen Verbrechen auf der Spur: In seinem geliebten Middelburg wird in einem Hausboot eine Frau aufgefunden. Sie lächelt, sie ist wunderschön, sie ist nackt. Sie hat nur einen Fehler: Sie ist tot. Der Inspecteur ermittelt unter Hochdruck und gerät dabei in Kreise, von deren Existenz er bislang nichts ahnte. Und schon bald liegen seine Nerven blank denn natürlich lassen es sich auch die Camper vom Campingplatz »De Grevelinge« mal wieder nicht nehmen, bei den Ermittlungen mitzumischen ...

Bastei Lübbe

## *Tod in der Provinz*

Michael Wagner
LÜNSCH-MORD
Ein Sauerland-Krimi
288 Seiten
ISBN 978-3-404-17426-3

Das ist *die* Sensation im sauerländischen Städtchen Lüdenscheid: Ein Mann wurde ermordet! Für den Nachbarn des Toten, Frührentner Theo Kettling, ist der Fall glasklar – in seinem geliebten „Lünsche" treibt sich ein Serienkiller herum. Damit Theo nicht sein nächstes Opfer wird, will er den Mörder selbst aufspüren. Tatkräftige Unterstützung erhält er dabei von Lieselotte Larisch, einer resoluten Schulrektorin im Ruhestand. Die Ermittlungen des Rentnerduos führen zunächst überall hin, nur nicht zum Mörder – bis die beiden auf ein Ereignis stoßen, das weit in der Vergangenheit des Sauerlands liegt …

Bastei Lübbe